Bologna 05 settembre 2021

edito Una vita di stelle library

Group A.V. ITALIA S.R.L.

Copyright ALBERTO RICCARDO AZZINI

unavitadistelle@gmail.com

www.unavitadistelle.com

Bologna

Questo romanzo è un'opera di fantasia.
Nomi, personaggi, luoghi e avvenimenti sono frutto dell'immaginazione dell'autore o usati in modo fittizio.
Ogni somiglianza a luoghi o eventi reali o a persone realmente esistenti o esistite è non voluta e puramente casuale.
Tutti i diritti sono riservati. Nessuna parte di questo volume può essere riprodotta, memorizzata o trasmessa in alcuna forma o con alcun mezzo elettronico, meccanico, in fotocopia, in disco o in altro modo, compresi cinema, radio, televisione, senza autorizzazione scritta dell'Editore.
La riproduzione effettuate per finalità di carattere professionale, economico o commerciale o comunque per uso diverso da quello personale possono essere effettuate a seguito di specifica autorizzazione rilasciata da Una vita di stelle library, GRUPPO A.V. ITALIA S.R.L. 05 settembre 2021

Alberto Riccardo Azzini

MADDIE
E altre storie in cammino sulla Via Francigena

1) **Due Amici sulla Via Francigena**, due ragazzi calabresi uno sordo e l'altro cieco intraprendono questo cammino vincendo insieme da amici le problematiche che da soli sarebbero un impedimento al cammino.

2) **Il Barcaiolo del Po**, un avvocato cerca compassione dai famigliari facendo il cammino sulla Via Francigena ravvedendo la sua vita grazie alla figura della fantasiosa del barcaiolo traghettatore sul fiume Po.

3) **Il Processo di Fidenza**, un ragazzo arrogante abituato ad una vita agiata viene processato in una notte da personaggi storici quali: Sigerico, Savonarola, Nikulás da Munkaþverá etc.

4) **Il Lupomanaio di Pontremoli**, due pensionati uniti dall'amore percorrono la Via Francigena ed a Pontremoli rivivono la leggenda del lupo mannaro di Pontremoli.

5) **La condanna**, un ragazzo si vede condannato da un giudice, dopo un'aggressione ad un agente, a percorrere la Via Francigena con lo stesso agente aggredito, riflettendo sé stesso e ritrovando un modo di vivere per lui impensato.

6) **Il diavolo di monte Mario**, un anziano padre missionario incontra durante la salita di Monte Mario il diavolo che cerca di circuirlo senza risultato, anzi …

7) **Roma, la Città eterna**, una ragazza norvegese parte da casa per percorrere la Via Francigena e dopo varie disavventure all'arrivo si trova catapultata nella Roma del secolo XVI.

8) **Roma, la Città eterna,** una ragazza norvegese parte da casa per percorrere la Via Francigena e dopo varie disavventure all'arrivo si trova catapultata nella Roma del secolo XVI.

9) **MADDIE**, un pellegrino arriva a Roma, casualmente trova una cucciola randagia, se ne innamora e la prende con sé ripercorrendo la Via Francigena in senso opposto fino casa. Maddie lo aiuterà a ritrovarsi ed a guarire le ferite mai rimarginate della tragica scomparsa dei suoi genitori, offrendogli una vita per lui fino a quel momento impensabile.

MADDIE

E altre storie in cammino sulla Via Francigena

A Maddie con tanto amore

DUE AMICI SULLA FRANCIGENA

1

Erano ormai in dirittura di Roma, mancavano solo due tappe, dopo domani sarebbero arrivati e allora la loro avventura sarebbe così giunta al termine. I tempi previsti si erano molto dilatati, erano trascorsi quasi due mesi da quando erano partiti da Pavia. Imprevisti ne avevano avuti tanti, troppi, erano stanchissimi ma mai avevano pensato neanche lontanamente di mollare. I momenti difficili li avevano superati insieme anche perché da soli mai ce l'avrebbero fatta.

2

La vita quotidiana nel loro paesello in riva al mare calabrese era monotona, fatta di cose che si ripetevano giorno per giorno ora per ora. Si erano conosciuti per caso in una di quelle calde giornate estive che non passano mai.

Fino a quel giorno non si conoscevano, ma sapevano uno dell'altro. I loro genitori cercavano quasi di evitare che s'incontrassero come se non volessero aggiungere un'altra sfortuna a quella del loro figliolo. Fu così che quel giorno, e non per caso, Mimmo conobbe Andrea quello che sarebbe diventato a breve il suo migliore amico.

Erano circa le undici e mezzo, Mimmo stava rincasando dopo essere passato dal negozietto di generi alimentari per la consueta spesa giornaliera di latte che sua madre gli imponeva quotidianamente così da farlo uscire un po' da casa, quella mattina aveva deciso di cambiare strada e passare dal porticciolo da dove partivano le barche per la pesca, da dove partiva suo padre. Gli piaceva il mare, qualche volte era uscito con suo padre per aiutarlo a bordo del peschereccio, ma la sua menomazione era un problema a bordo sia per lui che per l'equipaggio. Non era di grande aiuto, anzi il più delle volte era d'impiccio in quegli spazi ristretti, dove la frenesia di quei momenti della pesca era di norma. Lui d'altro canto non sapeva come poter essere di aiuto, ce la metteva tutta a improvvisarsi, aspettava sempre che qualcuno gli dicesse cosa fare e gli insegnasse, solo suo padre quando poteva gli si avvicinava, guardandolo, gli scandiva piano piano le parole cosicché lui potesse capire e rendersi utile benché gli altri dell'equipaggio avessero una sorta di compassione di Mimmo e tanto rispetto di suo padre, lo ritenevano un intralcio sulla barca e questo suo padre lo sapeva bene, capiva i suoi compagni di pesca, ma d'altronde Mimmo era totalmente sordo ormai da anni e se ne era da qualche tempo fatto una ragione.

La sua sventura era avvenuta da bambino a causa di un incidente in auto con i suoi zii e suo cugino. Viaggiavano come tante altre volte a bordo della Fiat 127 dello zio, stavano tornando dalla città, dove si erano recati al mercato come altre volte, piovigginava e su una curva l'auto aveva sbandato dapprima cozzando contro un muretto di pietra e poi capovolgendosi più volte giù in una scarpata. Gli zii avevano subito vari traumi non importanti, ma suo cugino non ce l'aveva fatta, ed era morto sul colpo. Mimmo invece si era salvato, ma aveva subito un forte trauma cranico che gli aveva pregiudicato l'udito totalmente. A parte qualche altra botta non aveva avuto altre importanti complicanze, ma era diventato sordo, poteva percepire solo suoni acuti che gli provocavano strane vertigini. Questa lesione era, a detta dei medici, irreversibile segnando per sempre il destino di Mimmo.

Tutto diventò molto difficile, la scuola, gli amici, la famiglia e Mimmo s'isolarono sempre più con una vita fatta di tanta commiserazione da parte delle persone che pensavano di aiutarlo rivolgendogli solo umana pietà. Era solo a casa, dove si arrangiava con la TV con i sottotitoli e non cercando di immaginare nel contesto cosa potessero dire i personaggi televisivi. Leggeva un po' di tutto grazie a libri prestati di paesani e quando poteva, si recava all'internet-point del bar, dove si divertiva con i giochi e ricerche che gli interessavano. Aveva terminato ormai da quasi cinque anni le scuole medie con ovvia fatica nel seguire le lezioni, ma aveva imparato a leggere, durante le lezioni, le labbra dei professori e di quello di sostegno si adoperavano per aiutarlo come meglio potevano, così riusciva a capire quello che stavano spiegando. Era il più bravo della classe per merito e non certo per benevolenza, la professoressa d'italiano aveva suggerito ai suoi genitori di iscriverlo al liceo classico perché meritava di proseguire gli studi.

Dopo l'estate i genitori erano giunti alla conclusione di rinunciare a fargli proseguire gli studi, avevano valutato la situazione soprattutto quella economica in considerazione del fatto che avevano oltre a Mimmo anche altre due figli più piccoli, ma anche perché non concepivano un futuro nel proseguimento degli studi. Mimmo era destinato a vivere con quell'inadeguata pensione d'invalidità in casa con i suoi, vivendo alla giornata cercando di sopravvivere in qualche modo alla sua solitudine quotidiana.

Quella mattina il destino gli aveva riservato un dono che avrebbe cambiato per sempre il suo futuro.

Il sole picchiava e sul selciato del porticciolo si sentiva ancora maggiormente, ma nonostante questo un ragazzo era seduto su un muretto davanti al mare forse consolato da quella leggera brezza che proveniva dal mare. Lui lo vedeva di spalle era in maglietta e pantaloncini e nella mano destra aveva un bastone. Curioso gli si avvicinò, quando fu a qualche passo da lui, lo riconobbe. Era Andrea aveva più qualche anno in meno di lui, e ciò nonostante non si erano mai parlati. L'aveva visto più volte in paese, specialmente accompagnato da suo fratello o da sua madre, ma non gli si era mai avvicinato. Era molto frenato dal suo handicap, "in fin dei conti cosa gli posso dire" si chiedeva, "mi sembra quasi una dimostrazione di compassione nei suoi confronti fatta da un sordo a un cieco".

Andrea sentì dei passi dietro di lui e si girò un poco per sentire meglio chi stava arrivando, non riconosceva il ritmo scandito di quei movimenti, non erano certo di suo fratello che sarebbe arrivato come sempre di corsa.

"Ciao, chi sei?" Chiese Andrea.

Nel momento che Andrea si girò Mimmo sbigottì tanto da togliergli la parola di un semplice saluto.

Andrea era notevolmente arrossato dal sole su tutte la parti scoperte, specialmente la fronte e le braccia.

"Ma cosa ci fai lì seduto al sole, ti sei tutto scottato." Gli rispose.

"Sto aspettando che mio fratello mi venga a prendere, in effetti, è da un po' che sono qui."

Andrea era girato di spalle e a fatica Mimmo riuscì a leggergli le labbra, ma capì che aveva pronunciato la parola fratello e intuì più o meno quello che gli voleva dire.

Gli si porto davanti così da poter scorrere meglio i movimenti delle labbra.

"Sono Mimmo il sordo."

Andrea rise e gli rispose "Io sono, invece, Andrea il cieco".

"Bella copia." Gli rispose ridendo Mimmo.

Andrea gli spiegò che stava aspettando già da un bel po' suo fratello che gli aveva detto di aspettarlo lì mentre lui andava sulla bicicletta di un suo amico alla vecchia rimessa di barche. In fin dei conti non sapeva come fare a tornare, e il profumo e lo sciabordio del mare gli avevano fatto nel frattempo compagnia. Ma si era procurato una bella insolazione.

Così Mimmo, con il suo benestare, lo accompagnò a casa.

La madre quando vide lo stato pietoso in cui si era ridotto Andrea si arrabbiò molto inveendo contro il fratello che per sua fortuna non era ancora arrivato a casa. Ringraziò molto Mimmo che lo aveva accompagnato e si era preoccupato di lui. Andrea lo salutò e gli fece promettere di ritornare a trovarlo e magari fare due passi assieme. Mimmo accolse l'invito dicendogli che domani sarebbe passato a prenderlo così da fare le consuete spese assieme.

Andrea la sera si ritrovò con una febbre che superava i trentanove gradi, e la pelle che gli scottava come se fosse un braciere ardente. La madre lo mise ammollo in una vasca di acqua fredda alla quale aggiunse del ghiaccio, poi gli applicò degli impacchi di camomilla sulle parti scottate. Il giorno dopo la febbre era scomparsa e la pelle aveva attenuato il rossore. Il fratello che era rientrato dopo una buona ora era spaventato e timoroso di comunicare alla madre che non aveva trovato Andrea dove lo aveva lasciato, fu preso a ciabattate dalla madre che lo rinchiuse a chiave nella stanza da letto condivisa con il fratello, che quella notte avrebbe dormito nel letto matrimoniale con la mamma, infatti, il loro papà non faceva più parte della famiglia in quanto era annegato anni prima colto in mare, durante una pesca, da una brutta tempesta che lo aveva scaraventato in acqua. Andrea era diventato cieco qualche anno dopo la nascita causa un glaucoma che gli aveva colpito prima un occhio e poi l'altro. La sua vita era molto cambiata, non riusciva a capire come mai non poteva più vedere con nitidezza il viso di sua madre e distinguere tutto quello che gli stava attorno. Lo chiedeva in continuazione ai suoi genitori i quali cercando di tranquillizzarlo gli spiegavano che era solo una cosa momentanea e che presto tutto si sarebbe risolto e tutto tornato come prima. Ma così non fu, viste anche le visite specialistiche di oculisti che confermavano che la vista era ormai persa per sempre.

Mimmo e Andrea rinsaldarono giorno dopo giorno la loro amicizia. Si ritrovavano spesso e quando non era per caso Mimmo, passava da casa di Andrea a prenderlo per una passeggiata. Facevano lunghe camminate sia in paese che sul litorale. Si davano per mano, come due fidanzatini sbeffeggiati da alcuni ragazzi, ma per loro era solo un modo pratico per stare insieme. Infatti, Mimmo guidava Andrea con massima attenzione facendogli presente ogni avversità del terreno, quando Andrea voleva comunicare con Mimmo, gli stringeva la mano due volte, allora si fermavano uno di fronte all'altro e come suggerito da Mimmo, Andrea scandiva piano le parole così che il suo amico le capisse e potesse rispondergli. A volte prendevano con loro qualcosa da mangiare, di solito pane e formaggio e un frutto, con una borraccia d'acqua e si fermavano in qualche posto all'ombra, dove Mimmo descriveva com'era il paesaggio. Andrea aveva memoria di cosa fosse il mare, il verde delle colline, di cosa fossero i colori e riusciva a immaginare cosa Mimmo gli stesse raccontando. Parlavano di tutto, della loro vita, della loro malasorte, di quel destino che li aveva resi diversi dagli altri ragazzi, di quello che gli sarebbe piaciuto fare se fossero stati in buona salute, Andrea della mancanza di un padre, e Mimmo di quel maledetto giorno dell'incidente e di suo cugino che gli mancava, tanto e spesso sognava.

3

A volte si recavano al bar, dove su Internet sognavano altre realtà, in quel frangente toccava ad Andrea riferire a Mimmo cosa il sonoro del video proponeva, mentre Mimmo leggeva e descriveva quanto era contenuto nei siti visionati.

Fu qui che i due amici, che molti in paese avevano battezzato come "l'articolo il" in quanto Andrea era piuttosto piccolo specialmente nel confronto con Mimmo che era alto, scoprirono un viaggio o meglio un cammino che iniziò a farli sognare, la Via Francigena. Spesso ne parlavano e spesso ritornavano al bar per nuove ricerche e per leggere i diari di alcuni pellegrini nei quali s'immedesimavano come se fossero loro stessi a vivere quelle travolgenti emozioni. Un giorno Mimmo lanciò una proposta ad Andrea.

"Ma perché non facciamo anche noi la Francigena?"

"Cavolo sarebbe bello, mi piacerebbe davvero tanto, ma lo sai che è un sogno irrealizzabile però per noi." Rispose Andrea.

"Perché irrealizzabile se siamo insieme, ci possiamo aiutare l'uno con l'altro potremmo anche farcela, in fin dei conti Andrea facciamo già assieme delle lunghe camminate."

"Sei pazzo! Come potremmo, Io ho bisogno di assistenza quasi tutto il giorno da parte di qualcuno e non solo quando siamo insieme e poi chi lo dice a mia madre! E la tua? Non penso che ci lascerebbero andare da soli."

"Per assisterti ci sono Io, che problemi ci sono, dai!" Esclamo Mimmo.

"E poi mia madre non sarebbe un ostacolo penso che non mi direbbe di no. Alla tua potrei parlare Io, mi conosce e lo sa che non ti abbandonerei mai. E poi scusa non saremmo persi nel deserto, che fanno la Francigena, come hai visto ci sono tante persone che ci potrebbero dare una mano nel caso ci serva aiuto."

"Boh! Non so che dirti, sarebbe una bella esperienza arrivare a Roma a piedi Io e te, un cieco e un sordo; chissà quanti ci criticherebbero e quanti darebbero dei pazzi a noi e alle nostre famiglie"

"Andrea Io sono già maggiorenne da un po' e tu lo sei da pochi mesi, non abbiamo bisogno di altri ci arrangiamo quasi in tutto e insieme sopperiamo alle esigenze l'uno con l'altro. Dai facciamolo! Ai nostri potremmo dire che ne facciamo solo un piccolo pezzo, solo qualche tappa facile e poi rientriamo. In fin dei conti non è mica detto che ce la faremo a farle tutte."

"Ma tu cosa intendi nel dire farle tutte? Non vorrai partire dall'Inghilterra!" Chiese ridendo Andrea.

"Ma non che dici, Io mi accontenterei di una parte della Via fatta in Italia. Ci possiamo provare e se non ce la facciamo .... Torniamo al paesello."

"Meno gente lo saprà per noi meglio è! T'immagini se in paese si sapesse, cosa direbbe la gente ai nostri genitori 'siete irresponsabili' farebbero intervenire i carabinieri, li metterebbero in prigione."

"Ma che prigione e prigione Andrea, certo se nessuno lo sapesse, sarebbe meglio, se Io lo dico ai miei forse, loro se ne starebbero zitti, se non vuoi solo per il timore di essere additati come irresponsabili, ma il giorno dopo tutti lo saprebbero grazie ai miei fratelli. Hai ragione meglio che nessuno sappia nulla se lo facciamo."

"Non voglio tediarti Mimmo, ma ti faccio notare un altro problema di non poco conto, ci servono dei soldi e non pochi per i trasferimenti, per mangiare e per dormire, e dove li prendiamo? Io non ne ho e ovvio se non diciamo nulla, non li posso certo chiedere a mia madre e questo a prescindere che non me li darebbe anche perché non ne ha. Noi facciamo fatica in famiglia, lavora solo lei, io con la mia poca pensione d'invalidità contribuisco un po' all'economia familiare, ma con noi c'è anche a mio fratello che deve studiare, voglio che lo faccia per trovarsi un buon impiego al nord e metter su famiglia, almeno lui!"

"I soldi potrei recuperarli Io, certo non li prendiamo dalle pensioni che lasciamo ai nostri, né tanto meno andiamo a rubare." Chiarisce ridendo Mimmo.

"Potrei fare qualche lavoretto un po' qui e un po' la, qualcosa troverei da fare se non altro anche per la compassione di qualcuno che in questo caso accetterei. A te ci penserei Io. Possiamo fare due conti su quanto ci costerebbe il tutto, facendo risparmio evitando hotel a cinque stelle ce la faremo ne sono certo."

"Hotel a cinque stelle!" Esclama ridendo alla grande Andrea.

"Mi accontenterei di dormire in una stalla tutti i giorni pur di farlo."

"E allora facciamolo. Punto e basta!" Risponde Mimmo."

"E sia e che il buon Dio ci aiuti."

"Così sarà, ne sono certo. Quindi da domani iniziamo a parlarne seriamente e fare un piano su come e cosa fare, abbiamo tempo più o meno un anno per programmare tutto e per raccogliere un po' di soldi, cosa ne dici?"

"Francigena arriviamo, due pazzi per Roma!" Strilla Andrea.

"Due pazzi sì, ma soprattutto due amici sulla Via Francigena." Nessuno dei due amici dormì quella notte, ambedue erano già in cammino sulla Via Francigena. Era solo un sogno o tutto si sarebbe avverato?

La mattina seguente s'incontrarono già di buon'ora e in tutta fretta si recarono in un angolo del molo, dove lontani da occhi e orecchi indiscreti iniziarono ad elaborare il loro ardito piano. Mimmo aveva preso con sé un quaderno, dove prendere degli appunti su tutto quello che dicevano e soprattutto sulle problematiche che ognuno sollevava. Avevano deciso di procedere a gradini affrontando gli argomenti uno alla volta. Prima di tutto, avendo deciso di non dire nulla ai loro cari, bisognava trovare una soluzione su cosa precisare loro o se non dire nulla e sparire.

La seconda ipotesi fu ben presto tralasciata in accordo in quanto avrebbe messo in ansia le famiglie e si sarebbero mossi per cercarli un po' tutti sia carabinieri che polizia, comprese le trasmissioni televisive del tipo "Chi l'ha visto" specializzate in queste tipo di ricerche che avrebbero ampliato notevolmente la loro scomparsa riportandoli a casa dopo pochi giorni. Quindi decisero che la soluzione ottimale era quella di raccontare loro una mezza verità, o meglio dire e non dire, dovevano trovare una soluzione che facesse al caso loro, e questo non era certo facile. Come potevano fare!

Un giorno vagando su internet a Mimmo gli venne un'idea. Vide che c'era la pubblicità di una nota compagnia di viaggi specializzata per persone handicappate per visite in santuari e città sia in Italia sia all'estero. Aveva così trovato come fare per poter rimanere via una settimana senza che nessuno obiettasse qualcosa. Ne parlò con Andrea che come il solito sollevò alcuni problemi.

"Prima di tutto qui parlano di stare via una settimana con un viaggio organizzato in zone e in un periodo ben determinato, cosa che a noi interessa fino ad un certo punto, in quanto fatto il viaggio poi dovremmo procedere per la Via Francigena; secondo problema questo comporterebbe una spesa per noi già troppo consistente che noi non possiamo di certo affrontare in aggiunta già alle spese che dovremo sostenere durante il cammino.

Giusto!"

"Giustissimo Andrea, hai colto alla grande come sempre le incognite di quanto ti ho proposto."

"E allora come pensi, possiamo fare utilizzando un viaggio organizzato?"

"Eh "Chi ci ho già pensato" Sghignazza Mimmo.

"Sai come faremo! Faremo finta di partecipare a questo viaggio organizzato, ma in realtà non ci andremo. Useremo così quelle giornate per trasferirci al nord, prendere la Via e iniziare il cammino. Poi fatta qualche tappa lo faremo sapere ai Nostri che a questo punto non potranno fare più nulla tranne che aspettare il nostro ritorno a casa e .... un po' preoccuparsi che tutto ci vada bene, ma questo fa parte della normalità di un genitore, sarebbe così, anche se fossimo due ragazzi in perfetta salute. Che ne dici?"

"Dico che sei diabolico, cumu suoni aballu" Risponde gioendo Andrea aggiungendo un'espressione dialettale.

"Per questo ho pensato anche che faremo noi, ovvio ci penserò Io, una brochure d'invito da parte di una fantomatica agenzia di viaggi che ci inventeremo scopiazzando su interne le varie soluzioni. Ci inventeremo un tragitto, le giornate, i luoghi da visitare, i trasferimenti eccetera, precisando che il pacchetto è solo per persone soggette a handicap, che queste persone saranno assistite da persone qualificate ed esperte nella gestione di disabili, e colpo di genio .... l'offerta super ovvero la metà del costo, ai noi disabili, sarà offerta da un'associazione benefica onlus."

"Pazzesco Mimmo, hai pensato a tutto o quasi ... ma manca qualcosa se non sbaglio, vero!"

"Verissimo, ma ti accontento subito. Una volta fatta la brochure ne farò due copie che metterò in due buste separate ognuna con i nostri nomi e indirizzi, le affrancherò, e le metterò tutte e due in una busta più grande che spedirò a mia cugina che abita nel milanese, la quale ci rispedirà poi le due buste ai nostri recapiti. Così sembrerà davvero che ci siano state inviate da un'agenzia. Cosa ne dici! Altra cosa, nelle brochure oltre ad un modulo di conferma aggiungerò che il pagamento, quindi formalmente metà ciascuno, avverrà sul posto in contanti così non ci saranno bonifici di acconto e saldo che avrebbero causato ovvie complicanze su come fare dovendo interpellare i nostri."

"Lo so che eri bravissimo a scuola Mimmo, ma tu sei un vero genio, dovevi proseguire negli studi saresti potuto diventare qualcuno importante."

Mimmo abbasso gli occhi al sentire quelle parole dette da un amico vero, e si rattristò.

Qualche giorno dopo, approfittando della casa vuota di Andrea, in quanto la madre si era recata a Crotone con il fratello per i colloqui con gli insegnanti, si ritrovarono al tavolo della cucina, uno di fronte all'altro, Mimmo aveva già aperto il famoso quaderno, che nascondeva una volta a casa nel cortile dentro il buco di un muretto stipato da un mattone, sul quale segnava a mano a mano tutte le loro considerazioni, perplessità e le note di viaggio.

"Ora fase due, trasferimenti e logistica." Esclamò Mimmo.

"Ok sono pronto." Rispose Andrea.

"Allora Andrea, ieri al bar ho iniziato a scandagliare alcune opportunità di viaggio per trasferirci al Nord. Certo prima dobbiamo decidere da dove partire con la Via Francigena. Io ho pensato a due ipotesi: la prima arrivare a Milano e da lì con un pullman proseguire per Pavia che è un punto di passaggio della Via; la seconda è di arrivare a Parma e a piedi proseguire fino a Fidenza dove potremmo iniziare il cammino sulla Via. Sono due soluzioni, una più lunga e una più corta. Cosa ne pensi?"

"Non so cosa dire, certo non possiamo pensare di partire dal confine con la Svizzera proprio dal Colle di San Bernardo, sarebbe troppo lunga, la guida consiglia da lì ma sono quarantacinque tappe, quindi altrettanti giorni, ammesso e concesso che ce la facciamo a mantenere quel ritmo, cosa, mettiamocelo bene in testa che per noi sarà impossibile, direi di abbandonare l'idea di iniziare dal confine. Io direi di partire da Milano, così abbiamo anche la scusante del viaggio fino a Milano."

"Avevo pensato anch'io la stessa cosa a dirti il vero. Infatti, ho già dato un'occhiata a come arrivare a Milano. Ora ti dico. Allora potremmo prendere il treno da Crotone, in stazione ci possiamo far portare da qualcuno, magari tuo padre."

"Boh! Non so mio padre, sai tutto dipende se non è fuori a pesca, ma ci penseremo, in altro caso prendiamo un bus."

"Ok vedremo il da farsi poi con calma, questo non è un problema. Potremmo partire nel primo pomeriggio e con vari cambi arrivare in Milano Centrale di prima mattina il giorno dopo, così la prima notte la passiamo in treno e non spendiamo. Poi una volta arrivati in Centrale, ancora nella mattinata ci trasferiremo a Pavia da dove inizieremo a camminare per arrivare nella serata a Santa Cristina, sono circa 28 km ce la dovremmo fare in circa sei o sette ore. Lì presumo che potremmo pernottare in un ostello della parrocchia."

"Scusa se interrompo la conversazione, ho dell'acqua nel frigorifero ti va? O preferisci un caffè.

"Se non ti chiedo troppo Andrea, vorrei uno e l'altro."

"Ma che scherzi, faccio in un attimo."

"Vuoi che ti aiuti?

"No grazie, qui in casa mi trovo a mio agio in tutto, so muovermi bene, so dove sono tutte le cose che mi servono … se sono al loro solito posto, salvo quando mio fratello le lascia in giro o gli cambia posto per farmi dispetto. Tranquillo ci penso Io."

Andrea si alzò dalla tavola, attraverso la stanza con passo sicuro, tastò nel passare la sedia dove ero seduto per evitarla, aprì il frigorifero e prese la bottiglia di acqua, chiuse, dal mobile sopra il lavandino prese due bicchieri e li riempì quasi pieni senza buttarne una goccia. Sempre dal mobile del lavandino prese la caffettiera, la riempi d'acqua aprendo con sicurezza il rubinetto poi prese il caffè e lo zucchero dal mobiletto basso accanto, si spostò sull'altro lato della stanza, dove in una credenza a vetri erano poste in bella evidenza le tazzine e nel cassetto sotto i cucchiaini. Alla fine servì il caffè sulla tavola davanti a Mimmo tastando con le mani la posizione delle tazzine e della zuccheriera.

Mimmo rimase esterrefatto della sicurezza con la quale Andrea aveva preparato e predisposto il tutto, era come se ci vedesse, le sue movenze erano rilassate, nulla di straordinario pensò, in quanto in casa ci vive ormai da tanti anni e ne conosce ogni centimetro. Certo quando è fuori, non è così, anche se percepisce i luoghi da suoni e odori che una persona normale probabilmente non ha così sviluppati, ma ci penserò Io a lui sulla Via, si promise Mimmo.

Bevvero il caffè sorseggiandolo piano piano in quanto caldissimo. Andrea lascio le tazzine sul tavolo ponendole nell'angolo opposto a loro così, da essere sicuro che non dessero fastidio.

"Ritornando a noi, mi sembra una buona ipotesi, se è percorribile, faremo come tu dici. Mi è venuta in mente una cosa che più volte abbiamo appreso nelle nostre ricerche, la famosa credenziale che molti ostelli richiedono. Sai di cosa si tratta?" Chiese Andrea.

"Elementare Watson, ho già visto come fare."

"Naturalmente Sherlock Holmes." Ribatté Andrea sorridendo.

"Bisogna fare una domanda a un'associazione per entrambi, poi la faremo spedire a mia cugina, che la invierà poi a me come fermo posta, così da non farmela recapitare a casa e creare inutili sospetti in casa. Geniale vero!"

"Grande Mimmo, pensi proprio a tutto."

"Normale Watson." Risponde Mimmo dandogli un'inaspettata pacca sulla spalla.

"Ehi, ehi, mi picchi, guarda che Io non vengo se mi picchi!" Esclama sorridendo Andrea.

"Scherzo dai! Ora siamo sulla Francigena, quindi iniziamo a pensare come affrontarla. Il primo problema, di cui abbiamo già parlato, è quello che non potremo camminare sempre uno a fianco all'altro come facciamo qui, salvo che poche volte penso, in quanto se saremo su strade dove ci sarà traffico e quindi pericolo, dovremo per forza camminare in fila indiana uno davanti che sarò Io e tu dietro di me, e questo vale anche sui sentieri che come ho visto dalle foto dei pellegrini a volte sono stretti e non ci si sta in due."

"Questo è un bel problema Mimmo, come facciamo, se Io sono dietro come faccio a seguirti? Sei certo di quello che stai dicendo!" Lo interrompe Andrea.

"Certo Andrea, ho valutato bene la cosa specialmente quando camminiamo assieme e forse tu non te ne sei accorto, ma ho fatto delle prove con te. Stare tu davanti, vorrebbe dire che Io ti dovrei tenere con due mani da dietro prendendoti magari per lo zaino per direzionarti. Cosa che può andare per qualche tratto, ma di certo non per chilometri, in quanto con ogni probabilità avrei a che fare a breve con un bel mal di schiena; inoltre essendo tu davanti non potrei sempre avere la visuale libera per indicarti buche, sassi, rami e quanto altro ti può creare problemi nel camminare. Quindi ... e adesso viene il bello."

"Sono curioso di capire come hai risolto questa incognita che non è da poco. Anch'io ci ho pensato e a dirti il vero non ho trovato una soluzione salvo quella di darci la mano come facciamo qui. In effetti, su una strada dove passano tante auto e camion vorrebbe dire lasciarci la pelle di certo. Poi anche sui sentieri sarebbe di certo un bel problema. Spero che la tua sia una buona soluzione perché altrimenti non so come potremmo fare."

"Sai Andrea l'idea mi è venuta quando ho visto trainare un'auto in panne da un'altra. Ecco la soluzione, mi sono detto. Ho ideato quindi per te un traino alle mie spalle, insomma dietro di me, così che prima di tutto possa vedere dove metto i piedi Io e dire a te poi come fare a superare una buca, una pietra o altro che ne so. Ho fatto anche un disegno su come dovrebbe essere fatta e cosa servirebbe."

"Beh una corda Mimmo penso che basti e avanzi, me la lego attorno alla vita così come farai tu. No!"

"No, non basta e così non sarebbe funzionale! Il disegno che ho già fatto vedere a Rinuccio il calzolaio, prevede una cintura bassa in cuoio per ciascuno, fornita di un anello di aggancio ovviamente in metallo, che ognuno di noi si allaccerà in cintola. E qui viene il bello che ci unirà e sarà il nostro cordone ombelicale non sarà una corda flessuosa ma un bastone in lega di alluminio, per la sua leggerezza, di circa un metro e venti. Ho calcolato questa distanza facendo qualche esperimento, come volevo dirti a tua insaputa, e penso che sia ottimale come distacco fra noi così da non pestarci i piedi e soprattutto per darti un tempo di reazione ottimale per evitare eventuali ostacoli. Ma questo non è tutto, ai due lati del bastone in alluminio farò posizionare due molle che eviteranno, per lo meno un po', eventuali strapponi che uno o l'altro, senza volerlo daranno, evitandoci così di cadere o perdere l'equilibrio. Penso che questa sia un'ottima soluzione; Rinuccio mi ha detto che me la fa gratis fra l'altro, devo solo portargli il bastone di alluminio, che mi ha detto non troppo leggero altrimenti, potrebbe piegarsi, e le due molle che comprerò in ferramenta. Appena pronto lo proveremo."

"Non ho parole Mimmo, non ho parole per dirti quanto ti ammiro." Aggiunse commosso Andrea, tanto che Mimmo gli si avvicino e lo abbraccio stretto stretto.

"Ti voglio bene Andrea mi stai ridando la vita con la tua amicizia."

"Anch'io te ne voglio tanto, siamo diventati due grandi amici meglio che fratelli, grazie a te ho incominciato a guardare avanti, faccio per dire." Aggiunge sorridendo.

"Mi sento davvero bene con te, mi hai dato speranza, un motivo per vivere e non sopravvivere come ho fatto fino ad ora. Grazie amico mio." Conferma Andrea quando una lacrima gli scorre sul viso.

L'inverno passò e venne la primavera, il momento della loro partenza si avvicinava sempre più visto che avevano programmato il viaggio ai primi di luglio. Le camminate si facevano sempre più lunghe, erano arrivati a fare una ventina di chilometri quasi tutti i giorni, fisicamente si sentivano preparati, ma sapevano che la Via sarebbe stata tutta altra cosa. Avevano recuperato due vecchi zainetti delle scuole medie e riempiti di sassi per abituarsi al peso giornaliero dello zaino. Rinuccio come promesso aveva preparato quanto richiesto, avevano provato più volte quello strano cordone ombelicale che li univa in varie situazioni anche impreviste. Funzionava bene, meglio in salita in quanto l'aggancio si tendeva e obbligava Andrea al suo passo, un po' meno in discesa in quanto a volte Andrea spingeva Mimmo in avanti con il bastone di alluminio che si sporgeva lateralmente. Mimmo allora decise di fare una piccola modifica all'asta, andò dal fabbro e la fece dividere in due parti unite con uno snodo centrale che permetteva a tutti e due, con meno impedimento, dei movimenti laterali. Mancava tutto il resto però e dovevano iniziare a pensare cosa come e dove comprare quanto necessitava. Questi tre punti erano importantissimi per loro ovviamente, ma quello che li preoccupava di più era il come.

"Dobbiamo pensare a come racimolare un po' di denaro. Sulla brochure, che mia cugina ci spedirà da Milano la settimana prossima, ho messo che il costo a persona è di 480.000 Euro, plausibile più o meno considerando che nel pacchetto ho inserito che dormiremo in ostelli con pranzo al sacco durante le visite, e cena con menù fisso, ci può stare. Quindi considerando, che per finta, la metà sarà corrisposta da una onlus il costo ciascuno scenderà a 240 Euro. Quindi di base dobbiamo avere questi soldi se non altro per avere la possibilità di partecipare alla gita simulata. Io penso Andrea che i miei me la pagheranno. Tu?"

"Penso che mia madre farà uno sforzo per mandarmi in gita visto che non mi sono mai mosso da qui e vista l'opportunità di uno sconto, penso proprio che non farà storie."

"Beh una parte l'abbiamo, ma come sai non basta. Dal conteggio preventivo di spesa che abbiamo fatto ne servono ancora e non pochi considerando che staremo via almeno trentacinque giorni e poi avremo le spese di trasferimento e di rientro che se non vado errato sono circa 100 Euro a testa. Quindi ammesso che ce ne diano 240 ne rimangono 140."

"Beh penso che ci allungheranno qualcosa di più diciamo per le spese generali, penso che senza insistere arriveranno a 300 Euro. Quindi 190 Euro in totale.

"Ok, ma non basteranno neanche quelli come sai, dal nostro preventivo dobbiamo arrivare almeno a circa 800 Euro ciascuno."

"Non ce la faremo mai! Io ho messo via le mance del compleanno e di Natale e quelle che mi danno quando faccio le spese alla vedova del notaio e faccio le consegne per la farmacia, forneria e drogheria, quindi altri 145 €. che ho messo via da quando l'anno scorso abbiamo deciso di fare questa pazzia."

"Io ne ho via circa 400, quindi 300 più altri 300 che mi daranno i miei, arrivo a 700 Euro. Me ne mancherebbero soli 100 in pratica. A te invece ne mancherebbero circa 350. Ce la possiamo fare ne sono convinto. Se continuo ad andare a lavorare nella pizzeria ristorante in questi tre e più mesi che ci rimangono, penso di guadagnare almeno 400 Euro il mese, quindi avere a disposizione circa 1.400 in tre mesi, ovvio per entrambi, e magari se trovo anche qualche altro lavoretto, riesco a metter via qualcosa di più metti altri 300 Euro ed arrivare a 1.700. Penso che mio padre me li lascerà tenere tutti, almeno spero, ma vorrà che faccia un libretto in posta. Vedremo come potrò fare per ritirali senza mettere in ansia i miei."

"Mimmo lo so che sei un amico, un vero amico, ma come puoi pensare di lavorare tre mesi per pagarmi l'avventura sulla Francigena!"

"Stai tranquillo ti farò un prestito, che mi ripagherai con gli interessi da strozzino." Risponde ridendoci su alla grande.

"Secondo te Io dovrei rinunciare a portarti con me sulla Via Francigena solo perché tu non hai soldi, ma scherzi!"

"Mimmo mi sembra una cosa molto bella quella che vuoi fare per me, ma mi è difficile accettarla. Non so se potrò mai restituirteli, forse ce la farò anche, mi ci vorrà del tempo, ma te li restituirò non voglio rinunciare per una stupida ma pur sempre importante questione di soldi visto che tu me ne dai l'opportunità."

"Te lo ripeto per l'ultima volta siamo amici, siamo come un'unica persona, in fin dei conti ci compensiamo l'uno con l'altro e da soli non ci riusciremmo mai. E non pensare neanche lontanamente di restituirmeli perché non li prenderò mai e poi mai."

"Va beh, vedremo dai. Comunque in questi tre mesi racimolerò qualcosa anch'io vedrai, per quello che posso, mi darò da fare."

"Andrea nel preventivo che ti ho detto prima manca una cosa, i costi dello zaino, scarpe, sacchi a pelo eccetera. Questi andremo a comprarli quanto prima così ci toglieremo il pensiero."

"Sì, ma cosa diremo a casa quando ci vedranno con lo zaino e scarpe da trekking?"

"Andrea scusa ma pensi proprio che Sherlock non abbia pensato a questo! Sulla brochure che ho redatto, ho aggiunto note per abbigliamento e per bagaglio dicendo di massima si consiglia abbigliamento sportivo, comode scarpe da passeggiata, sacco a pelo e bagaglio in zaino per un comodo trasporto."

"Uffa sono stanco di sentire che tu pensi proprio a tutto mio caro Sherlock." Rispose sghignazzando Andrea.

Aspettarono l'arrivo per posta delle finte brochure, i genitori, una volta visionate, vollero confrontarsi gli uni con gli altri per decidere insieme se accordare il permesso di questo tour ai loro ragazzi. La madre di Andrea era la più preoccupata a dire il vero, ma il fatto che fosse stato in compagnia di Mimmo la tranquillizzava molto, mai e poi mai ce lo avrebbe mandato da solo, ma aveva visto le attenzioni che Mimmo aveva con Andrea e poi in fin dei conti c'erano anche degli accompagnatori esperti per disabili, quindi preoccuparsi, va bene, si diceva, ma non più di tanto, e poi per Andrea era una grossa opportunità quel viaggio, anche se le visite a città e monumenti sarebbero stati per lui ben poca cosa o il niente in assoluto. Per il costo, nessuno dei genitori fece particolari rimostranze, anzi dissero che era una buona occasione da sfruttare vista l'offerta scontata. I fratelli invece ebbero qualcosa a che dire, dicendo che gli sarebbe piaciuto partecipare anche loro, cosa che messe in notevole agitazione Mimmo e Andrea, specialmente perché avevano paventato di chiamare il numero di telefono con prefisso 02 di Milano, che era però totalmente inventato e quindi inesistente, per chiedere se era possibile abbinare un accompagnatore extra per ogni disabile. Fortuna volle che la brochure fatta ad arte da Mimmo contemplava chiaramente che il ribasso era solo per disabili, mentre per altri il prezzo era pieno.

Passarono alcuni giorni e decisero di passare agli acquisti. Si dovettero recare però fino a Catanzaro che era il luogo più vicino dove poter trovare il famoso negozio di articoli sportivi. Comperarono zaino da 40 litri, sacco a pelo leggero, scarpe da trekking leggere, due bastoncini (uno per uno) e mantelle per l'acqua spendendo meno di quasi previsto.

"Andrea ho preso anche i bastoncini telescopici perché uno lo userai tu che ti aiuterà di certo nel camminare, e poi mi segnalerai battendomelo, piano spero, sulle braccia quando vorrai dirmi qualcosa. L'altro se ti sarà utile te lo darò, in altro caso lo userò Io quando mi servirà."

"Ok, sì penso che il bastone mi potrà tornare utile davvero, grazie di averci pensato. Le scarpe mi vanno benissimo, calzano bene, ho sentito anche che hanno una bella suola a carrarmato."

"Ho preso quelle che non costavano tanto, sono buone, anche se non sono di marca rinomata. Gli zaini hanno anche una tasca esterna, una rete, e una porta borraccia, ti ho preso anche un paio di occhiali da sole, penso che ti possano essere utili per ripararti da polvere e altro. Le mantelle speriamo di non utilizzarle mai ma è meglio averle. Avremmo, forse potuto risparmiare non acquistando i sacchi a pelo e prendere un lenzuolo da casa, ma come abbiamo valutato per risparmiare dovremo fare qualche pernottamento all'addiaccio. Ho visto i costi di ostelli e vari posti, dove poter dormire che non possiamo permetterci di certo, il nostro budget come sai è ridottissimo. Per il resto prenderemo con noi quello che abbiamo a casa come pantaloncini, pantaloni, magliette, una camicia, calze e mutande e quanto altro abbiamo già in lista."

"E beh sì dovremo risparmiare quando potremo, non andremo certo a pranzo o cena in ristorante."
Aggiunge ridendo Andrea.

"Prima di partire andrò da mio zio e mi faccio regalare una bella forma di pecorino, cosa ne dici?"

"Puzzerà un po' nello zaino, ma è una buona idea. Io prenderò qualche salsiccia stagionata e un po' di nduja e un paio di pagnotte di pane, cose ne dici!"

"E beh siano calabresi la nduja non può mancare, ovvio." Sarcastico Andrea.

"Andremo di tanto in tanto in qualche supermercato e faremo scorta di cibo che possiamo mangiare senza dover così andare in trattoria. Poi qualche volta ci potremo anche permettere qualcosa di caldo ovviamente. Ho visto anche che qualche ostello mette a disposizione una cucina, quindi una pasta ci scapperà di certo in quelle occasioni."

"Ce la faremo Mimmo ne sono certo. Ho però qualcosa che mi rode dentro e che ho bisogno di dirti perché non mi sento tranquillo. Penso alla balla che raccontiamo a casa, prima o poi dovremo dirlo che è stata tutta una messinscena per non farli preoccupare. Tu dici che ci perdoneranno?"

"Sai questa menzogna tormenta anche me, penso che comunque capiranno. Lo faremo sapere a loro dopo circa una settimana comunque non prima, metti che rinunciamo già nei primi giorni."

4

Tutto procedette come previsto. Arrivarono a Milano puntualmente e proseguirono poi per Pavia da dove iniziarono a camminare spediti ed eccitatissimi. Arrivarono dopo otto ore al primo ostello a Santa Cristina dove pernottarono stanchissimi. Gli fu offerta una calda zuppa alla quale aggiunsero pezzi della pagnotta che si erano portati da casa. L'ospitaliere gli fece uno sconto sul costo del pernottamento molto gradito dai due ragazzi. La mattina presto dopo una buona colazione con latte e biscotti sempre offerta partirono per Orio Litta, dove pernottarono nell'ostello comunale a offerta libera. Il giorno seguente traghettarono il fiume Po' al Guado di Sigerico, a gratis in quanto il gestore dell'ostello si era preso la briga di chiamare il barcaiolo e chiedere il favore di aiutare questi due ragazzi a traghettare senza nessun costo, cosa subito ben accetta da parte del gentilissimo barcaiolo che, per precauzione, e per essere certo che non si perdessero gli andò incontro e li accompagnò al guado. Certo, Andrea e Mimmo non si aspettavano tanta gentilezza e solidarietà da parte di questi "angeli della Francigena" e di altri pellegrini come loro.

Parteciparono alla prima Santa Messa all'Abbazia cistercense di Chiaravalle della Colomba invitati dai monaci a rendere grazia e protezione a Nostro Signore per il pellegrinaggio che stavano compiendo.

Quando giunsero a Fidenza decisero che era giunto il momento di fare quelle telefonate a loro cari. La sera seduti in un angolo della piazza del Duomo, Andrea che era l'unico ad avere un cellulare dove aveva segnato solo quattro numeri, della mamma, del fratello, dello zio e della zia, informò sua madre di quello che stavano facendo che s'inviperì molto, tanto da prendersela con Mimmo addossandogli la colpa di averlo coinvolto in un'impresa senza senso e per lui molto pericolosa. Andrea non riusciva a parlarci a spiegare e a tranquillizzarla e allora chiuse la telefonata dicendo di chiamarlo quando si era calmata. Dopo qualche minuto fu chiamato invece dal fratello che si mise a ridere rimproverarlo però del fatto che lui era rimasto a casa. Capì che sua madre stava ascoltando la telefonata al viva voce e spiegò quanto chiedendo scusa di aver loro nascosto tutto fino ad ora, ma che stavano bene, tutto procedeva meglio di quanto avessero previsto anche perché molte persone li aiutavano in vari modi, promettendo che se avessero avuto problemi li avrebbero informati oppure sarebbe rientrati a casa senza terminare il pellegrinaggio. Promise di chiamarli tutte le sere, chiedendo però che evitassero loro di fare chiamate in quanto il cellulare era spento e veniva acceso solo quando lui voleva chiamare.

Terminata la telefonata, tocco a Mimmo chiamare a casa, compose il numero che aveva trascritto su un bigliettino con altri che sarebbero potuti tornare utili. Andrea mise il vivavoce così da sentire cosa la madre di Mimmo gli diceva e ripetere con calma scandendo bene le parole a Mimmo potesse leggere dalle su labbra cosa la madre gli stava dicendo e poi rispondere. Da subito, arrabbiatissima, gli diede dei pazzi scriteriati, dicendo che suo figlio lì aveva presi in giro come due deficienti, Mimmo dopo che Andrea aveva ripetuto sorridendo quanto gli stava dicendo sua madre, scusandosi li tranquillizzo, ma questo non bastò perché la madre s'impuntò dicendogli di fermarsi a Fidenza che il giorno dopo sarebbero partiti lei e suo padre a prenderlo per riportarlo a casa. Non se ne parla gli rispose Mimmo, allorché intervenne il padre che rasserenò la conversazione dicendogli in pratica di continuare e di fare molta attenzione perché sapeva che suo figlio ce l'avrebbe fatta. Terminate le telefonate tirarono un forte sospiro di sollievo.

"Sai", disse Mimmo ad Andrea, "pensavo molto peggio, diciamo che sono quasi stati comprensivi, no!"

"Beh volendola vedere così, diciamo di sì, in fin dei conti ci hanno dato il benestare per continuare quindi … avanti tutta!" Esclamò Andrea.

Rimasero fino alle nove in quel piazzale antistante il duomo a rimuginare e a ripetere cosa gli avevano detto i loro cari e cosa loro avevano risposto, quasi per trovare conforto uno con l'altro di quella menzogna che gli avevano opportunamente affibbiato, la coscienza si faceva sentire, ma la voglia di quel viaggio ne riduceva di molto il fastidio di aver agito così nei loro confronti.

Si erano accorti che non riuscivano a mantenere ogni giorno le tappe previste e consigliate dal sito dove avevano scaricato l'itinerario, indirizzi dove pernottare e vari consigli, ma non se ne erano fatti un problema, "quando arriviamo L'ospitalese" si erano detti. Avevano proseguito senza grossi problemi, ma l'andatura non era certo come camminare da soli soprattutto senza le problematiche di salute che avevano. Non avevano mai dormito fuori una sola notte fino a Fidenza per la solidarietà palpabile di ospitalieri, parroci e gente comune che aveva dato loro l'opportunità di dormire al chiuso e in un letto. A pranzo si arrangiavano come meglio potevano, in alcuni negozi a mano a mano che avanzavano di paese in paese, compravano pane, scatolette di tonno, formaggio, marmellata, biscotti, e quanto altro poteva essere loro necessario per pranzare e fare la prima colazione almeno per un paio di volte. Per l'acqua invece riempivano due bottiglie da un litro e mezzo nelle fontane che di solito trovavano nei paesi attraversati. L'importante era sempre consumare qualcosa anche durante il cammino, le forze calavano e si faceva sentire questa mancanza specialmente in tarda mattinata. La sera se non c'era la possibilità di prepararsi una pasta in ostello, si recavano in qualche trattoria dove consumavano un primo e se il prezzo era accessibile anche una bistecca oppure o uno o l'altro. Spesso gli veniva offerto un bicchiere di vino a testa dal proprietario oppure dagli amici commensali pellegrini come loro con i quali condividevano la cena. Molti pellegrini si scattavano selfie con loro e non solo ma anche foto e video che li riprendevano mentre camminavano al traino di uno con l'altro. Erano diventati famosi specialmente nei gruppi di social della Via Francigena. I like ed i commenti bene auguranti non si contavano. Tutti tifavano per loro.

Ora da Fidenza dovevano salire fino al passo della Cisa, queste erano forse le tappe più impegnative, specialmente per loro che non erano abituati alle salite e specialmente in quelle condizioni, ma sapevano che ce l'avrebbero fatta, con calma, passo dopo passo sarebbe saliti e discesi fino a Pontremoli in Lunigiana.

Partiti da Fornovo Val di Taro ebbero il primo assaggio di quella lunga salita, camminavano in fila indiana Andrea agganciato a Mimmo che spesso, specialmente inizialmente in quanto doveva prenderci la mano su come gestire la camminata di Andrea, lo strattonava senza volerlo vuoi perché rallentava di colpo vuoi perché sbandava o scivolava. Erano caduti alcune volte, ma senza conseguenze, solo qualche leggera escoriazione ai palmi delle mani e un piccolo sbrego al pantalone di Andrea all'altezza del ginocchio. Stavano camminando sulla strada statale della Cisa, che presto avrebbero lasciato per strade secondarie, la notte aveva piovuto e il fondo era sdrucciolevole, viaggiavano sul lato sinistro della strada verso la montagna dove si trovava una canaletta di scolo delle acque piovane, Mimmo cercava di stare il più lontano possibile dalla canaletta, ma doveva anche evitare le auto che scendevano, quindi era un continuo zigzagare. Andrea si aiutava con il bastone che teneva nella mano sinistra e ascoltava con attenzione i suggerimenti di Mimmo, ma quella volta non bastò. Andrea mise un piede nella scivolosa canaletta e perse l'equilibrio trascinando in terra anche Mimmo. Si ritrovarono uno sopra l'altro, Andrea sotto con Mimmo sopra. Gli zaini avevano attutito la caduta ed evitato anche di sbattere la testa contro il muro di contenimento della scarpata. Salvo che qualche botta non avevano riportato danni, ma il problema ora era rimettersi in piedi lì in quella maledetta scivolosa canaletta. Mimmo non riusciva a trovare un appoggio valido per far forza e potersi rialzare in quanto scivolava in continuazione e Andrea in pratica sotto il suo corpo non poteva fare nulla. L'alternativa disse Mimmo è quella di spostarsi ambedue piano piano verso il centro strada così da poter evitare la parte scivolosa di acqua e di fango, ma era molto pericoloso in quanto non molto lontano c'era una curva a sinistra che limitava la veduta di automobili che sarebbe sopraggiunte, con rischio di essere ambedue investiti.

"Ehi cosa state facendo, così vi fate investire!" Qualcuno gli gridò.

"Non muovetevi che vi aiuto Io." Era una voce femminile.

Sentirono che qualcuno si stava avvicinando di corsa sia dai passi sia dal movimento su e giù dello zaino.

Andrea urlò "Sì dacci una mano non siamo più capaci di rimetterci in piedi, ho le gambe intorpidite, aiutaci te ne prego!"

Mimmo gridava ad Andrea di lasciarsi andare in quanto non riusciva a capire nulla di quello che stava accadendo e continuava imperterrito nel seguire la sua idea di scivolare verso la strada. Andrea lo strattonava con forza cercando di trattenerlo in quanto non sapeva come fare per fargli capire che qualcuno stava arrivando in loro aiuto. Solo quando capovolse la testa all'indietro chiedendo ad Andrea cosa stesse facendo, si accorse con la coda dell'occhio che qualcuno stava di corsa arrivando da loro, e allora si tranquillizzò.

"Cavoli ragazzi state facendo un pisolino!". Esclamo la ragazza quando li raggiunse.

"Non siamo più capaci di rimetterci in piedi." Replico Andrea. In quel mentre passò un fuoristrada che stava scendendo dal Passo, rallento e poi stazionò poco più avanti con le frecce di emergenza accese. Scese un uomo con i capelli grigi, piccoletto, con una camicia con le maniche arrotolate fino al gomito e un paio di larghi jeans.

"Ehi serve una mano?" Chiese.

"Ben venga grazie." Rispose la ragazza.

Dapprima presero tutti e due Mimmo, visto l'aggancio del quale non capivano il motivo chiesero loro di cosa si trattasse.

"Io sono cieco e il mio amico è sordo, e questo ci serve per camminare assieme." Chiarì Andrea.

"Ma certo voi siete quei pellegrini dei quali stanno parlando un po' tutti in questi giorni. Tranquilli ora vi rimettiamo in piedi."

Sganciati l'uno dall'altro li rimisero in piedi. Verificate poi le condizioni di uno e dell'altro e constatato che non ci fosse nulla di grave il signore chiese loro se doveva portarli al Passo o da qualche altra parte.

"No grazie, stiamo bene, solo sporchi e umidicci. Continuiamo a camminare. Grazie davvero di averci aiutato comunque."

Mimmo era isolato dai quei colloqui, intanto però si era concentrato sulla ragazza, di certo una pellegrina come loro visto lo zaino che portava. Era di statura media, snella, capelli color castano raccolti in due trecce, vestiva una camicia a quadri con maniche corte raccolta in vita con un nodo e due pantaloncini corti color beige e soprattutto un bel sorriso.

Il paesano salutò e se ne andò a bordo della sua Jeep.

La ragazza si presentò loro.

"Passato lo spavento ragazzi? Io mi chiamo Giulia. Voi chiese?"

"Io sono Andrea il non vedente e lui è Mimmo il non udente. Se vuoi dirgli qualcosa devi metterti davanti a lui cosicché ti legga labbra e ti possa rispondere.

Così fece.

"Allora so anch'io chi siete, ho sentito parlare di Voi ieri sera all'ostello. Siete davvero dei grandi, questo Cammino è già impegnativo così com'è e voi lo state percorrendo … scusate non me ne vogliate, ma avete del coraggio e un po' di pazzia. Ma avete intenzione davvero di arrivare fino a Roma." Chiese scandendo più che poteva le parole.

"Arriveremo a Roma, ne siamo certi, ma non in treno ma a piedi." Rispose con una sorta di risolino Mimmo.

"Tu da dove vieni Giulia?" La interrogò Andrea.

"Io sono Slovena, abito in un paesino sui monti a confine con Italia e Austria. Per questo parlo bene l'italiano, che adoro, ma altrettanto il tedesco. Sono partita dal santuario di Lussari in comune di Tarvisio. Da lì ho percorso il Cammino Celeste fino ad Aquileia e poi in bella parte sulla via Postumia ho raggiunto Fidenza dove ho preso la Via Francigena."

"Caspita Giulia ma da quanti giorni sei in cammino?"

"Poco più di quattro settimane."

"Ah però!" Esclamò Mimmo.

"Ma quanti anni hai?"

"A una donna non si chiede mai l'età! Scherzo ci mancherebbe, ne ho trentadue, sono un po' stagionata." Se la rise Giulia.

"Beh noi siamo un poco più giovani." Rispose Mimmo cercando di nascondere che avevano un bel po' di anni in meno.

"Ci accompagni per un pezzo?" Chiese Andrea.

"Ma certo e ben volentieri, fare due parole non guasta mai, anche se a dir il vero mi piace anche camminare da sola. Ma dai stiamo un po' assieme e raccontatemi di Voi."

Stettero insieme una decina di giorni alla fine.

Quella sera Giulia in ostello provvide a lavare tutti i luridi panni sporcatosi nella caduta e la biancheria intima e rammendo i pantaloni di Andrea, inoltre quella sera preparò una pasta al ragù per tutti i pellegrini dell'ostello che per ripagare la gentilezza offrirono un buon vino e una torta casereccia.

I giorni seguenti lei dava spessissimo il cambio a Mimmo agganciandosi lei Andrea, facendolo così riposare ma anche per godersi il cammino. Quando non era agganciata, specialmente su sentieri e strade trafficate, si poneva dietro ad Andrea e lo dirigeva sul sentiero aggiustandolo sul corretto percorso, e quando poteva pregava nella sua lingua madre.

A Pontremoli la sera si fermarono a pernottare nel castello, era sera avevano già cenato con un pranzo di pellegrini giù nel borgo, erano seduti sul muretto nel cortile del castello e Giulia chiese loro:

"Non vi ho mai visti pregare sul cammino? Alla Messa a Borgotaro vi ho sentito recitare le preghiere, anche se Mimmo era sempre in anticipo o in ritardo." Chiese ridendo.

"Si hai ragione Giulia, forse l'impegno che mettiamo nel camminare ce lo fa scordare."

"Che ne dite se recitiamo il Rosario assieme ora?"

"Volentieri." risposero simultaneamente i ragazzi.

Giulia prese dal taschino della camicia una corona del rosario e la diede a Mimmo.

“Questa corona benedetta mi è stata data dal parroco del santuario di Lussari dopo la Santa Messa che precedette la mia partenza come buon augurio di un pellegrinaggio di Fede. Tu Mimmo scandisci le preghiere, seguimi le labbra che i misteri li dico Io. Ok!”

“Certo Giulia capito tutto, vai tu ora.”

Terminarono quando il sole era già sparito dietro i Monti della Luna e si era fatto buio.

“Grazie ragazzi mi avete fatto un gran piacere, recitare il rosario con altre persone a me fa sempre molto piacere. Questa corona è da ora vostra, un mio regalo perché il vostro arrivo a Roma sia ricco anche di religiosità. Spero che lo accettiate anche come mio ricordo.” Mimmo e Andrea si guardarono stupiti sì dal regalo, ma anche da come quelle parole erano uscite dalla bocca di Giulia. Si era commossa e gli occhi gli si erano fatti lucidi.

“Sarà sempre con noi tutte le sere e così anche tu lo sarai anche quando ci lascerai. Tanto penso prima o poi succederà vero?”

“Ragazzi questa è la vostra Francigena, mi sarebbe piaciuto portarla al termine con voi certo, ma ho visto che ce la potete fare anche da soli, anzi sono certa che ce la farete. Ora staremo insieme qualche giorno poi … vedremo o vedrò.”

Rimasero assieme fino a San Miniato. Come diceva Andrea scherzando “sei la nostra badante”. In effetti, li aiutava molto, con lei avevano mantenuto l’andatura prevista dal programma previsto. La sera Giulia lavava loro i panni e preparava la cena condividendo con loro le spese. Era finita sui social più volte anche lei, l’avevano battezzata “Pippi Calzelunghe” per via delle trecce. Nei paesi e città che attraversavano c’era sempre qualcuno che li aspettava sul percorso, spesso gente comune, curiosi e non. Qualcuno li voleva ospitare la sera in casa propria o averli ospiti a pranzo o cena, altri regalavano loro focacce con salumi e dolci caserecci. Un quotidiano toscano li aveva fotografati e fatto loro una breve intervista poi pubblicata sulla prima pagina del quotidiano. Erano diventati famosi. Da una parte tutta quest’attenzione faceva loro piacere, ma li disturbava non poco, tanto che talvolta cambiavano il percorso proprio per evitare contatti non desiderati.

Sentivano ogni giorno intervallati, uno o l'altro genitore, che si erano tranquillizzati sapendo che Giulia era con loro, gli avevano anche parlato, volevano capire chi fosse quella ragazza che con tanta premura si era presa la briga di assistere i loro figli.

La sera dopo cena all'ostello di San Miniato rimasero insieme più che poterono, alle ore undici però l'ospitaliere che aveva già chiuso un occhio, li incoraggiò a recarsi nella camerata. Avevano parlato dei giorni passati assieme e di quando si sarebbero potuti rivedere. Giulia li invitò a fare insieme l'anno successivo il Cammino Celeste alla cui fine avrebbero potuto soggiornare qualche giorno in Slovenia a casa sua. Loro invece la invitarono in Calabria già alla fine della loro avventura; erano molto amareggiati che Giulia non avesse continuato con loro il cammino fino a Roma, ma sapevano che questo distacco prima o poi sarebbe dovuto avvenire e forse era meglio ora. Si erano innamorati di lei, della sua dolcezza e della sua bellezza interiore che trasmetteva speranza anche a loro che avevano un futuro problematico ed incerto. Alla fine quando si alzarono dal prato, dove erano seduti, per salutarsi si abbracciarono tutti e tre assieme come fossero una sola persona e piansero dolenti lacrime.

Giulia il giorno dopo si alzò molto prima dell'alba, non voleva rivedere i ragazzi e riaprire quella ferita dei saluti della sera prima. Passò nei letti dove Andrea e Mimmo stavano ancora dormendo e diede loro un bacio sulla nuca in segno di quella splendida e pura amicizia che era nata fra loro tre.

5

Era giunto l'ultimo giorno, oggi nella tarda mattinata sarebbero arrivati a Roma. Erano al termine di quello che era stato per loro un sogno che si era piano piano trasformato in realtà. Camminavano mano nella mano, ora per certi tratti si poteva, la stretta di uno o dell'altro si faceva sentire ogni tanto, come sfogo del momento dovuto ai pensieri tristi che rabbuiavano le loro menti. Si parlava solo lo stretto necessario che già un po' infastidiva, preferivano rimanere assorti nei loro pensieri. Si chiedevano ora cosa succederà, torneremo a casa, va bene, ma tutto non sarà più come prima. Questo cammino ci ha dato la possibilità di conoscerci meglio e di rivalutare la nostra vita. Abbiamo conosciuto gente meravigliosa, fra cui, fra tutte la nostra Giulia che ci ha insegnato tanto e soprattutto ci ha concesso la sua amicizia, quella vera non quella insopportabile per noi in quanto compassionevole o di interesse. La fama ci ha infastidito non poco, specialmente gli ultimi giorni, non ci ha permesso quella tranquillità che avevamo le prime settimane. Passando in un paese un barbiere ci ha letteralmente trascinati all'interno del suo negozio accompagnato da alcuni paesani che ci incitavano ad entrare. "Non vorrete arrivare a Roma in quelle condizioni", ci ha fatto un bel taglio a tutti e due non come quello a scodella di Antonino il nostro barbiere di paese. Ci hanno intervistato con molta nostra riluttanza e trasmesso i video in alcune reti pubbliche e private. Alcune ci hanno invitato ai loro format televisivi proponendoci anche un cachet. L'associazione dei calabresi in Germania ci ha invitato a fare una vacanza tutta spesata nel loro secondo paese. Ma cosa davvero speciale e graditissima ovviamente è stato l'invito di una clinica lombarda a effettuare visite approfondite, cure interventi e quanto altro possa aiutarci a risolvere o lenire le nostre gravi alterazioni.

L'arrivo a Roma è avvenuto nel modo che non avrebbero voluto, molte persone si sono loro accodate accompagnandoli fino alla fine della meta in un lungo un corteo di curiosi, fra i quali chi voleva aiutarli dandogli la mano, chi premeva di fare selfie, altri che cercavano di mettersi in mostra durante le riprese di alcuni operatori TV e poi domande su domande in continuazione.

Erano come storditi in una sorta di trance che volevano finisse prima possibile per questo avevano accelerato il passo. Percorsero le ultime centinaia di metri con folla sulle due ali, quasi come fossero i ciclisti del Giro d'Italia all'arrivo sullo Stelvio.

Passato il colonnato sentirono delle voci amiche che li chiamavano, erano la mamma e il papà di Mimmo e la mamma con il fratello di Andrea. Erano là nel bel mezzo della piazza di San Pietro sotto l'obelisco dietro le transenne. Sorpresa là con loro c'era anche Giulia. I baci, gli abbracci, i pianti non si sprecarono.

Poi entrarono soli in San Pietro, mano nella mano.

IL BARCAIOLO DEL PO

1

Non saprei definire il perché sto facendo questo. Me lo chiedo in continuazione. Va bene vengo da una situazione che mi ha esasperato, mi ha stressato, mi ha soprattutto demoralizzato, ma avrei potuto fare altro per cercare di superare questo difficile momento della mia vita. Avrei potuto prendermi una pausa in tutt'altro modo magari un bel viaggio al caldo Brasile soggiornando in resort a cinque stelle lusso, chi se ne frega di quello che avrei speso, i soldi non mi mancano di certo e poi li avrei recuperati in qualche settimana di lavoro.

Questa è la mia quinta tappa sulla Francigena, oggi dovrei arrivare a Piacenza dove ho già prenotato una camera in un cinque stelle in centro ed un tavolo in un ristorante stellato dove mi rifarò di queste giornate che definirei da folle. Ieri sera mi sono a fermato dopo circa sedici chilometri, come dice la guida ma per me sono di più, a Orio Litta dove ho cercato inutilmente un albergo, quindi mi sono recato in ostello dove ho avuto problemi per avere un posto letto in quanto mi hanno chiesto la credenziale che io fino a ieri non sapevo neanche lontanamente cosa fosse e che ovviamente non avevo. Mi sono offerto di pagare chiedendo se era possibile avere una camera singola con bagno esclusivo, ma c'erano solo letti in camerata e bagno in comune. Buon per me alla fine mi hanno assegnato un letto altrimenti avrei dovuto chiamare un taxi e farmi portare in qualche hotel lì vicino sperando che ce ne fossero. Sono entrato in camerata mi hanno assegnato una branda in mezzo ad altre visto che non ce ne erano altre disponibili. Erano tutti fuori a godersi il sole di questi primi giorni di ottobre, ne ho approfittato, ho spostato il mio zaino sull'ultima brandina vicina alla finestra, così almeno ho solo una persona su un fianco, ho preso lo zaino che era posto su quel letto e l'ho spostato sulla branda che mi avevano assegnato. Ero sdraiato sul letto quando un vecchietto è venuto verso di me guardandomi perplesso, non ho capito cosa mi ha detto, non parlo il francese, ma presumo che mi abbia chiesto perché avevo "usurpato" la sua branda, "chi va via perde il posto all'osteria" gli ho risposto portandomi il dito al naso nel segno di silenzio e rimarcando il mio atteggiamento con un "via vai". Zitto via, quatto quatto, se n'è andato con mia grande soddisfazione. Come stavo dicendo sono alla mia quinta tappa, sono infatti partito giusto quattro giorni fa da Mortara che ho raggiunto dal mio paese a nord di Milano in taxi. Il mio obiettivo? E chi lo sa. Roma? In aereo caso mai, ma non certo a piedi. Se ho deciso di accollarmi questa pena penso che alla base di tutto ci sia da parte mia la voglia di far ricadere questo mio subire, tutti questi disagi di quest'assurdo viaggio scaricandoli su mia moglie e sui miei figli; e questo chiarisco, non certo dovuto ad un mio pentimento per dei fatti che ritengo normali nella vita e che fanno parte della quotidianità della società odierna.

Sono passati in pratica quattro giorni da quando sono partito, loro lo sanno bene, ho inviato alcuni messaggi su questo mio intento dicendo che volevo riflettere sul mio sbaglio e cercare delle risposte, belle parole da arringa di un processo, ovvio, ho un'esperienza nel settore, nella ricerca delle parole e delle frasi con cui fare colpo sul giudice di turno, visto che esercito come avvocato da più di venticinque anni. Solo mia figlia si è degnata di rispondermi, dicendomi che almeno prima di partire avrei almeno dovuto chiedere scusa alla mamma, cosa che ho fatto con un messaggio su WhatsApp al quale lei non si è degnata neanche di rispondermi. Brutta stronza, lo sai, te l'ho detto, ve l'ho detto, parto a piedi per Roma, ma lo sapete cosa vuol dire! Fare ottocento chilometri a piedi in balia del tempo, delle intemperie, mangiando qualche panino, dormendo con gente che non conosci che russa e scoreggia tutta la notte e dei tanti altri disagi che questi scervellati pellegrini come si fanno chiamare, ma che io chiamo vagabondi, si sottomettono per propria volontà senza un'apparente motivazione.

Ad oggi nessuna chiamata, nessun messaggio da loro, manco si degnano di farsi sentire, non gliene frega proprio nulla di me. Se è così però mi adeguerò anch'io a loro e allora ne vedremo delle belle quando torno.

Mica devo per forza arrivare a Roma, devo solo far passare un po' di tempo per far sì che loro pensino che io sia davvero impegnato in questo cammino. Nel caso mi fermo da qualche parte magari in Versilia per far passare qualche giorno e poi rientro a casa, si casa mia non la loro.

Voglio poi vedere come mi riceveranno quando rientrerò e se "sono rose fioriranno" ma se no ne vedremo delle belle. Gli farò purgare questo loro disinteresse nei miei confronti, sì cari miei è finita la pacchia, finita la bella vita che vi faccio fare con il mio lavoro. E tu mia cara non pensare neanche lontanamente di chiedermi il divorzio perché non lo avrai mai e poi mai. Ti farò patire per anni e anni. E per quanto riguarda gli alimenti che ti dovrei passare nel caso scordateli non li avrai mai e nel caso, saranno tanto bassi che ti dovrai rassegnare e trovarti un lavoro se vorrai campare, ma non certo ai livelli da signora come sei adesso. Scordati le proprietà lo sia siamo in divisione dei beni e poi sono in un fondo che non potrai mai riuscire a sfiorare. Il mio lavoro va avanti e così sarà per anni e anni ancora e così i guadagni, in fin dei conti senza loro mi rimarranno più denari da spendere per me e se così sarà, sarà per colpa loro non certo mia. Vedremo se faranno la piega, in fin dei conti con questo mio atteggiamento, questo mio cammino è stato come un chiedere scusa, se non accettano questa scusante, ben venga, vuol dire che non mi accettano più in famiglia e allora così sarà.

Sono stato un vero imbecille, imprudente è poco, eravamo arrivati quel giorno nella mia casa di San Teodoro, ci eravamo recati subito n spiaggia, avevamo voglia di mare, lasciai il cellulare sul porta oggetti dell'ombrellone mentre Io me ne andavo a nuotare. Ero in acqua quando il cellulare squillò per una chiamata, mia moglie che era coricata sulla sdraio e visto che continuava a squillare lo prese e vide che avevo una chiamata dall'ufficio. Mi chiamò ma Io immerso in acqua non la sentii. Nel posarlo vide che mi era arrivato anche un nuovo messaggio su WhatsApp, volle curiosare, vide che era della nostra amica Terry e lo aprì.

Il messaggio diceva "Ho ancora sulla mia pelle il tuo profumo dell'altro giorno" con il precedente un "ti amo". Lesse quelli precedenti di alcuni giorni prima che Io maledetto demente mi ero

dimenticato di cancellare. E così Clara capì che la sua amica Terry era la mia amante. Colpa mia non dovevo essere così irresponsabile da lasciare in giro il mio cellulare. E così nacque tutta questa baraonda. Mia moglie fece le valigie e se ne andò da casa, ne parlò ai figli che mi mandarono alcuni messaggi del tipo "vergognati".
Io rimasi a San Teodoro ancora per alcuni giorni in attesa che la cosa si affievolisse, cosa che non avvenne. Trovai vuota la casa, non seppi mai dove fossero riparati. Forse nella casa di montagna, ma di questo me ne fregò alquanto poco. Ci rivedemmo dopo alcuni giorni ma loro stavano sulle sue e questo m'infastidì non poco, anzi mi fece incazzare di brutto e gliene dissi di tutti i colori. Cercai poi dopo una settimana di recuperare la mia posizione facendo ammenda, sconsolato chiesi perdono, che mi fu rifiutato. Optai quindi per la soluzione Francigena, sperando compassione.

2

Quando ho visto l'atmosfera che c'era in casa, ho fatto loro presente cosa avevo intenzione di fare. Avevo sentito parlare di questo cammino alcuni anni fa da una mia stagista che dopo aver fatto l'altro cammino quello di Santiago si era cimentata sulla Via Francigena. Ne avevano sentito parlare anche loro da Lei, avevano ascoltato durante un aperitivo a casa mia, di quella performance e delle sofferenze vissute per arrivare a Roma.

Mio figlio, il palestrato, mi disse che ero folle a voler intraprendere questo percorso e che non sarei comunque mai partito. "Se vuoi fare penitenza Pa", mi disse, "meglio che fai almeno un po' di mea culpa e ci chiedi scusa".
Manco per idea, gli risposi.

Così chiamai la mia ex stagista e gli chiesi alcune informazioni al riguardo, ci incontrammo e mi spiegò il da farsi. Mi diede anche una guida, m'indicò alcuni siti web che ne parlavano e dove andare a prendere tutto ciò che mi serviva.

Mi recai il giorno dopo in un negozio di attrezzature ed abbigliamento tecnico. Il commesso mi aiutò nelle scelte e mi vendette tutto quello che mi poteva essere utile. Non badai a quanto costava gli dissi che volevo tutto di prima qualità e di firma. Spesi circa 2.000

Euro per tutto. Una volta a casa pesai lo zaino e tutto il suo contenuto erano sui quindici chili. Mi recai nel mio ufficio di Milano, diedi degli ordini su quello che dovevano fare, chiamai un mio collega per sostituirmi in alcune udienze già in essere. Salutai dicendo ai miei impiegati che volevo essere disturbato il meno possibile.

Dopo questi quattro giorni mi sto ricredendo su questa mia strana idea. Mi sono già stufato, lo zaino mi pesa maledettamente e mi lacera le spalle, le gambe non vanno male pensavo peggio a dire il vero, ma quello che mi pesa di più è la solitudine alla quale non mi adeguo. Non riesco a scambiare una parola con nessuno di questi vagabondi, ci provo, ma il mio interloquire pare poco gradito.

Il secondo giorno ho conosciuto una ragazza belga che è partita da casa e sta andando a Roma. L'avevo davanti da un po', mora con due belle gambe. La raggiunsi. Bella ragazza, chi non è bello a venticinque anni! Per un bel tratto abbiamo camminato assieme, gli ho raccontato di me, di cosa facevo nella vita evitando di dirgli che ero sposato, in fin dei conti un'avventura mi potrebbe rallegrare questo percorso quindi perché non cercare un misurato ed intelligente abbordaggio. Partii ovviamente mentendo, facendo mie le impressioni che mi avevano portato sulla Via Francigena della mia ex stagista, poi quando ci fermammo ad un bar gli offrii uno Spritz che comunque rifiutò e che Io invece mi feci. Lì seduti gli parlai delle case di vacanza che ho in Sardegna e in Val Badia. Ovvio la invitai, gli chiesi il suo numero di cellulare, non mi disse di no, me lo avrebbe dato la sera stessa nell'ostello di Pavia dove ci siamo dati appuntamento e dove mi ha detto lei avrebbe pernottato. Gli dissi che Pavia era una città molto bella e che potevo fare da guida, avremmo potuto fare un giro per la città e poi una bella cenetta in qualche buon ristorante a mie spese ovviamente, gli allettai anche una soluzione di una buona camera di hotel invece dell'ostello e magari per terminare al meglio la serata, ma quest'ultima considerazione me la tenni per me. Poi domani ognuno per la sua strada chiarii. Lei parlava pochissimo, mi ascoltava invece con attenzione. Mancavano circa sei chilometri a Pavia quando mi chiese se per favore poteva stare da sola in quanto voleva pregare. Rimasi così seduto al bar mentre lei si alzò e mi salutò. Gli dissi ci vediamo fra un paio di ore in ostello. Mi fece cenno di “ok” e mi sorrise.

Non la vidi più. Mi recai nell’ostello che avevamo concordato, ma di lei nessuna traccia. Ne feci passare altri due in città ma anche lì niente. Va bé Pavia non è piccola e non posso mettermi a cercare in tutti gli ostelli mi dissi. Così decisi di dormire nell’ostello per il quale ci eravamo accordati sperando nel suo arrivo.

3

La giornata di oggi mi sta stressando parecchio, mangiato da schifo in un’osteria per camionisti. Gli ho fatto portare indietro il mezzo litro di vino rosso dicendogli che era puro metanolo, “è quello che bevono tutti qui” mi risponde il ciccione che serviva al tavolo, così mi son fatto servire una buona bottiglia di Bonarda da me scelta che il cameriere m’informò che costava il doppio del costo del pranzo. Gli risi in faccia con piacere precisando “ma lei cosa pensa che non sia forse in grado di pagarla!”. “Mi scusi pensavo che lei fosse un pellegrino” mi rispose, allorché mi tolse di bocca “Non sono un morto di fame comunque”.

Già la mattina era iniziata male con la mancata colazione in quanto mi ero alzato tardi e tutti erano già partiti dall’ostello. Non vedevo l’ora di arrivare a Piacenza e di sistemarmi nella mia stanza del cinque stelle, magari mi ci fermo due notti così mi riprendo un po’. Mi hanno detto all’osteria che il guado dove dovrei imbarcarmi per traghettare il Po è vicino. Il tempo oggi fa schifo sembra autunno inoltrato, mi sono cambiato ed oltre ai pantaloni lunghi mi sono messo camicia e una felpa, la temperatura rispetto a ieri secondo me si è abbassata di almeno quindici gradi. Sono in piena pianura su una strada asfaltata, più avanti devo prendere una carrareccia sulla destra e poi poco dopo dovrei trovare le indicazioni del così detto “Guado di Sigerico o Transitum Padi”, dove i pellegrini s’imbarcano per raggiungere l’altra sponda e poi proseguire sul percorso segnato della Via Francigena. La sul molo ad attendermi ci dovrebbe essere una persona che con un’imbarcazione a motore, spero sicura, mi porterà di là. Non molto lontano si scorgono i pioppeti delle zone demaniali che costeggiano il Po, quindi fra poco sarò lì penso, poi un ultimo sforzo e sarò a Piacenza. Eccola la deviazione, ecco la carrareccia che scende dall'argine al guado. Non vedo però nessuna segnalazione, come invece, stando a quanto mi avevano detto dovrebbe esserci. È una stradina che scende dall'argine, è sterrata nelle parti laterali dove passano i mezzi agricoli e con la parte centrale c'è erba. Scendo in mezzo al pioppeto, la davanti a me appare una fitta nebbia oltre la quale non mi è possibile vedere nulla.

Strana ed inaspettata la nebbia se il tempo è nuvoloso, forse la vicinanza del fiume la alimenta. Mi ci immergo, la nebbia è forte vedo solo alcuni metri davanti a me, il silenzio è assoluto, non si sente nessun rumore tanto meno il cinguettare degli uccelli che mi aveva accompagnato per alcuni tratti. Il terreno ora è fangoso, il passo è rallentato dal peso del fango che si è appiccicato alle mie scarpe che quasi non s'intravedono più, la capezzagna è poco visibile si è ristretta e quasi sparita, riesco ad individuare a mala pena l'erba calpestata che mi dà un riferimento con il quale proseguire. Provo a chiamare "Oh c'è qualcuno; vado bene per di qua?" Nulla, nessuna risposta, le mie urla sembrano spegnersi subito dopo emesse.

Incomincio a preoccuparmi, sto pensando che forse con l'applicazione del cellulare riesco a capire dove sono finito. Lo prendo dalla tasca inutilmente, non c'è campo e strano non funziona neanche il satellitare. Non mi resta che proseguire e vedere se arrivo al guado, m'impongo però che nel caso non ci arrivi a breve ritornerò sui miei passi e riprendendo la via del ritorno a Orio Litta, poi in un modo o nell'altro troverò il modo di farmi portare a Piacenza. Certo che ci arrivo, mi dico come una sorta di incoraggiamento, di qui sono passati oggi altri viandanti come me e magari qualcuno è dietro di me e non mi vede e non mi sente, ma forse c'è e mi raggiungerà al molo. Con un certo timore penso alla attraversata del Po fatta con questa nebbia, di certo non è il massimo. L'ospitaliere mi ha detto di stare tranquillo che la barca è perfetta e l'addetto è espertissimo e sicuro e che fa questa traversata più volte al giorno; c'è comunque un'alternativa se non vuoi fare il guado facendo una variante che segue l'argine del Po fino al ponte di Piacenza, ma è più lunga di circa una buona ora, certo le sensazioni della traversata sul Po, rimarca l'ospitaliere, ti rimarranno impresse nei ricordi del tuo cammino. Non mi è sembrato il caso di impiegarci più tempo e di fare più strada a piedi, prima arrivo meglio è mi sono detto.

Ad un certo punto incomincio a sentire un rumore regolare che si fa sempre più vicino, qualcuno sta battendo in modo persistente come dei colpi su del legno. Mentre cammino in quella direzione spero che siano fatte per darmi una direzione, comunque lì ci deve essere qualcuno con il quale almeno chiarirmi. Sono sempre più vicine, ora mi accorgo che il pioppeto è terminato e che il labile sentiero è immerso nei rovi che ogni tanto mi rallentano impigliandosi nei pantaloni e nella felpa. Mi accorgo che sto piano piano scendendo. La nebbia si dirada, s'intravede il fiume, finalmente ci sono, ma il barcaiolo dov'è? Mi chiedo. Dopo un alto cespuglio di un rosso Ricino lo vedo con la sulla sua barca.

"Ti stavo aspettando".

4

Ma chi è costui! Mi chiedo perplesso.

Avanti a me, al basso vedo in piedi su una barca, un vecchio, indossa un impermeabile in tela cerata grigio scuro, con il cappuccio posto sulla testa. Riesco a vedergli solo la barba grigia. La barca in legno non è piccola, anzi penso possa caricare almeno quattro o cinque persone, ma quello che mi stupisce di più è che è a remi, non ha nessun motore. È in acqua attraccata con una corda ad un palo impiantato sull'argine.

Vedo la sponda opposta, non è poi così lontana, l'acqua è grigia, c'è corrente anche se il fiume è in secca essendo mesi che non piove.

Mi fermo sul bordo dell'argine, ora sono allo stesso livello suo e lo posso scorgere bene in viso. Avrà penso una settantina d'anni almeno, mi sembra sciupato, forse è questa vita che fa penso.

"Buongiorno, è lei in traghettatore?"

"La stavo aspettando." Mi ripete.

"Mi scusi, ma mi avevano detto che il trasporto era con una barba a motore, e qui mi pare di non vederla."

"Stia tranquillo, la porterò di là con questa, e non si preoccupi non la farò remare."

“Ci mancherebbe anche quello, ho già dato troppo in questi giorni per questa Via Francigena.”

“Salga che si va.”

La barca è posta appena più bassa dell’argine dove è attraccata, allungo la gamba e con un passo ci salgo. Dondola, tanto che fatico a tenermi in equilibrio, il peso dello zaino mi sbilancia e mi siedo sulla panca velocemente per non cadere in acqua.

“Bene, si tolga lo zaino e lo posi sul fondo e si muova il meno possibile. Ora partiamo”.

Con una mossa sgancia la corda dal palo e libera la barca che subito inizia a muoversi.
I remi sono già in posizione nelle sue mani, con uno fa forza sull’argine così da allontanare la barca, poi con l’altro rema con forza fino a quando prende la corrente.

Pare abile, certo ho un po’ di paura, so nuotare ma qui nel Po ci sono correnti alle quali anche un abile nuotatore può soccombere ed annegare.

“Ma non ci sono dei giubbotti di salvataggio da indossare? “Chiedo.

Mi sorride.

Prendemmo la corrente in diagonale.

“Ma l’attracco non è lì davanti?”

“No è più avanti, stai tranquillo che arriveremo in un batter d’occhio.” Mi rispose.

Lo guardavo remare, era tranquillo, aveva una remata costante sciolta, i remi sfioravano l’acqua non sollevando schizzi. Era rassicurante.

Nel bel mezzo del fiume tutto ad un tratto ci avvolse una fitta nebbia, l’acqua tutt’ad un tratto era come ferma, sembrava avesse la consistenza dell’olio, il barcaiolo remava ma sembrava che non ci muovessimo di un centimetro. Sembravamo fermi. Non si vedeva nulla né da una parte né dall’altra, a malapena riuscivo a scorgerlo nonostante fosse lì vicinissimo.

“Sai dove stai andando?” Gli chiesi con non poca apprensione.

“E tu lo sai dove stai andando? “Mi rispose.

Sentivo la sua voce provenire dalla barca senza quasi individuarlo. Sapevo che era lì, quasi un'ombra appena percettibile. Non riuscivo a capire il perché di quella domanda. Dovrebbe sapere dove sto andando, cacchio, che domanda mi ha fatto questo qui, mi sono chiesto.

"Certo che lo so e lo sai anche tu visto che mi stai trasportando sull'altra riva, almeno spero che tu lo stia facendo visto che siamo immersi in questa nebbione".

"Dove stai andando?" Mi ripeté.

"Che palle amico sto andando a Roma sulla Via Francigena, e se no dove dovrei andare! Sei sicuro di stare bene? Hai qualche problema con me?"

Scorgevo solo ora la sua ombra, ma sentivo scandire bene le sue parole e il tono pacato della sua voce.

"Tu stai facendo questo controvoglia e penso che su questo non ci siano dubbi. Sei partito e stai proseguendo nel modo più sbagliato che ci sia. La Via Francigena non è un escamotage per le tue malefatte e tanto meno una soluzione alle problematiche che tu hai causato. Se cerchi un'assoluzione a tutto questo non la troverai mai così."

"Ma che stai dicendo! Come ti permetti vecchio rimbambito di parlarmi così!" Gli dissi infervorato.

"Oscar non serve che ti agiti e m'insulti, voglio solo aiutarti."

Mi ha chiamato per nome, come può sapere come mi chiamo. Forse quelli dell'ostello l'hanno avvisato perché stavo venendo qua!

"Chi ti ha detto come mi chiamo? Come puoi sapere il mio nome, sono stati quelli dell'ostello?" Chiedo.

"Oscar Io so tante cose di te e non solo il nome, conosco tutto della tua vita, sono la tua coscienza".

Scattò su in piedi, mi sono incazzato, vorrei andare da lui e menarlo, la barca barcolla mi devo risiedere per timore di cadere in acqua.

"Sei fortunato che non posso muovermi altrimenti ti facevo sentire Io cosa ne penso di queste stronzate che mi stai propinando, coscienza cosa! Ma tranquillo a riva facciamo i conti."

"Oscar, Oscar così non va, questo modo da fare non ti aiuta, non ti ha mai aiutato, stai dissipando la tua vita nel peggiore dei modi."

"Stai zitto vecchio! Stai zitto non mi rompere i coglioni, portami di là prima possibile. Ah altra cosa se speri che ti paghi anche scordatelo, le tue ramanzine falle ad altri che gradiscono e fatti pagare da loro, da quegli stronzi che girano con il rosario in mano, a loro le tue cazzate piacciono di certo. La mia coscienza … ma va a cagare!"

"Ti ho detto che non serve arrabbiarsi, tu lo sai meglio di me cos'hai fatto e non solo la questione ultima dell'amante o delle amanti, è tutta la tua vita che non va. Devi ritrovare la tua strada che hai perso o meglio che non hai mai individuato bene. Venire a patti con me, con la tua coscienza ti può essere di conforto, ma valutare i fatti coinvolgendo la spiritualità del tuo comportamento è tutt'altra cosa, ma questo lo sai, sai bene cosa sono il bene e il male che forse conosci meglio. Il giudizio che tu emetti di te stesso è falso ti serve solo per quel momento, per farti sentire bene, ma lo sai che non è così."

"Basta con queste assurde morali, vecchio, basta, non ne ho di certo bisogno e non me ne frega nulla di nulla di quello che mi stai dicendo." Gli urlo.

"La tua arroganza e strafottenza che hai usato spesso nel tuo lavoro di avvocato cosa ti hanno dato! Denaro tanto denaro, ma a danno di chi! Di povera gente che hai rovinato, che hai gettato sul lastrico, ditte che hai volutamente mandato in fallimento a scapito dei posti di lavoro di operai e impiegati, hai pignorato case dove la gente viveva per pagare le tue parcelle e i presunti danni che tu volontariamente corrompendo, giudici, CTU accordandoti con gli avvocati di controparte amministratori etc. hai imposto senza che la vera giustizia terrena che non discernere da quella di nostro Signore trionfasse. Dov'è l'etica professionale, dov'era la tua coscienza mentre tu senza scrupolo alcuno ti sei permesso quanto. Non hai mai pensato neanche lontanamente a quel povero padre di famiglia che ha tentato il suicidio per colpa tua! L'hai cancellato dalla mente quando hai saputo, ricordi?"

"Per colpa mia? Ma che dici, è stato lui che se l'è cercata, doveva pensarci prima. E poi Io lavoro per guadagnare, punto e basta.

In fin dei conti mi adeguo a questa società e se non ti adegui ne sei succube e a me questo non va."

"E' solo un alibi che ti dai, è solo il tuo modo di dire che a prescindere da tutto la colpa è sempre degli altri. Vedi con tua moglie, l'hai incolpata di aver letto i messaggi della tua amante; se non li avesse letti, tu dici, non si sarebbe arrivati a questo punto. Tutto sarebbe come prima, tu avresti continuato ad essere sleale con lei con i suoi sentimenti, con i figli che lei ti ha dato. Non ti ricordi la bellezza dei sentimenti che avevi quando l'hai conosciuta, l'innamoramento di quegli anni, cosa valgono tutti i tuoi denari se non trovi appagamento nell'amore!"

Mi guardavo attorno in continuazione, cercando di scorgere la riva ma la nebbia me lo impediva. Si era fatto più scuro, forse era già sera. Sembrava che il tempo non passasse più, chissà da quanto stavo sull'acqua. Ero nel nulla assoluto, il silenzio e le parole del barcaiolo mi angosciavano. Ero inquieto ed avevo paura, forse più di lui che della nebbia che mi stava raccontando per filo e per segno alcune fasi che mi ero dimenticato della mia vita e che sosteneva di essere la mia coscienza.

"Ok, si hai ragione, brava coscienza, ho capito, ma ora portami a riva. Ho freddo e non sto bene. Dai fammi questo per favore:" Gli dissi cercando di fare presa sulla sua bonarietà.

"Per favore, quante volte hai usato questa parola nella tua vita! Il tuo per favore era un: devi punto e basta, corrompendo, comprando o alimentando le paure del poveretto o dei poveretti di turno per raggiungere il tuo bieco scopo. Quante persone hai comprato, quante ne hai terrorizzato e non solo nell'ambito della tua professione, ricordi? Vuoi che te ne menzioni un quasi a caso! Rammenti il ragazzo di tua figlia, sì quel poveretto che a te non andava solo perché era un bracciante agricolo, "è sporco di merda dalla mattina alla sera" dicesti a tua figlia" ma lei era felice con lui, si volevano bene e avrebbero di certo avuto un sereno futuro insieme, avrebbero anche avuto dei figli, i tuoi nipoti. Ma tu contrario, senza dire nulla a nessuno tanto meno a tua moglie, prima gli offristi dei soldi che lui non accetto, poi gli facesti perdere il lavoro intimandogli che se avesse frequentato ancora tua figlia avresti perseguitato la sua famiglia fino a mangiargli fuori tutto quello che avevano, motivando che in qualche modo qualcuno ha sempre qualcosa da cui avere timore e nella nostra società dove la legalità è sempre al limite è facile trovare qualche inghippo legale o amministrativo per creare seri problemi anche alla persona più onesta di questo mondo. Ricordi tua figlia, rintanata nella sua camera disperata a piangere per giorni, lei non capiva il perché l'avesse lasciata, non ha mai neanche lontanamente pensato che fossi intervenuto tu. E lo sai perché? Perché ti vuole bene, ti pare poco, forse questo! Non conta nulla per te! La depressione che sconfinò anche nella droga fu solo una parte di quello che tu causasti a tua figlia. Si ripercuote anche su tua moglie tanto che tutte e due dovettero rivolgersi ad uno psicologo e tua figlia anche ad uno psichiatra. Hai cancellato anche questo!"

Sì mi ricordavo di questo fatto, di mia figlia che non era stata più la stessa, dei pianti di mia moglie che io rimproveravo solo perché ne ero infastidito. Mi arrabbiavo con lei perché non si concedeva più a me o quando lo faceva era contro voglia come un dovere un dovuto o meglio un atto di pietà verso suo marito. Questo è stato il mio alibi per non avere più remora alcuna a farmi, anzi a continuare ad avere amanti. Ne avevo più di una, ci provavo con tutte, certe le obbligavo, le comperavo con denari o minacce. Sì sono un gran figlio di puttana, lo ammetto.

"La Via Francigena caro Oscar la fanno in molti con motivazioni varie e con stimoli disparati, per Fede come pellegrini, per trekking, per turismo, ma mai ho sentito nessuno che lo abbia fatto per giustificare i propri errori, per cercare di far ricadere le proprie colpe, nel tuo caso il fallimento del tuo matrimonio e del tuo ruolo di padre, su altri e nel tuo caso sui tuoi famigliari. Come ti ho detto stai cercando un'altra volta un alibi per assolverti e per poter poi continuare imperterrito nella tua imperfetta ed inconsistente vita."

Il barcaiolo continuava imperterrito nella sua valutazione di me stesso, provavo sì fastidio ma anche disagio mettendomi non poca soggezione. Pensavo a quello che mi stava dicendo e la mia vita mi si presentava ora come un riepilogo di buona parte dei miei sbagli come delle macchie indelebili che ora io non volevo e non sapevo come togliermi da dosso. Forse, pensavo, ero già morto annegato in questo fiume che mi stava mostrando, come una sorta di penitenza la parte più buia della mia vita.

Forse ero già morto davvero e forse avevo iniziato a purgare i miei peccati per liberarmi da tutte le impurità che io avevo messo in atto. La disperazione si era trasformata ora in sofferenza, avevo le lacrimane che mi rigavano il volto, avrei voluto essere con loro, rivederli fosse anche per un'ultima volta, abbracciarli e chiedere scusa specialmente a Clara. Avrei voluto poter rimediare alle conseguenze brutali del mio operato sia di padre che professionale, rimediare ai tanti atti di forza con i quali avevo danneggiato persone che di certo si meritavano ben altro.

La vita riserva sempre delle sorprese, la speranza ci aiuta a superare tanti ostacoli, forse questa era per me una seconda opportunità che mi veniva concessa, forse perché qualcuno credeva ancora in me.

Una lama di luce penetrò la nebbia ed illuminò la barca. Questo è un segnale credetti, non può essere una casualità o un miraggio. Sto vaneggiando, a cosa sto credendo! Ai miracoli, sto forse impazzendo! Svegliati stai solo sognando imbecille, pensai.

La nebbia si diradò e tutto ad un tratto vidi nettamente tutta la barca. Non c'era nessuno che la governava, il barcaiolo era scomparso.

Ora potevo vedere le due rive, era uscito il sole ed era scomparso il buio che avevo accomunato alla sera.

Avevo la sponda dalla quale ero partito molto vicina, non ero più nel mezzo del fiume, la corrente mi trasportava verso questa riva. Di lì a poco scorsi un pontile con una barca, notai che sul molo c'era anche una persona. La barca ormeggio come se fosse telecomandata accostandosi al pontile. La lancia che vedevo era uno scavo a motore forse nuovo.

L'uomo, perplesso mi chiese vedendomi:

"Ma dove pensavi di andare con quella?"

"Non so bene dirti, forse da qualche parte di me stesso." Gli risposi.

Non capì cosa volevo dire con quella mia risposta.

Mi aiutò a scendere, salii così sull'argine del fiume con il mio zaino.

"Ma se tu sei un pellegrino e vuoi andare sull'altra sponda, se vuoi ti ci posso portare Io."

Lo guardai, mi misi lo zaino sulle spalle e scorto il sentiero nel pioppeto lo presi e gli risposi:

"Forse un'altra volta, forse quando mi meriterò questa Via, sperando che anche per me ci sia una seconda opportunità".

IL PROCESSO DI FIDENZA

1

Era da un po' che questa pioggerella lo tormentava. Era partito da Piacenza da circa tre ore, sempre sotto questa pioggia fine uno, a fianco di quella statale che forse ripercorre un'antica strada romana. La mantella era troppo, si sarebbe bagnato forse di più con il sudore che comporta l'uso della mantella, che con quell'acquerella che oggi il buon Dio gli aveva riservato. Aveva preferito coprire lo zaino con l'apposito copri - zaino impermeabile e prendersela stoicamente durante il suo cammino. Se non altro pensava 'farò tenerezza a chi mi vede e magari qualche d'uno mi offre un passaggio, il che non sarebbe male se fosse anche una bella piacentina'.

Lontano forse un chilometro si vedeva un campanile, sulla guida della Francigena che si era procurato scaricandola da internet, pareva trattarsi di Fiorenzuola d'Arda.

'Meno male così mi fermo a fare colazione in qualche bar e mi cambio la T-shirt.'

I dubbi lo assalivano così come era già successo altre volte, e in questi frangenti non vedeva l'ora di essere già a destinazione. A Vercelli, infatti, era arrivato solo la sera in pullman in quanto era partito da Santhià solo nella tarda mattinata e il solleone agostano non perdona. Così si era quasi subito stancato, vuoi per il gran caldo, vuoi per la folle nottata, vuoi per i fumi dell'alcol che ancora aveva in corpo, si era deciso a prendere il pullman e nel giro di un'oretta era arrivato sul posto.

Ovvio, quando arrivato e sceso dal pullman aveva ripreso le vesti di pellegrino, specialmente quando si era presentato all'ostello dei frati a chiedere ospitalità. Gratuita s'intende.

Era quasi fradicio, e il calore, che in quella fresca mattina emanava il corpo, formava sulla maglietta un leggero vapore che ben presto si disperdeva nell'aria. I veicoli scheggiavano sulla statale nonostante il mal tempo e alla faccia dei vari limiti di velocità posti su essa.

Il giovanotto si chiedeva sempre più spesso chi glielo aveva fatto fare. Maledetta quella volta che aveva incontrato quella ragazza irlandese in una piazza di Aosta. L'aveva colpita non solo per la sua bellezza e per quegli occhi scuri che parevano due perle nere. Era fine giugno dello scorso anno e si era recato con alcuni amici all'università ad Aosta per un esame che dopo ben tre tentativi era riuscito a superare, alla faccia di che diceva che era facile.

Uscendo nel tardo pomeriggio si era recato in centro per concedersi un poco di giusto e meritato relax, dopo aver fatto felice sua madre comunicandogli l'avvenuto "parto" di quell'esame. Ora me ne mancano solo sei, in un anno ce la dovrei fare e poi la tesi. Quindi a conti fatti dovrei riuscire a laurearmi entro i trentun anni. In fin dei conti se va così, i miei cari genitori non possono neanche lamentarsi troppo. Purtroppo non era andata così in quanto di esame riuscì a darne con grande fatica solo altri tre. E questo lo aveva consegnato al solito mal contento del padre che lo avrebbe voluto già da tempo almeno come praticante nel suo studio di dentista. Il padre, già in età di pensione, avrebbe voluto che il suo unico figlio prendesse il suo posto in quello studio avviato che da oltre trent'anni permetteva un tenore di vita a tutta la famiglia ben al di sopra della norma. Ma a lui questo non interessava più di tanto, sarebbe stato di certo un pessimo dentista, se non altro per lo scarso interesse all'attività, e poi tante volte si era detto che con quello che avrebbe avuto alla morte dei suoi genitori avrebbe campato di rendita alla grande senza fare nulla. La madre stravedeva per il suo Mariolino, e perdonava da sempre tutti i casini che combinava e le sue intemperanze caratteriali che lo avevano portato spesso a violenti litigi con suo padre fino al punto di sferrargli un pugno in faccia che gli aveva fatto saltare un dente.

Quel pomeriggio era solo e non aveva voglia di tornarsene a casa, era felice per quel venti sul libretto. Voleva festeggiare in qualche modo, e magari fare la nottata con qualche bella ragazza.

Seduta su una panchina quella che sembrava una turista straniera un po' folk, leggeva qualcosa, forse un libro, l'aveva colpito, mentre da lontano guardava chi poteva essere la preda di quella serata. Due lunghe e abbronzatissime gambe spuntavano dai corti pantaloncini, mentre dalla maglietta si scorgeva una parte del fondo schiena bianco candido. Un foularone gli raccoglieva i lunghi e ricci capelli. Occhi neri con folti sopraccigli. Sulla panchina vi era sistemato uno zaino dal quale pendeva una borraccia rossa e un giubbino. Sull'altro lato della panchina vi era appoggiato un lungo bastone di legno con annodata una croce.

Chi è quella si è era chiesto. Ha un'aria un po' d'altri tempi, da hippy si direbbe. Magari l'aggancio con una canna, da qualche parte la trovo di certo senza problemi, si era detto. Io ci vado a fare a due parole, ci provo, tanto che ci perdo. Se non va bene questa, ne trovo un'altra qui sulla piazza, oppure posso telefonare alle solite amiche che quando serve sono sempre pronte a farmi compagnia. In fin dei conti sono un bel ragazzo e poi è difficile rinunciare a una serata folle tutta a mie spese.

Ci aveva provato. Aveva attaccato bottone con quel misterioso splendore di ragazza. Lei era irlandese e viveva in un paesino sulla costa atlantica, famoso per essere nel Guinness dei Primati con il record di pub o bar, che si dir si voglia, per abitante. Gli aveva raccontato del suo viaggio, o meglio del suo pellegrinaggio a Roma. Era giunta sin qui a piedi ed era intenzionata a raggiungere Roma sempre allo stesso modo. Ieri si era cuccata il passo del Gran San Bernardo, aveva valicato le Alpi non in galleria o su un'auto, ma, bensì per sentieri di montagna. Questa è un po' pazza si era detto. Mario non sapeva come interpretare questo strano sistema di fare le vacanze. Perché scusa non ti prendi l'aereo, costano così poco i voli low cost. Lei gli aveva spiegato che non era questo il suo intendimento, raggiungere Roma in tutta fretta non era come guadagnarsi la meta passo per passo. Stava dando un'occhiata alla guida per cercare un ostello dove dormire: Mario subito gli aveva consigliato una pensione lì vicino dove nel caso lui si sarebbe potuto intrufolare senza problemi. Ma lei aveva preferito scegliere un ostello gestito dalle suore. L'aveva accompagnata a piedi, cercando di incuriosirla e destare il suo interesse per lui con tutta una serie di atteggiamenti e racconti che potevano essere confacenti alla personalità che quella ragazza manifestava. Era arrivato anche al punto, di raccontargli che si era recato in un eremo per meditare in solitudine la scomparsa della fidanzata.

Le suore non gli avevano permesso di entrare nell'ostello. Al momento si era un po' irritato da quell'atteggiamento dittatoriale della suora che gli aveva chiuso la porta in faccia. Non aveva potuto neanche essere troppo brutale nella risposta, temeva di bruciarsi la promessa della pellegrina che aveva accettato di esser sua ospite per una pizza. Subito si era scusato con quella portinaia rompiballe, e la ragazza con un sorriso gli aveva detto di dargli il tempo di fare bucato e una doccia che poi lui gli avrebbe fatto da cicerone per Aosta. Quel viso arrossato dal sole, quegli occhi, quel sorriso, ma soprattutto quelle due lunghe leve, valevano bene una serata. Mario era fiducioso, questa è in giro da settimane, procuro un po' di fumo, qualche birra e poi .... Era però anche incuriosito da quello strano modo di fare il turista. In giro con lo zaino a piedi. Incredibile. Poi a piedi magari del tutto no, qualche volta di sicuro avrà perso un pullman o un treno. Ok irlandesina bella tu me la racconti così ed io sto al tuo gioco e questo mi va più che bene. Poi sarai tu a stare al mio. L'aveva portata un po' in giro per Aosta. Per prima cosa lei aveva voluto essere accompagnata in cattedrale, dove la, si era inginocchiata per un buon dieci minuti a pregare. Lui seduto nell'ultimo banco l'aveva osservata edera stato assalito dai primi dubbi. Mi sa che con questa è tempo perso, aveva pensato, nel vederla concentrata nelle preghiere. Poi in pizzeria aveva tentato con il farla ubriacare, visto che di fumo non ne voleva sapere, ma anche qui era andata male. E d'altronde una che viene da un paese dove c'è un bar quasi per famiglia cosa vuoi pretendere che si ubriachi!

Il cammino che la ragazza gli aveva raccontato, rivisto nei pensieri a modo suo, ovvero di come poteva trasformarlo a suo piacimento, gli aveva comunque ripagato il tempo perso. E da quel giorno ogni tanto ne parlava con i suoi amici. Gli sarebbe piaciuto si era detto. Cavoli sei in giro da solo, non spendi, anzi o meglio risparmi dove ti è consentito così puoi permetterti di spenderli in altro modo. Su questa Francigena da quanto ho capito ci sono un mucchio di ragazze in giro da sole, e tutte, non mi si venga a raccontare, sono come quell'irlandese. E poi, fai leva sulla comprensione della gente, ai loro occhi sei un eroe. Le ragazze vanno pazze per questo. Povero ragazzo, diranno, quanto affetto gratuito da sfruttare per bene avrò a disposizione.

Alle ventidue circa l'aveva accompagnata all'ostello, così come da regolamento interno per gli ospiti. L'aveva saluta con uno svelto ciao, pronto a tuffarsi nella serata che per lui non era comunque ancora iniziata. Se non altro ho ripassato la lingua, che torna sempre utile, era dall'anno scorso infatti, ovvero da quando ero andato in vacanza in Canada che non parlavo tanto in inglese, concordò.

Da poco entrato e seduto in un bar di Fidenza, aveva notato che una signora con un bambino appena entrata si era rivolta al bancone e aveva acquistato un biglietto per il pullman di linea.

Cappuccio, fetta di torta, succo di frutta e per finire un caffè espresso, lo avevano ritemprato. In bagno si era cambiato la maglietta bagnata con una asciutta, mentre si era tolto calze, scarponi e messo i sandali. Era passata quasi un'ora da quando era entrato al bar. Nel frattempo aveva anche fatto amicizia con una coppia del posto ai quali aveva raccontato, destando la loro ammirazione, il leggendario cammino che l'aveva portato fino lì, inventandolo al momento o ingigantendo a modo suo il racconto. Per pagare aveva dovuto aspettare che quella copia se ne andasse, anche perché ci avrebbe rimediato una bella figuraccia quando avrebbe chiesto alla cassiera un biglietto per il pullman per Fidenza. Vi era salito poco dopo, proprio quando aveva smesso di piovigginare. Ma ormai chi se ne frega si era detto. Aveva dovuto rannicchiarsi sul sedile quando si accorse che la coppia del bar, nell'uscire dalla forneria, guardava il pullman passare piano nel centro abitato.

Che comodità il pullman, diciotto chilometri in poco più di mezzora. Altrimenti ci avrei impiegato cinque ore, pensava tra sé. Arrivo a Fidenza un po' presto, sono appena le dieci e trenta e di certo non posso recarmi in ostello subito altrimenti darei nell'occhio. Non sarebbe credibile che sia già arrivato qua partendo da Fiorenzuola stamane. Beh nessun problema mi rintano in un bar, mi prendo un aperitivo, mi leggo qualcosa e poi vado in trattoria. Se mi presento in ostello verso le quindici è ok.

Annoiato da quella gente che rumorosamente saliva e scendeva dal pullman chiuse gli occhi pensando all'estate scorsa quando si trovava, giusto giusto in questo periodo a Toronto nel

Québec.

La "vacanza" gli era piaciuta se non altro per le ragazze del posto. Ma non era quel genere di divertimento che cercava, fare il turista lo annoiava. Non poteva stare in un posto più di due giorni. Il verde del Québec non gli interessava. La vacanza più bella rimane sempre quella di Seattle di certo senza ombra di dubbio si disse. Non si era divertito così tanto come a Seattle nel 1999 per l'OMC anche se a Genova nel 2001 per il G8 non era stato male. Anche lì aveva dato una mano a mettere a ferro e a fuoco la città così come a Seattle. In terra straniera ero una specie di eroe. Venuto fin dall'Italia a contestare il capitalismo di quei porci capi di stato. Si era unito ai Black Bloc su internet visitando il loro sito. Non è che condividesse più di tanto le loro idee anarchiche e tanto meno quelle anti-capitaliste con le quale lui conviveva giornalmente. La politica non gli interessava più di tanto e i discorsi sulla "globalizzazione" non lo toccava. Era sempre stato agnostico da ogni genere di interesse che non fosse materialista o comunque legato per interesse diretto alla sua persona. Le foto di quei bambini ridotti a pelle e ossa lo infastidivano, così come tutta quelle prediche sulle morti per denutrizione e/o mancanza di sanità. Dopo le prime esperienze politiche liceali, Mario aveva abbandonato conferenze, comizi, assemblee e tutti quello che per lui era solo una perdita di tempo. Militava le manifestazioni di piazza e cortei dove era uno dei primi a creare casino ed a farli degenerare in violenza. Gli piaceva. In quell'occasione poteva dare sfogo a quella aggressività che sfociava in atti brutali e vandalici contro cose e persone. Gli piaceva far casino, spaccare vetrine, incendiare automobili. Si teneva lontano dagli scontri fisici diretti, perché aveva timore di prendersi qualche manganellata. Preferiva colpire a distanza. Fare il cecchino. Era il paladino di un gruppo di frombolieri in quanto il migliore ad usare la fionda. Fin da bambino aveva questa passione, le prime se le costruiva da solo, poi in commercio erano arrivate quelle da tiro, che ne aumentavano precisione e potenza. In quei frangenti spesso "sparava" le biglie in acciaio sulle maschere in plexiglass dei poliziotti frantumandole, e se ne vedeva la possibilità, con assoluta precisione, colpiva anche parti del corpo che erano rimaste scoperte. Spesso, ben nascosto dal passamontagna e dal casco, si divertiva anche a rompere le macchine fotografiche e le telecamere dei giornalisti presenti. Una volta invece, quando un Black Bloc era inseguito da alcuni agenti, lo aveva preso la mira per colpirne uno, però tutto ad un tratto aveva cambiato bersaglio e abbassato il tiro e senza alcun motivo apparente, aveva spappolato un ginocchio a quel suo compagno di scorrerie, che caduto in terra lo guardava come a chiedergli perché di quel gesto. Il perché non lo sapeva neanche lui, in quel momento gli andava così, fine. Nessuno sapeva di questa sua doppia vita, tantomeno i suoi genitori che pagavano le spese di viaggio convinti che i viaggi fossero di ben altra parte. Che belle giornate, ben diverse da queste. Però, anche qui fino ad ora non c'era male. Il divertimento non mancava se si sapeva dove e come cercarlo. Inoltre aveva fatto contento i suoi, martirizzandosi in tutte le telefonate che la madre gli faceva. Era partito da circa poco più di una settimana però non dal suo paese. Si vergognava farsi vedere da quelli del posto, e così da un'amica con la sua Audi A6, si era fatto portare qualche decina di chilometri più avanti.

2

A Fidenza era uscito il sole. Era presto, troppo presto e così si era fermato in un bar dove si era fatto un aperitivo e letto la Gazzetta dello Sport per tenersi informato della sua Juve. Verso l'una si era recato in una trattoria, in una strada interna dove era rimasto fino verso le quindici, pranzando dall'antipasto al dolce e litigando con la proprietaria che a suo avviso se ne era approfittata castigandolo nel conto. Aveva cercato di aver ragione su di lei dicendole che 25 Euro per un pellegrino tra l'altro straniero, infatti si era fatto passare per un inglese, sono una fortuna e che lei non aveva compassione di lui che a piedi se ne stava andando a Roma. Così aveva pagato, ma prendendosi comunque una rivincita su quell'energumena in gonnella. Dopo aver pagato il conto si era recato in bagno dove aveva intasato il water con un rotolo di carta spingendolo nel buco con lo spazzolone e poi l'aveva usato cacandoci dentro. Così impara, si era detto soddisfatto del suo gesto. Aspettando le portate nel frattempo aveva dato una scorsa alla guida della Francigena su quanto diceva si Fidenza.

'Fidenza, cittadina del parmense, ... sede vescovile, ...

chiamata Fidentia in epoca romana, la Sce Domine di Sigerico di Canterbury. Nota anche con il nome di Borgo San Donnino in onore al cubiculario “il suo maggiordomo si direbbe oggi” dell’Imperatore romano Massimiano Erculeo, qui martirizzato nel 291 con il taglio della testa che leggenda vuole resuscitato con la testa in mano mentre attraversa il torrente Stirone. … nel Medio Evo divenne Fidenza divenne importante sia per il culto legato a San Donnino, sia per essere punto di passaggio per i pellegrini che venivano e andavano a Roma. Da non perdere la visita al Duomo intitolato al Santo Protettore, uno dei maggiori esempi dell’architettura romanica della pianura padana. Di notevole importanza e bellezza la sua maestosa facciata. … i tre portali della Cattedrale … Le decorazioni scolpite i rilievi raffigurano vari personaggi storici, Santi, cavalieri, animali mostruosi, storie del Vangelo, personaggi e fatti religiosi legati alla cattedrale. … Carlo Magno … San Donnino … Sulla cornice del lato destro della torre meridionale si possono osservare due rilievi dai soggetti molto particolari, il primo raffigura i pericoli della carne che il pellegrino deve affrontare nel suo cammino verso Roma, il secondo raffigura invece una serie di pellegrini di diversi ceti sociali di passaggio da Fidenza. Anche la cattedrale ha i suoi misteri, sulla facciata si nota spuntare dietro la raffigurazione di un cavaliere, la testa di un personaggio dalla lunga barba del quale non è dato sapere chi sia. … Anche se visibile a fatica, sulla facciata vi è presente la raffigurazione di un labirinto dal chiaro significato esoterico perché rivolto alla ricerca di sé stessi, nel quale il centro del labirinto è visto come parte finale del percorso per la salvezza ultraterrena. Ovvero il confronto fra il bene e il male, un chiaro messaggio ai pellegrini che qui transitavano per ricordare a loro l’osservanza delle regole religiose e comportamentali del pellegrinaggio con le quali che la Via Francigena come tale deve essere affrontata. …’

Se ho un attimo di tempo passo dal Duomo e vado a vederlo. Sono curioso di vedere queste sculture a rilievo, specialmente come sono raffigurati i pericoli della carne e i pellegrini medioevali. Esclamò Mario a voce alta in italiano, con ovvia perplessità della cameriera che lo credeva inglese, mentre nel frattempo gli veniva servito un piatto locale chiamato “pisarei e fasoi”.

Recatosi all'alloggio consigliato dalla guida, erano ormai passate le sedici. Stesosi in una delle brandine disponibili poste in uno stanzone dell'oratorio, si era addormento ancora con i sandali ai piedi. Erano ormai le venti passate quando si svegliò. I compagni di camerata, che prima stavano riposando, se ne erano già usciti probabilmente a cena. Si fece una veloce doccia e si cambiò maglietta e pantaloni, gettando la maglietta sudicia in disparte, con l'intento di comprarsene un paio nuove l'indomani.

Non sapeva dove andare, così chiese ad un signore dov'era la via principale di passeggio della cittadina. Non era poi così lontana, meglio pensò, non aveva voglia di camminare. Si fermò, dapprima nella grande piazza per fare il punto della situazione. Le sue intenzioni per la serata non erano ben chiare. Non sapeva cosa fare, ma non aveva dubbi si sarebbe evoluta da sola in base alle sue intenzioni a mano a mano che il tempo trascorreva.

Nella piazza vide uno sportello bancomat, e pensò che forse era meglio prelevare qualcosa. Non si sa mai come possa evolvere la serata, magari vado a finire in qualche locale notturno, e li servono i soldini se vuoi divertirti.

Si fermò da prima in un bar dove sembrava ci fosse un po' di gente. Il sole era ancora troppo caldo per mettersi seduto ad un tavolino all'esterno. Così si sedette all'interno. Ordinò uno Spritz con Aperol. Il cameriere gli porto la bevanda con due ciotoline, una con patatine stantie e arachidi. Se i bar sono tutti così povero me pensò.

Bevuto l'aperitivo inizio a percorrere la via in mezzo alla gente del posto e a qualche turista. Verso metà della via vide un capannello di giovani tutti in piedi. Gli passò davanti incuriosito e con attenzione verifico che tipo di gente frequentava quel posto. Non gli andava di recarsi in un altro bar e veder solo persone giocare a carte. C'erano parecchie ragazze accompagnate che ridevano e scherzavano fra loro e con i ragazzi presenti. Tutte avevano un bicchiere in mano, di vino bianco, e di qualcosa di colorato. Inoltre sul bancone all'interno si intravvedevano parecchie portate di stuzzichini.

Bene questo è il posto giusto per un aperitivo e per fare conoscenza con qualche ragazza. Facendosi largo, con dovuta attenzione fra i presenti, cercando di non irritare nessuno e sorridendo qua e là a tutti, si inoltrò all'interno di quel suggestivo posto pieno all'invero simile di giovani. Nel passare aveva visto che qualche ragazza l'aveva notato, squadrandolo da capo a piedi. In fin dei conti non poteva passare inosservato uno spilungone come lui.

Facendo finta di essere un poco imbranato si fece avanti con una morettina chiedendo come cavolo si faceva ad ordinare qualcosa in quel posto. Bisognava gridare perché all'interno la musica era davvero ad alto volume ed era davvero difficile farsi sentire. Si abbasso su quella piccoletta che si stava bevendo una flûte di prosecco, e gli chiese "sono un povero pellegrino straniero che sta andando a Roma a piedi, sto cercando di bere qualcosa, ma qui è un bel casino. Se mi dai una mano a ordinare ti offro un giro a te e alle tue amiche, cosa ne dici!".

Lo presero subito in parola, straniero, bello e pure danaroso. La manna caduta dal cielo in quel caldo giorno d'Agosto. Le amicizie continuarono con ragazzi e ragazze del posto, con i quali si faceva anche a gara a chi beveva di più. I Mojitos, Cuba Libre, Caipiroska, Vodka, Tequila boom Cipriosa bevuti non si contavano. Le ragazze erano delle vere spugne, ma neanche lui scherzava. Gli stuzzichini che arrivavano attenuavano ben poco l'effetto dell'alcool. Più tardi verso la mezzanotte il gruppo si era spostato in un altro locale in buona parte all'aperto dove un gruppo di giovani del posto suonava.

Lì si passò a bere birre a volontà, bianche, rosse, nere. La sbronza era gigantesca, a malapena alcuni si reggevano in piedi. Mario faticava a emettere le parole, la lingua gli si attorcigliava, le gambe erano di gelatina. Le ragazze verso le due e mezza di notte erano in pratica distrutte. Alcune dormicchiavano sul prato. Altre avevano ancora il coraggio di ridere tra un conato di vomito e l'altro. Altre erano state prese in consegna da qualche amico, che con dei caffè, nel vano tentativo di farle rinsavire così magari da proseguire la serata.

3

Erano da poco passate le tre di notte che Mario stravolto dal bere, si accomiatò dalla compagnia, e chiamo un taxi per farsi accompagnare all'ostello, con il dubbio che sarebbe stato ben difficile che qualcuno gli avesse aperto. Ma a quell'ora, e così sbronzo non poteva di certo recarsi a cercare una camera da qualche parte. Così optò per fare un tentativo all'ostello. Prima di salire in auto il taxista gli raccomandò di non vomitargli in auto pregandolo di dirgli che nel caso si sentisse male si sarebbe fermato in disparte. Il problema una volta in auto fu spiegare al taxista dove si trovava quel posto, in quanto non si ricordava il nome via. Confusamente Mario gli spiegò che nel venir via si era trovato di fronte una via, in fondo alla quale si vedeva il fianco di una grossa chiesa, che con ogni probabilità doveva essere il Duomo. Così d'accordo con lui decise di farsi lasciare nelle sue vicinanze. Pagato il taxista con quei pochi euro rimasti, scese dall'auto con non poca fatica, in quanto nel tragitto aveva preso il giusto sopravvento un po' di sonnolenza.

Il Duomo era ora lì davanti a lui. Lo guardò senza interesse alcuno. Si guardò in giro, ma non riuscendo a capire bene da che parte andare; decise di girarci intorno. Compì un giro intero ondeggiando di qua e di là andando ogni tanto a sbattere contro le possenti mura della chiesa. Ritornato al punto di partenza, si accorse che doveva risolvere un problema che da qualche decina di minuti lo stava assillando. Doveva pisciare, altrimenti se la sarebbe quanto prima fatta nei pantaloni. Cercò un angolo adatto dove farla con la dovuta calma e decise per il lato destro della facciata, là dove si trova la torre meridionale del Duomo. Con non poca fatica si portò a circa un metro di distanza dalle mura della torre. Calatosi del tutto i pantaloni, in quanto gli era più facile e più rapido che sbottonare tutti i bottoni della patta, iniziò a orinare rivolgendo lo sguardo in alto estasiato dal momento. Si ricordò allora di quello che aveva letto sulla guida a pranzo nella trattoria. Quella doveva essere la torre dove vi erano i rilievi di monito ai pericoli della carne e la raffigurazione dei pellegrini medievali che percorrevano la via Francigena. Guardò, ma non vide altro che una cornice in altorilievo vuota al suo interno. Non vi erano scolpite nessuna delle raffigurazioni che aveva letto sulla guida. Non ve ne era traccia alcuna. O per lo meno da lì non si vedeva un bel niente. Fu allora che tentò di fare un passo indietro così da poter mettere a fuoco meglio quella parte della torre. Il tentativo fu mal riuscito, in quanto non ricordandosi dei pantaloni calati che ora toccavano terra in mezzo al piscio, si sbilanciò indietro e nel tentativo di riprendere l'equilibro per non cadere di spalle, si trovò ad inciampare nei pantaloni che lo fecero rovinosamente cadere in avanti. La craniata contro il Duomo fu veramente notevole e lo fece stramazzare svenuto sul selciato della piazza.

Da sotto la porta laterale destra del Duomo filtrava una luce, possibile, si chiese, Mario che a quest'ora sia aperto. Avrei già risolto il problema del dormire, potrei mettermi su una panca e tra qualche ora quando si fa chiaro ritornare con calma all'ostello dove potrei dormire tutto il giorno. Verificò spingendo piano se la porta si apriva veramente e poi entrò di getto si butto dentro.

Parecchi dei banchi erano occupati da persone tutte in piedi che intonavano un canto sacro in latino. Strano si chiese Mario, da fuori non si sentiva niente. Rimase un po' sconcertato da tutta quella gente e alquanto scocciato, perché per questo doveva rinunciare al pensiero di dormire lì dentro.

Nessuno dei presenti si giro per curiosare chi fosse entrato. Tutti erano rivolti verso l'altare di qualche metro sopraelevato dalle tre navate.

La luce, alquanto fioca, era data da alcune candele e moccoli di varie dimensioni poste in svariati posti ben collocate in appositi alti portacandele lungo i fianchi delle navate. Un intenso profumo di incenso permeava la cattedrale.

Mario si era bloccato all'entrata stupefatto da quella visione. Stanco decise di sistemarsi nell'ultimo banco così da riposarsi e di curiosare con calma quella funzione che a quell'ora gli sapeva molto strana.

Sedutosi nel banco verso il centro della navata, così da poter veder meglio la parte centrale della chiesa, si accorse dell'odore pungente che aleggiava nelle sue vicinanze. Un fetore che sapeva di un misto di urina, sudore e di feci. Era alquanto nauseabondo e molto sgradevole e proveniva da qualcuno che era nel banco davanti.

Sbirciò sul presbiterio e notò che vi erano sei frati dominicani, nel loro caratteristico abito costituito da una tonaca bianca con cappa e cappuccio appuntito nero, tutti in piedi e con le mani nascoste nelle lunghe maniche. Notò che avevano un bizzarro taglio dei capelli ad 'aureola' con la chierica molto evidenziata da un'ampia rasatura del capo, lasciando solo una frangia a fare da corona, che lui si ricordava di aver visto in qualche film in costume. Al centro vi era seduto sullo scranno più alto e più ricco di decori, quello che doveva essere il personaggio più importante, che dalla mitria indossata doveva essere un vescovo. Ai suoi lati, in piedi, coinvolti nel canto, vi erano a destra un frate domenicano e a sinistra un giovane diacono dal camice bianco con paramenti verdi.

Dopo aver inquadrato per bene i personaggi del presbiterio, Mario, incominciò a guardarsi attorno. Notò da prima che i presenti erano quasi tutti maschi, vi era qualche donna e anche qualche bambino. Presenze che un poco lo tranquillizzavano. Notò che alcuni di essi o meglio quasi tutti erano vestiti in modo alquanto strano, alquanto inadeguato per una cerimonia liturgica. Gli sembrava quasi che qualcuno fosse vestito con un guardaroba di epoche passate. Quasi fossero dei costumi da parate storiche o da carnevale.

Forse trattasi di una celebrazione religiosa storica, pensò. Se così è ecco spiegato il perché quel signore là davanti è in calzamaglia con tanto di mantellino e colletto bianco che sembra appena uscito da un guardaroba del secolo XVIII. E quella signora e i due bambini al suo fianco, anche loro hanno abiti seicenteschi. Mi pare che ci siano anche parecchi frati, che indossano sai di diverso tipo, sembrano logori e sporchi e probabilmente anche puzzolenti. Alcuni dei quali hanno un grande cappuccio a pieghe. Qualcuno di loro ha una sacca e o una bisaccia a tracolla in pelle. Quasi tutti hanno un lungo bastone e qualcheduno un cappellaccio. Ci sono altri che hanno abiti più recenti, quei due alla mia sinistra sembrano vestiti con quei pantaloni alla zuava con giacca in lana e cappello con tanto di piuma sembrano dei tirolesi. Quelli però li riconosco, quelli sono pellegrini come me. Hanno più di me ora solo lo zaino, si disse, quindi non sono così fuori luogo qui, ci posso stare anch'io. Magari solo cinque, dieci minuti così poi me ne vado a letto. Beh allora ho capito, è una riedizione storica di una messa a cui partecipano personaggi vestiti da pellegrini in abiti delle varie epoche. Non ne sapevo niente di questa cosa, la guida non ne parla. O che sono qualche congregazione o setta religiosa che per non dare nell'occhio si riunisce a orari impossibili come questo, si chiese Mario, più che ma preso da questo evento. Non hanno una disposizione logica comunque, io sarei partito disponendo dai primi banchi agli ultimi in scala crescente i pellegrini con gli abiti più antichi e via via fino a quelli più recenti negli ultimi. Non riesco a capire però il perché di questo tanfo non è dovuto ad occasionali flatulenze, che, visto quel piatto che ho mangiato oggi in trattoria a base di fagioli, ci starebbero. E un odore a mio avviso di gente che non si lava da giorni. Mi sembra di sentire l'odore che emanano certi barboni, misto ad altri effluvi più o meno corporali. È davvero indecente e meno male che un cappellaccio po' è affievolito dall'incenso. Unica cosa che mi dispiace e che mi pare proprio che non vedo una ragazza fra loro. Certo che se anche lei emana questo olezzo, anche se ci fosse ... Beh meglio lasciar perdere. Pensò sorridendo.

Ad un certo punto Mario si gira verso la destra del suo banco spaventato da un rumore, saltando in piedi di scatto.

"Ehi che cavolo stai facendo?" chiese a quel personaggio che stava trovando posto nel suo stesso banco.

"Nulla ragazzo, ti faccio compagnia." Rispose quell'uomo anche lui vestito da pellegrino d'epoca.

Mario lo squadrò per bene, era un omino ben più piccolo di lui e dall'età incerta. Un viso scarno con la barca incolta. Vestiva una specie lungo saio sopra il quale stava una pesante mantellina tutta a risvolti di color grigio. Anche il cappuccio ampissimo era tutto a pieghe. A tracolla una bisaccia in pelle. Un lungo bastone con il terminale lavorato a mo' di cipolla completava il suo abbigliamento.

"Complimento per il travestimento, bello davvero, bello anche quel bastone." Gli disse Mario cercando di superare lo spavento iniziale.

"Non è un travestimento, e il mio abito con il quale me ne andai tanti secoli fa a Roma." Rispose il pellegrino.

"Si va beh!" Esclamo Mario

"Anche la puzza che ti porti dietro ha qualche secolo allora?"

"Certo ragazzo." Esclamo con sottovoce il pellegrino.

"Ok, va bene ho capito devo stare anch'io al gioco."

Con lo sguardo torvo verso quel piccoletto, gli chiese.

"Senti un po', ma questa carnevalata che cos'è? E voi chi siete? Fate parte di qualche strana setta? Non sarete qualche setta demoniaca?" Chiese ridendo.

"Cosa dici peccatore!" Rispose seccato il pellegrino facendosi il segno della croce. "Come osi nominare colui che vive nelle tenebre qui in questo posto. Inginocchiati, prega e chiedi perdono al Santissimo subito!" Gli ordinò a voce alta.
Avvezzo da sempre a prendere ordini da tutti, la cosa lo infastidì non poco.

"Perché stronzo non li vai a dare a tua sorelle gli ordini!"

"Umiliati e pentiti null'altro puoi fare." Fu la risposta

"Ehi ma che cazzo vuoi da me. Ma guarda sto pazzo!
Rispose Mario usando lo stesso timbro di voce del suo interlocutore.

"Ho capito siete una congregazioni di pazzi esaltati, di gente scappata da qualche manicomio nelle vicinanze, altro che pellegrini."
Il vociare dei due ebbe il risultato di interrompere i canti, tanto che tutti si girarono verso il fondo della navata cercando con lo sguardo di capire cosa stesse succedendo. Mario si trovò addosso decine di sguardi che lo ammonivano e lo redarguivano senza che nessuna parola fosse emessa da qualcuno.

Nel silenzio assoluto, il diacono già in piedi avanzò al centro del presbiterio e rivolto verso gli astanti disse a voce alta.

"Bene vedo che è arrivato chi stavamo aspettando. Ora si dia inizio al processo."

I presenti si girarono verso l'altare annuendo.

Dietro di lui comparvero due nani vestiti in abiti seicenteschi, con tanto di pettorina in cuoio e calzamaglie verdi e gialle, che da prima chiusero le due porte laterali e quella centrale con un lungo catenaccio e poi con tanto di alabarda vi si misero davanti a guardia.

Il sangue ribollì dentro di lui, in quanto si chiese cosa cavolo stesse succedendo; e pensò: "Proprio ora che me ne voglio andare a letto quelli mi chiudono le porte. Ma io li prendo a calci quei due mezzi uomini. Questi sono una gabbia di matti davvero. Meglio che me ne vada, non vorrei trovarmi in qualche casino e non per colpa mia tra l'altro."

Così uscì dal banco e cercando di non fare rumore, si avviò verso la porta da cui era entrato.

Quando gli fu quasi davanti il nano, redarguendolo ad alta voce gli disse sogghignando:

“Torna al tuo posto essere malefico, ora ti esorcizzano.”

Nessuno dei presenti si girò o intervenne.

“No caro il mio bambinello mai cresciuto, ora tu mi lasci passare e mi fai uscire da questa gabbia di matti, oppure io di accorcio un altro po’ a suon di pugni sulla testa. Mi hai capito!”

“Tu di qui non passi. Vai a sederti al tuo posto.” Fu la risposta.

“Non mi far venir da ridere, adesso o ti sposti o ti riempio di calci in culo, sei sordo!” Urlò Mario adirato con il piccoletto.

Il nano non gli rispose verbalmente ma lo fece materialmente.

Con un movimento rapido ed esperto, senza dare il tempo a Mario di scostarsi, gli ficcò la punta dell’alabarda sulla gola, appena sotto il pomo d’Adamo, senza colpirlo, ma facendogli sentire la presenza di quell’arma in un posto dove un’ulteriore breve pressione gli avrebbe reciso la carotide.

Nessuna parola poté uscire dalla sua bocca, in quanto solo il deglutire saliva gli avrebbe provocato di certo una ferita.

Mario era sbiancato dalla paura e fino a quando il nano, su ordine del chierico, ripiegò l’arma non riuscì a muoversi di un passo.

Poi indietreggiò di alcuni passi, fino a quando senti una mano che lo prendeva per un braccio.

Era il pellegrino amico di banco.

“Vieni ora siediti. Tu non puoi andartene. Tu sei l’incolpato e il processato.”

Mario sotto shock e con le gambe che gli tremavano non poco, aiutato dal pellegrino se ne tornò al banco e vi si sedette in attesa del suo processo.

A quel punto prese la parola il diacono.

“Cari fedeli pellegrini della Via Francigena, il buon Padre ci ha riuniti qui nell’antica Sce Domine per un gravoso compito: giudicare un giovane senza fede che girovaga sulla Via per Roma ignobilmente spacciandosi per pellegrino.

Ecco perché siete stati chiamati qui; perché voi sapete cosa voglia dire essere pellegrini, perché voi, dopo nostro Signore, siete i soggetti più indicati a giudicare.

Cosa significa essere pellegrini per voi? Non significa camminare nella ricerca di qualcosa di particolarmente importante per la propria vita. Non è forse il pellegrinaggio, per noi cristiani, una pratica devota che consiste nel manifestare la fede? Non vuol dire recarsi in un luogo sacro per compiervi speciali atti di devozione e a volte anche a scopo votivo o penitenziale? Il pellegrinaggio miei cari è un rito e la Via Francigena è una Via di pellegrinaggio, questo qualcuno spesso se lo dimentica e confonde il pellegrinaggio con una impropria vacanza. Questo uomo, del quale non si possono nutrire dubbi sulla sua sanità mentale, sta vilmente approfittandosi di questa Via, oggi, un domani di certo lo farà con ben altro, sa purtroppo bene cosa sta facendo, ma non ha nessuna remora. Mai nessun pentimento del suo squallido comportamento lo ha pervaso nel voler far credere di essere un pellegrino. Vi ricordo anche che ha ricevuto tutti i Sacramenti e come tale va giudicato."

Fissandolo lo indica con il dito della mano destra.

"Lui sì proprio lui." Indicando Mario, che ancora un poco rintronato dallo spavento, fatica nel tenere il filo del discorso, anche se ormai non ha più nessun dubbio che sia lui l'imputato di tutte quelle fandonie maniacali che quel prete gli sta addebitando.

"Sta dando un'immagine oscena di tutti i Pellegrini che nei secoli hanno varcato questa soglia."

A questo punto il diacono si rivolge verso l'altare e il chierico con un mezzo inchino aggiunge.

"Abbiamo qui con noi due illustri personaggi, che diranno la loro su questo misero uomo che offende la morale cristiana e quindi di tutti noi Credenti."

Indicando poi la persona al centro dell'altare.

"Adventus archiepiscopi nostri Sigeric ad Romam: primitus ad limitem beati Petri apostoli.

Dalla platea scaturisce un meravigliato "Oh" e qualche chiacchierio, che movimentano le persone nei banchi.

E questo chi è, si chiede Mario. Mentre l'arcivescovo alzatosi dallo scranno sia appresta a recarsi verso il pulpito alla sua destra.

"Ringrazio il diacono Giovanni, ma sono solo il primo ad aver documentato la Via di pellegrinaggio per Roma. Non certo il primo ad averla percorsa. Miei cari fratelli, che Dio abbia in pace le vostre anime e che la Sua luce illumini il vostro giudizio. Io Sigerico arcivescovo di Canterbury, come ben sapete, mi recai a Roma verso la fine del primo millennio, per ricevere il 'palio' dal Papa. Nel ritorno volli fare un resoconto in un diario del mio viaggio, che nel tempo divenne un'utile guida per molti pellegrini che provenivano dall'Inghilterra e da nord della Francia. Per questo ebbi l'onore di essere ricordato nei secoli e vedere accomunato il mio nome a questo itinerario."

Dalla platea in molti annuirono guardandosi intorno. Sigerico morì a soli quarantaquattro anni, si direbbe giovanissimo oggi, ma allora era ben oltre l'età media di un adulto. Sotto la mitria vi era un uomo che pareva più vecchio dell'età di morte, ma la forza che quel corpo emanava in tutte le sue espressioni era quella di un giovane in buona salute. Indossava sopra la casula il palio consegnatogli personalmente dal Pontefice Giovanni XV a suggello del suo legame con il Papa.

"Il percorso che io delineai allora è composto da settantanove tappe con relativi 'Mansio'. Allora meno che oggi il cammino verso Roma era difficile ed insidioso. Molte erano le difficoltà non certo ultime le dei che si percorrevano, spesso solo dei sentieri. Molti pellegrini non arrivarono mai a Roma. Le morti sulla Via erano tante e dovute per lo più a malattie, omicidi per rapine, oppure sbranati da lupi o cani randagi. Cosa si poteva rubare ad un povero pellegrino vestito di stracci voi direte! Solo il fatto che avesse una bisaccia al collo era già un motivo più che sufficiente per aggredirlo. La fame era tanta in quei periodi di carestia ed un tozzo di pane era già un motivo più che sufficiente per essere assassinati da un povero disperato. Chi poteva si faceva scortare da guardie armate, oppure viaggiava in gruppo, ma questo non gli dava la certezza dell'arrivo sano e salvo a Roma. Le mie tappe erano di circa venti chilometri di media. Ora in questo nuovo millennio voi pellegrini ne fate ben di più. Ma in quegli anni, una volta arrivati a Roma bisognava tornare indietro e non c'erano treni e arerei pronti scarrozzarvi a casa come ora. Sulla Via molte erano le tentazioni, della carne in primis che per disperazione spesso veniva offerta ai passanti da donne che mercanteggiavano il proprio corpo con un tozzo di pane per sfamare i propri figli. Certe volte il pellegrino non arrivava a destinazione in quanto trovava una nuova vita lungo il cammino. Magari per lavoro o per amore, ma anche per fede accasandosi in un monastero come aiutante."

La platea zittiva rapita da quella predica che con voce sicura proveniva da quel pulpito.

Mario teso, nel frattempo aveva recuperato da una delle tasche il suo cellulare che acceso gli diceva di aver ricevuto alcune chiamate senza risposta. Voleva chiamare qualcuno, ma chi si chiedeva? Chi chiamo che possa venire e farmi uscire da qui. Qui non conosco nessuno. Se chiamo il 112 cosa gli dico? Che sono prigioniero nel duomo da una banda di dementi in costume? A quest'ora! E poi verranno a verificare? Potrebbero pensare che li stia prendendo in giro e magari farmi recapitare una denuncia a casa per procurato e falso allarme! Fra le chiamate vide le ben tre di sua madre. Gli venne spontaneo richiamarla, sentirla, ma il cellulare non prendeva la linea, non dava nessun segnale. A questo punto con una certa disperazione che lo aveva preso anche nello stomaco con degli urti di vomito, si decise a chiamare il 112. Provò e riprovò più volte armeggiando il cellulare e facendo altri numeri di emergenza oltre al 112, provò il 113 e poi anche il 118, ma il telefono era sempre muto. Era come paralizzato e gli venne voglia di piangere.

Il pellegrino a fianco gli sorrise bisbigliandogli.

"Sigerico è molto comprensivo, tranquillizzati. Vedrai che alla fine tutto si risolverà e capirai."

"Cosa dovrei capire. E dimmi e poi quando finirà questa farsa. Cosa vogliono da me." Rispose con fare compassato.

"Tu sei l'esempio del non esempio. Il prossimo non esiste per te, tu vivi alla giornata senza mai pensare né al passato né al futuro. Così non hai speranza alcuna di resuscitare in Cristo, tu vivi già, e senza saperlo, nel tuo inferno".

Dal pulpito l'Arcivescovo si raschiò la gola come per richiamare al silenzio chi chiacchierava in fondo al duomo.

"Il pellegrinaggio è un'esperienza unica, è un cammino nella Fede e come tale deve essere vissuto. Questa introduzione, è cari i miei Fedeli, solo per illuminarvi che chi percorre la Via non sempre arriva a Roma nella purezza di Dio. Ma è la ricerca di Cristo che si matura camminando passo dopo passo. Ricordate il Salmo ventitré di Davide:

'Il Signore è il mio pastore: non manco di nulla; su pascoli erbosi mi fa riposare, ad acque tranquille mi conduce.

Mi rinfranca, mi guida per il giusto cammino, per amore del suo nome.

Se dovessi camminare in una valle oscura, non temerei alcun male, perché tu sei con me.

Il tuo bastone e il tuo vincastro mi danno sicurezza.

Davanti a me tu prepari una mensa sotto gli occhi dei miei nemici; cospargi di olio il mio capo. Il mio calice trabocca.

Felicità e grazia mi saranno compagne tutti i giorni della mia vita, e abiterò nella casa del Signore per lunghissimi anni'.

Questo è quello che è mancato a quel ragazzo. La voglia di redenzione, la capacità di vedere oltre quell'orrido edonismo che ha caratterizzato fino ad ora la sua vita. Inizia il suo cammino solo in virtù di attrattive di divertimento senza mai porsi per una sola volta il perché di questa Via, di questi pellegrini, di questi luoghi sacri. Serve rispetto per questi luoghi di Fede. Serve rispetto per questi Cammini e per chi li frequenta da pellegrino. Questo non deve essere permesso! Questo non deve accadere, o ben presto verranno distrutti dal demonio. Ma abbiamo visto che a lui questo non interessa. Ecco perché oggi siamo qui con coraggio esemplare per giudicare lui. Perché questo sia ad esempio di altri come lui. Chiediamo perdono per questi fratelli 'che non sanno quelle che fanno', e con umiltà prendiamoci cura di loro e dei loro peccati, e a chi percorre i Cammini dite loro di cantare e lodare il Signore, parlare ed annunciare la sua salvezza, raccontando alle genti la meraviglia di chi vive nella Sua Gloria. Questo un pellegrino deve fare. Sia Lodato Il Signore."

"Sempre sia Lodato." Rispose la platea.

Tutti presenti girarono quasi contemporaneamente verso il fondo del duomo, cercando lo sguardo di quel ragazzo che avrebbero dovuto giudicare.

Mario rannicchiato su sé stesso con la testa fra le mani, si sentiva quegli sguardi pesanti come pietre. Non sapeva cosa dire loro non sapeva reagire a quelle permeate accuse che sembravano proprio rivolte a lui.

“Cosa volete da me! Cosa volete, Lasciatemi andare a casa. Voglio uscire da qui.!

Sembrava un incubo. Tutti quei visi rivolti verso di lui, senza che proferissero parola alcuna.

Nel frattempo l’arcivescovo Sigerico aveva ritrovato posto a sedere sullo scranno centrale ed il diacono Giovanni si era nuovamente portato al centro del presbitero pronto ad annunciare qualcosa ai presenti.

“Pellegrini carissimi”.

Tutti i presenti in un sol momento si girarono verso l’altare.

“L’arcivescovo di Canterbury ci ha erudito su cosa muova voi pellegrini e quali sia il giusto comportamento da tenere sulla Via. Ora sentiremo la requisitoria di un personaggio che sa bene cosa voglia dire giudicare nel nome di Cristo. Poi la parola toccherà a voi, ed avrete modo di dire la vostra. Alla fine voi quali testimoni e giurati sarete chiamati ad esprimere un’assoluzione o una condanna per quell’inetto.”

Molti annuirono rivolgendo lo sguardo verso il personaggio alla destra dell’arcivescovo, chiedendosi chi fosse quel padre domenicano.

“Ora lascio questo triste compito a Girolamo Maria Francesco Matteo Savonarola.” Annunciò il diacono Giovanni rivolgendosi con verso di lui.

Mario sussultò sul sedile quando sentì quel nome. Savonarola! Addirittura questo pazzo predicatore hanno tirato in ballo per me. Ci assomiglia anche tra l’altro con quel nasone che si ritrova questa comparsa, si disse.

I presenti eccitarono quando il diacono pronuncio quel nome, e un diffuso chiacchierio riempi il silenzio del duomo. Si sentirono molti commenti più o meno del tono ‘ adesso ci pensa lui oppure ‘a questo non la fa neanche un diavolo come quello là’ e poi altri tutti rivolti a esaltare quel mito che per molti Savonarola rappresentava.

Il frate da seduto si alzò e con calma si diresse verso il pulpito. Aveva le mani giunte e le labbra si muovevano forse per una silenziosa preghiera.

“Cari Romei, conosco i vostri sentimenti, anch’io come voi fui pellegrino in qualche occasione. Conosco la Via Francigena e i pellegrini che la transitano avendola percorsa per qualche tratto nei miei spostamenti e conosco questa parte della pianura che ci ospita avendo visitato Brescia, Mantova e Piacenza in uno dei miei frequenti spostamenti per mettere in guarda quelle genti dai castighi divini che Dio gli avrebbe inviato per la loro vita snaturata vissuta in piena assenza di Cristo Dio. Ora mi trovo qui per giudicare una sola persona ma che dovrà essere esempio per molti da qui a venire. Già a suo tempo, al mio tempo, manifestai lo scandaloso comportamento e la corruzione che serpeggiava in ambienti dove la parola di Cristo veniva usata come giustificazione per poter corrompere, rubare, assassinare e fornicare. Da tempo si era perso il controllo del significato di cristianesimo e da tempo non c'era più nessuna percezione del male e del bene. Il continuo lasciar correre aveva portato a rendere l'insolito usuale, a confondere il peccato con la fede. Il comportamento dei tanti era l'alibi che andava per la maggiore. 'Lo fanno tutti, quindi non può essere così male come mi si dice. Quindi lo posso fare anch'io. Se poi a dare questo ignobile esempio per primo era il clero secolare o regolare che sia, come poteva il comune cristiano aver timore di Dio. Il caos che si era generato doveva essere estirpato senza alcuna remora, nel minor tempo possibile, altrimenti il male avrebbe proliferato all'infinito e alla fine vinto. Per la nostra terra sarebbe stata la rovina trasformandola ben presto in un inferno. Io feci quel che la mia tonaca richiedeva lanciando le mie folgori contro questi subdoli esseri e pagandone con la vita, ucciso due volte come l'essere più immondo della terra.

Dal fondo del duomo si sentirono di rumori e tutti i presenti si girarono a guardare. Fra Girolamo si fermò nella sua requisitoria cercando di capire cosa stesse avvenendo.

Mario si era alzando scaraventando il bastone del suo compagno di banco addosso ad uno dei nani. In quei pochi secondi egli balzò verso la porta cercando di aprirla tirando il catenaccio. La cosa era più elaborata del previsto in quanto il catenaccio scorse agevolmente verso il finale, ma la chiusura a terra proprio non voleva sganciarsi dall'occhiello posto nel marmo. Così ambedue i nani ebbero il tempo di far assaggiare il legno della parte terminale delle alabarde ai fianchi del ragazzo. Finì ben presto in ginocchio malmenato da quei due piccoletti. Mario gridava e sbatteva i pugni sulle porte sperando che all'esterno qualcuno sentisse quei rumori e chiamasse i carabinieri. Avvilito e dolorante si arrese tornando al suo banco, apostrofato da tutti con ogni genere di ingiurie.

Il compagno di banco recuperato il suo bastone glielo porse sotto il naso dicendogli:

"La violenza chiama violenza ricordalo!".

Dopo il parapiglia richiamando i presenti al silenzio intervenne don Giovanni ridando la parola a Savonarola.

"Bene cari fratelli questo giovinotto non fa altro che peggiorare la sua situazione avvalorando che la violenza fa parte del suo normale vivere. E per questo sarai da noi giudicato. Ora Frate Savonarola se vuole proseguire le garantisco che questo non succederà più, alzando lo sguardo sul fondo del duomo rivolto ai nani.".

"Grazie. È superfluo dire quanto valore abbiano ancora oggi queste invettive: il dilagare della corruzione e dell'impudicizia, l'attenuarsi dei sacri vincoli familiari sono infatti forieri, in ogni tempo, di decadimento politico e sociale. Un popolo, una nazione, per essere grande e forte, deve essere ricca di alti valori morali. Tu essere spregevole cosa sai di tutto questo. Nulla!"

Savonarola si era infervorato nel suo disquisire e la platea attenta mormoreggiava e annuiva galvanizzata.

"La profezia di Michea dice: 'Guai dunque a voi che meditate ciò che è vano, e compiete il male nei vostri giacigli. Nella luce mattutina fanno quello, poi che contro Dio è la loro mano.' Ricordate! Le efferatezze che molti compiono quotidianamente con normalità come, l'idolatria delle persone, del denaro, del sesso del potere, la lussuria, l'accidia, la sodomia, eccetera sono segno di prossime sventure. L'ira di Dio ben presto ricadrà sugli uomini se le pecorelle smarrite non ritorneranno all'ovile. Che il Signore ci salvi da tutti questo e che ci dia le forze di continuare nella nostra Santa Missione. Ora prima di esprimermi gradirei che siate voi a dire la vostra. Voglio sentire voi prima di emettere una condanna di quell'uomo. Cosa ne pensate?"

C'era un certo timore tra i presenti nel prendere la parola dopo quei personaggi così carismatici.

"Forza pellegrini non avete nulla da replicare o da dire in proposito. Suvvia cosa pensate di quel giovane. Dite! Nessun timore!" Incitò il diacono Giovanni.

Prese la parola dapprima un anziano pellegrino dalla lunga barba seduto nella seconda fila a sinistra dell'altare. Dovette uscire dal banco per farsi udire. Indossava un povero abito di lana lungo fino ai piedi, consumato nella parte finale per il continuo strascichio contro terra e raccolto in vita da un pezzo di corda. Aveva su di esso cucita una croce sulla parte sinistra là dove si trova il cuore. Un cappellaccio a larghe ali gli pendeva sulla schiena. Aveva tra le mani il bordone da qual penzolava una conchiglia di capasanta il simbolo del Cammino di Santiago da dove egli proveniva.

"Gesù ci ha insegnato il perdono. Io nel mio cammino mi sono più volte trovato a dover perdonare non solo chi mi aveva fatto dei torti, ma anche chi non era cosciente di commetterli. La bestemmia ad esempio è sulla bocca di tutti, è quasi doveroso appropriarsene ed usarla per farsi notare. È diventata una forma di distinguo per persone che si ritengono 'qualcuno'. Non si sa bene cosa. Questo giovane però non va perdonato, non servirebbe. Come non servirebbe bruciarlo sul rogo come fu per il nostro maestro Savonarola.

"Pazzi, voi siete pazzi! Voi non sapete con chi avete a che fare! Vi ho fotografato e filmato tutti con il cellulare ed appena esco il porto alla polizia. Vi denuncio e vi mando in galera, mio padre vi richiederà i danni di questa farsa. Non mi fate paura e poi vi vengo a trovare nelle vostre case, uno per uno!".

Gridò Mario restando nel banco, timoroso che i nani riprendessero a menarlo.

"Egli deve avere il tempo di riflettere su quello che ha fatto." Riprese il pellegrino.

"A mio avviso ritengo che il giudizio sia sì di condanna, ma con un fine di insegnamento. E che la pena assegnata sia comunque di giusta equità.".

Savonarola con le mani nelle maniche del suo saio non 'mosse una ciglia' se non altro per non lasciar intendere né approvazione e né critiche alle affermazioni del pellegrino.

D'altro canto invece l'arcivescovo di Canterbury Sigerico pensieroso con lo sguardo fisso sull'immagine di un crocifisso, fece segno di approvazione muovendo il capo.

Chiese la parola una signora al cui fianco vi erano due bambini, un maschio e una femmina, tutti e due al di sotto dei dieci anni. Aveva un'aria stanca, vissuta, come se la giovinezza le fosse sfiorita in un solo giorno. Triste nei movimenti e nel modulare la voce che le usciva secondo il momento come una sorta di lamento o di uno stridulo.

"Mi chiamo Charlotte Olympia Badel, vi racconto in breve il perché del mio pellegrinaggio non tanto perché voi miei cari amici pellegrini, ma per quello là in fondo, per lui che si equipara a pellegrino come me e come a voi. Io vivevo a Parigi con mio marito e questi miei due figli. Voglio farla breve. In quel periodo il nostro 'amato' – disse sospirando - re Carlo IX con la perfida madre Caterina de' Medici nella notte di San Bartolomeo ovvero fra il 23 e 24 Agosto 1572 fece assassinare nella nostra Parigi migliaia di innocenti. Mio marito fu chiamato come graduato dell'esercito a quell'inconcepibile mansione che nulla di militare aveva. La sera del ventitré insieme ai suo sottoposti contro il suo volere dovette iniziare la mattanza pena la morte nel caso di defezione. Non poté fare altro che passare a fil di spada decine di persone radunate nelle stalle di un palazzo. Per invogliare quei soldati a compiere questi atti, gli venne distribuito del cognac e detto loro che di quelle donne potevano far quello che volevano. Il giorno dopo la situazione era sfuggita di mano non solo ai soldati ma anche a molti popolani parigini. La violenza dilagava fra le strade della città. Il sangue le lordava colorandolo di rosso il selciato. Gli omicidi continuarono imperterriti per tutta la giornata. Gli assassinati ora non erano solo i rappresentanti dei protestanti, ma anche donne e bambini. Intere famiglie vennero sterminate in un'orgia di sangue alla quale nessuno si sottrasse. Il diavolo si era impadronito di quella gente e danzava soddisfatto nelle vie. Il re allora tentò di fermare questo massacro dando ordine ai soldati di ristabilire l'ordine. Ma fu troppo tardi, la furia nell'agire che confluiva nello sfogo di ripetute violenze, era come un macabro rito a cui chi ne aveva preso parte, ora non poteva più ritrarsi. Il tacito consenso del Re era un invito alla mattanza. Mio marito non so cosa fece i quei giorni; so che se ne tornò a casa dopo sei giorni, lordo e puzzolente del sangue coagulato sulle vesti, sul viso e nei capelli. L'unica frase che gli uscì di bocca per una settimana fu 'cosa ho fatto'. Una domenica mattina lo trovai impiccato alla scala del piano basso. Aveva lasciato uno scritto sul tavolo 'chiedi perdono a Dio per il male che ho fatto; e se ti chiedi quale esso possa essere pensa al peggiore, fallo tu per me affinché la mia anima non arda per l'eternità nel fuoco dell'inferno' Perdonatemi almeno voi, miei cari, se potete. Era un buon marito, un buon padre e un buon soldato, vissuto sempre nel timore di Dio, per questo decidemmo di tentare di esaudire il suo ultimo desiderio. Quelle giornate l'avevano sconvolto e il rimorso l'aveva portato al suicidio, forse anche per timore di un nostro giudizio. Sepolto, mi recai dal prelato raccontando quanto accaduto e facendogli leggere lo straccio sul quale era scritto il suo volere. Mi disse che doveva parlare con il vescovo, perché la faccenda era molto delicata, in quanto l'ordine era partito dal Re ed a lui non si poteva negare nulla. Dopo circa un mese il prelato bussò alla mia porta e mi consegnò una pergamena dicendomi che per ricevere l'indulgenza per mio marito, dovevo recarmi in pellegrinaggio a Roma. Non solo io ma anche i miei figli, chiedendo nelle preghiere di poter espiare i peccati per conto di mio marito e consegnando la pergamena al vicario del Papa, il quale mi avrebbe consegnato una croce benedetta da portare sulla tomba di mio marito. Solo così il mio povero Antoine avrebbe potuto lasciare l'inferno grazie anche al contributo a vita di innumerevoli penitenze e preghiere che noi famigliari avremmo dovuto compiere e recitare per il nostro amato. Ebbene pochi giorni dopo io e i miei due figli partimmo e dopo tre lunghi e duri mesi di cammino arrivammo a Roma il giorno di Natale del 1572. Consegnammo la pergamena e ricevemmo la croce benedetta dal Papa che volle anche donarci una boccetta di acqua santa da Lui benedetta da cospargere sul terreno della tomba del nostro caro. Il ritorno in quei mesi freddi ci costò molto caro. Mia figlia si ammalò di polmonite e morì in un paesino sui monti svizzeri. Il mio Ricard, il più giovane fu passato a fil di spada da un brigante nel tentativo di difendermi, a pochi chilometri da Parigi. Io vi arrivai con un piede congelato che dopo qualche mese

incancrenitosi mi portò a farmi amputare la gamba. Questo è stato il nostro pellegrinaggio e i motivi che ci hanno portato compierlo. Lascio a voi … "
La donna si sedette senza più aggiunger nulla. I figli gli si strinsero accanto uno per lato e l'abbracciarono stretta.

Nel silenzio assoluto quasi irreale si sentiva qualcuno singhiozzare, era un pianto contenuto che proveniva da un'altra donna seduta poco dietro.

Passarono alcuni minuti senza che nessuno accennasse a prendere la parola. Anche Mario forse scosso dal racconto rimase calmo al suo posto.

"Io dico che a quello là gli andrebbe tagliata la testa, punto e basta!" Esclamò un anziano pellegrino.

"Ci vorrebbe ancora la ghigliottina come ai miei tempi!" Aggiunse un altro.

Poi prese la parola un monaco che dall'abito si sarebbe detto benedettino.

"Io sono Nikulás da Munkaþverá, abate benedettino della lontana Islanda. Verso la metà del secolo XII peregrinai in Terra Santa sui luoghi cari a noi cristiani. "
Sigerico alzò lo sguardo verso di lui sorridendogli, fra lo stupore dei presenti molti dei quali si chiedevano chi fosse quel biondo giovane con una pelle di pecora sulle spalle.

"Il mio pellegrinaggio come quello di tanti fu alquanto difficoltoso e lunghissimo. Le migliaia di chilometri percorsi rafforzarono la mia Fede messa a dura prova dalle barbarie dell'uomo. In nome di Dio venivano massacrati uomini, donne e bambini, invocando il malicidio, ovvero la repressione del male che sta dentro l'uomo, avveniva nel nome di nostro Signore attraverso l'uccisione del suo corpo. Questo non è un peccato mortale bensì un atto dovuto. Anche i mussulmani nel nome di Allah invocando la 'Guerra Santa' fecero altrettanto. Vidi il diavolo negli occhi di tanti, vissi il supplizio di cristiani e miscredenti. Il tormento di quei giorni mi rese incerto sul ruolo della Chiesa."

Savonarola approvò esclamando:

"Non solo in quei tempi abate Nikulás, non solo a quei tempi!"

Il benedettino riprese il filo del discorso.

"Detti il mio povero contributo a quelle genti, indistintamente dalla loro Fede e dalla loro religione cercando conforto in quello che facevo. Il rientro fu difficile in quanto fede, speranza e carità, si erano affievolite tanto che le incertezze mi opprimevano la mente facendomi impazzire. La preghiera e la penitenza mi diedero conforto lungo tutto il viaggio di rientro. Tornato nella mia terra, volli ricordare dettagliando in un diario i luoghi che transitai dalla Scandinavia fino a Gerusalemme. Non volli parlare altro che dell'itinerario. Il pellegrinaggio e i luoghi di Gesù Cristo dovevano essere ricordati per la Fede divina che manifestavano e per null'altro dovuto all'intemperanza degli uomini. Per questo motivo credo che la Via non debba manifestare altro che la purezza del pellegrinaggio e tutto quanto vi vive attorno debba essere solo dimenticato. Le accuse rivolte a questo giovane sono senza dubbio parimenti aberranti; chiedo severità nel giudizio senza che sia ripreso il malicidio di Bernardo da Chiaravalle."

Savonarola non si espresse, mentre Sigerico annui.

Nessuno più intervenne così il diacono Giovanni prese la parola.

"Ora sentito come da suo volere il vostro esimio parere chiedo a frate Girolamo Savonarola di emettere un verdetto finale."

Mario si sentì un po' sollevato se non altro perché finite le requisitorie la commedia ora si volgeva al suo termine. 'Così presto me ne vado dormire, tanto per quello che me ne frega di quello che stabiliscono'. Pensò tra sé.

Savonarola prese la parola.

"Giusto giusto diacono Giovanni ora mi tocca emettere la sentenza che non potrà essere che di condanna? Oh sbaglio!" Disse rivolto alla platea alzando la voce.

Dalla platea in molti annuirono e qualcuno accennò ad un linciaggio.

"Fermi non comportiamoci come chi stiamo giudicando, anche se meriterebbe il peggio. Il comportamento di questo giovane travestito da pellegrino è degenere, lo sappiamo bene tutti, quello che mi stupisce e che non sia il solo anche se lui è di gran lunga il peggiore.

Mentre sentivo le vostre requisitorie pensavo alla pena che gli voglio infliggere che sarà di certo condivisa da voi tutti. La pena capitale a questo giovane non serve a niente, a mio avviso serve qualcosa di più educativo che gli consenta di capire cosa voglia dire ricercare sé stessi in questa selva oscura. Perdersi per poi ritrovarsi in continuazione. Noi pellegrini non siamo il popolo delle certezze è vero! Viviamo la vita umilmente come fossimo in un labirinto sempre alla ricerca di una via che passo dopo passo ci conduca alla salvezza.".

Savonarola aprì le braccia e gridò:

"Quindi Mario ti condanno a vivere gli ultimi anni della tua vita nel labirinto del Duomo. Li avrai modo di meditare sulla tua dissipata vita che fino ad ora hai condotto e ritrovare il senno perduto nelle preghiere e nella devozione a nostro Signore. Ho finito. Sia eseguita da subito la condanna."

I presenti si mossero dai loro banchi e quatto quatto in un irreale silenzio come fantasmi si diressero verso di lui. Mario impaurito cercò di uscire dal banco, ma venne trattenuto dal pellegrino suo vicino. Ben presto tutti gli furono addosso ed egli scomparve sotto quella massa umana.

4

"Soffoco sé tiratemi fuori di qui." Urlò Mario.

"Lo può fare lei, esca si tolga le coperte dalla testa che non soffocherà più, le pare!". Le rispose l'infermiera.

Mario stralunato aprì gli occhi e vide il candore delle lenzuola. Era madido di sudore e tremava e non certo per la febbre. Gli venne voglia di abbracciare quell'infermiera quando la vide. Ma se ne guardò bene visto le possenti braccia che si ritrovava.

Capì allora di aver solo avuto un incubo. Un brutto sogno angoscioso. Nulla era quindi vero. Savonarola, quel vescovo Sigerico come diavolo si chiamava, tutti quei puzzolenti pellegrini. Che sollievo pensò. Guardò l'infermiera e accortosi di ricordare ben poco dell'accaduto le chiese:

"Infermiera cosa mi è successo, dove sono e perché mi trovo qui?".

"Lei si è ubriacato follemente tanto che gli abbiamo dovuto pratica una lavanda gastrica."

"Ecco perché ho lo stomaco sotto sopra e un senso di fastidio in gola. Mi dica e poi?".

"Poi nulla, e qui ormai quasi da più di un giorno, l'abbiamo dovuta anche sedare perché si agitava e straparlava in continuazione a proposito di Savonarola e di pellegrini pazzi. Ma mi scusi al proposito lei è un pellegrino?". Chiese l'infermiera.
Mario stava per rispondere sì, ma sovvenne e rispose di no con il capo cercando di ovviare la domanda.

È stato trovato lungo e disteso da uno spazzino la notte scorsa, con i pantaloni calati e puzzolente del suo piscio nella piazza del Duomo. Deve aver bevuto parecchio o sbaglio?

Mario accennò un sì con il capo.

"Al proposito prima c'era qui sua madre. La chiami. Mi aveva detto di dirglielo quando si svegliava. Lei è qui in giro per Fidenza con un'amica. Penso che sia stata avvertita dai Carabinieri."

"Mia madre e che ci fa qui?" Chiese Mario mentre l'infermiera usciva dalla stanza d'ospedale.

"E che ne so io, la chiami se vuole!". Rispose l'infermiera.

Prese dal tavolino il cellulare. La testa gli girava ed era debole, forse per questo aveva al braccio una flebo.

"Ma' che ci fai tu qui?" Chiese Mario alla madre.

"Che ci faccio? Mi hai fatto prendere uno spavento tesoro mio. Come stai.".

"Come vuoi che stia male accidenti a te!".

"Mario sono due ore che sono qui a Fidenza, mi sono fatta accompagnare dalla mia amica del mare. Papi non ne sa nulla, tanto …! Sto facendo un giro qui in centro. Lo sai che è carina questa cittadina e poi la gente sapessi quanto è simpatica."

"Simpatica, beh lasciamo perdere ma'. Tu sai qualcosa di quello che mi è successo ma'?".

"So quello che mi hanno detto i Carabinieri, che ti eri sbronzo e stavi malissimo, che ti eri pisciato addosso e che avevi calati i pantaloni con fuori il coso. Ah e poi che avevi un bozzo in testa."
Mario si tocco la fronte.

"Ahi cavolo è vero! Senti che patata che ho qua, devo essere successo quando ho battuto la testa contro il muro del Duomo.".

"Volevi demolirlo a testate caro!" Rispose ridendo.

"Ma' non dire stronzate!"

"Guarda Mariolino che mi devi di soldi. Ho dovuto pagare una bella sanzione ai vigili urbani per la pipi che hai fatto contro il duomo."

"Ma' non rompere, ne ho già abbastanza oggi di casini! Ti aspetto più tardi e portami su qualcosa da mangiare che ho fame."

Il giorno dopo in tarda mattina Mario fu dimesso. Sua madre se ne era già andata la sera prima. Gli aveva promesso che l'avrebbe raggiunta al mare, ponendo fine a questa infausta esperienza. Recuperato lo zaino, si avvio verso la stazione dove era intenzionato a prendere un treno per Bologna.

In fondo alla via vide spuntare una parte del duomo. Al momento gli ritorno in mente quell'orribile sogno. La curiosità lo portò nella piazza. Lì si ricordò del tassista che gli disse di non vomitargli in auto. Gli girò a fianco fino alla torre meridionale, dove si soffermò a guardare la cornice marcapiano dove erano raffigurati i pellegrini medievali che percorrevano la via Francigena. Li vide questa volta, l'altra notte non c'erano, ubriaco o no sono certo io non li vidi perché non c'erano. Possibile si chiese!

La porta laterale destra del Duomo era aperta, la spinse ed entrò con una certa riluttanza. Il Duomo era così come l'aveva visto nel sogno. Possibile si chiese. Forse l'ho visto sulla guida. Si sedette nell'ultimo banco, vi poso lo zaino e presa la guida la sfogliò. Le illustrazioni non comprendevano l'interno del Duomo, anzi vi era raffigurata la facciata. Una morsa allo stomaco lo colse all'improvviso quando sentì nell'aria uno strano odore che lo riportò indietro a quella notte.

Meglio che me ne vada, pensò, o impazzisco.

Nel prendere lo zaino, mentre se ne stava andando, lanciò un urlo disumano quando notò che sull'altro lato dell'inginocchiatoio vi era appoggiato un bastone.

Un lungo bastone da pellegrino con il terminale a forma di cipolla.

IL LUPOMANAIO DI PONTREMOLI

1

La serata volgeva ormai al termine, si erano infatti proposti di non recarsi a letto oltre la mezzanotte visto che avevano programmato per l'indomani la partenza per le ore sette. Dopo la pizza in compagnia degli amici più stretti si erano recati, come quasi consuetudine del sabato sera, in una sala da ballo poco lontana alla città dove il ballo del liscio era diventata una gara. Loro in verità ballano di tutto compreso salsa e merengue grazie alla scuola di ballo che assiduamente frequentano ormai da tre anni e grazie alla quale, in pratica, si sono conosciuti.

Avevano già predisposto tutto, zaini, abbigliamento, sacco lenzuolo, scarpe, bastoncini e tutto quanto era necessario per il cammino previsto. Il giorno dopo, fatte circa nove ore di cammino, si sarebbero fermati in un paese della bassa bresciana ospitati da una coppia che avevano conosciuto su una pagina di Facebook dedicata alla Via Francigena.

Avevano deciso di partire di domenica giustappunto per evitare il traffico solito di auto e di camion sulle strade che avrebbero dovuto percorrere dalla loro città di Brescia fino al paesello al confine con le provincie di Cremona e Mantova. La distanza di tappa di quaranta chilometri ragguardevole programmata era quella più corta che aveva l'inconveniente di transitare su strade molto trafficate. Altre alternative comprendevano circa una ventina di chilometri in più, il che avrebbe voluto dire dividere la tappa in due giornate. In fin dei conti era, come le altre due successive, solo una tappa di trasferimento sulla Via Francigena che avrebbero raggiunto giusto a Fidenza.

Si erano conosciuti in verità non proprio in una scuola di ballo, ma al bar all'esterno in quanto Elmo per gli amici "Pen" diminutivo di Penna così battezzato amichevolmente dagli amici per quel rostro aquilino che sporgeva per bene dal suo viso, era un frequentatore della vicina piscina dove si recava due volte alla settimana. Nel corridoio che conduce all'interno del centro sportivo Elmo perse le chiavi dell'auto, la fortuna volle che a trovarle fosse la sua futura compagna Romilda. Le raccolse e le consegnò a quell'uomo che continuava con lo sguardo basso rivolto a terra su e giù per il corridoio. Non potevano essere che sue, pensò. Infatti. Fu lesta come nella sua natura una volta consegnate a chiedergli "Non mi offri neanche un caffè?" Elmo di natura brillante subito sui due piedi, sentendosi anche un po' rimproverato, fece di più "Scommetto che non hai ancora cenato, invece del caffè che ne diresti di una pizza qui alla pizzeria Roma?" Non lo aveva fatto con nessuna malizia e tanto meno per cercare un approccio con Romilda, le donne non erano mai state un problema per lui, nel senso che non ne aveva sostanzialmente mai avute, salvo qualche avventura di poco conto finita sempre molto rapidamente. La priorità per lui era sempre e solo stato il lavoro.

"Scusami" gli rispose Romilda "non volevo essere maleducata, anzi la mia richiesta era solo una battuta, penso forse riuscita male, mi basta un grazie. Ci mancherebbe."

"Se ti va mi fai anche felice, primo perché ho fame, poi non mi va di cenar da solo e poi penso che sia cosa gradita anche per te visto l'orario, o mi sbaglio! Però se hai altri impegni nessun problema ci prendiamo qualcosa qui al bar. E non farti riguardo, mi hai già fatto un grosso favore restituendomele."

Romilda aveva squadrato quel marcantonio da a capo a piedi con quel simpatico nasone, era da solo, sembrava una persona a modo e poi la pizzeria e qui a dieci metri, c'è gente, mi conoscono e ho anche appetito e qui la pizza è davvero buona, l'alternativa sarebbe poi stata quella di andarmene a casa e farmi un'insalatona mista il che non mi esalta.

"Non volevo, mi creda, la danza però mi ha messo appetito e una pizza mi andrebbe davvero, però facciamo alla romana, ok!"

Solo il fatto di avere l'opportunità di scambiare due parole con qualcuno lo aveva fatto felice. La sua vita da quando era in pensione era cambiata notevolmente, aveva perso tutti i contatti con gli amici del lavoro con i quali quotidianamente colloquiava sì ma solo di puro lavoro. Non aveva più nessuno con il quale scambiare due parole al di fuori del panettiere e del barista lì vicino quando si recava in centro città. La sua giornata era dedicata al libro specialmente di quelli di storia, ai thriller di Donato Carrisi e Lars Kepler, e ai gialli polizieschi Michael Connelly e poi a lunghe passeggiate sulle colline vicine a casa, ma anche TV e tanta solitudine.

"Allora rompiamo il ghiaccio Io mi chiamo Romilda per gli amici Romi, diminutivo di questo brutto nome." Disse sorridendo in quanto riluttante e con un po' di vergogna per il suo vero nome, che non le era mai piaciuto un po' perché lo considerava di vecchio stampo e un po' non adatto a Lei.

"Io mi chiamo Elmo, anche se da sempre mi chiamano Pen anche se non ho mai capito il perché." Aggiunse ironicamente.

Cenarono e stettero insieme per un paio di ore, aggiungendo alla pizza, così da avere ambedue una scusante per prolungare il tempo assieme, un fritto misto e poi un dolce con tanto di grappino finale per tutti e due.

Elmo guardava sempre con più attenzione la sua compagna di cena, "è una bella donna nonostante non sia più giovanissima ed è pure simpatica". Portava i capelli del colore naturale grigio-bianchi, cortissimi quasi a spazzola che le davano un tono misterioso ma molto affascinante. Di media statura e di corporatura snella, lasciava scorgere dai pantaloncini a mezza gamba due polpacci atletici, che erano di certo, il risultato di ore e ore di ballo.

Quella sera parlarono di tutto, a dire il vero parlò quasi sempre Lei, iniziò con la scuola di ballo e di questa sua passione che aveva però solo da qualche anno, poi si raccontò e dalle risate passò turbata a commuoversi. Era vedova ad alcuni anni, suo marito più anziano di lei di sedici anni era mancato in seguito ad un tumore in pochi mesi da quando si era manifestato. Si rammaricava di non aver potuto fare di più in quei tre terribili mesi. Erano insieme da più di quarant'anni e la sua inaspettata morte la sconvolse. Il figlio Andrea era da più di vent'anni emigrato negli States dopo la laurea in medicina, dove aveva potuto, dopo una serie di masters specialistici, trovare un'occupazione di tutto rispetto in un importante ospedale di Boston. Non aveva nipoti, in quanto suo figlio aveva una compagna di nome Meg che non ne voleva sapere, a Romi, Meg non era mai piaciuta l'aveva evitata anche quando era venuta al funerale. Era rimasta sola, fortunatamente l'aspetto finanziario non era mai cambiato in quanto in attesa della sua pensione per la quale mancavano ancora non pochi anni, percepiva la reversibilità della pensione di suo marito che era stato un dirigente di banca, il che le permetteva una vita più che dignitosa essendo anche proprietaria di un appartamento in pieno centro cittadino e quindi senza un affitto da pagare. La sua migliore amica e suo marito avevano cercato di coinvolgerla e farla sentire meno sola e soprattutto strapparla da quell'apatia che le era scemata dopo il lutto. Erano andati assieme in crociera ben due volte, la seconda gli avevano affibbiato un accompagnatore che lei con tutto il rispetto non aveva gradito, non tanto perché non le piaceva la sua compagnia, ma solo perché il ricordo di Carlo era ancora troppo vivo e lei non se la sentiva neanche lontanamente di dimostrare una sorta di qualsivoglia interesse verso qualsiasi altro uomo.

La chiave che aprì questa porta fu il ballo e fu grazie ad una collega di suo marito che scopri questa nuova opportunità di svago. Così si mise a frequentare assiduamente per due volte la settimana una scuola di ballo dove ebbe l'opportunità di conoscere altre persone più o meno della sua stessa età che la coinvolsero, non facilmente, nelle serate di sabato in balera. Tutti volevano ballare con lei, era brava, aveva imparato alla svelta, ma era anche una bella donna, fresca nonostante verso i sessanta, e poi era vedova il che per molti uomini diventava un opportuno "territorio di caccia" pensando stupidamente che lei volesse divertirsi ora che era "libera". Lei si sganciava rapidamente da questi "morti di fame" come lei li chiamava così sarcasticamente. Il ballo era l'unica cosa che accettava, le piaceva la musica, la sentiva, seguire l'istruttore e i passi da ballo era come seguire una lezione di Estetica all'università che tanto le piaceva.

Ogni tanto Romi lo lasciava intervenire per rispondere a sue domande ben sapendo che doveva un po' contenersi.

Elmo gli aveva raccontato, per una sorta di reciprocità, in breve la storia della sua vita, del suo lavoro, della sua gioventù, e poco altro. In fin dei conti aveva poco da raccontare. Si era perfino vergognato quando gli aveva detto che aveva un villino su in Maddalena con vista su Brescia, gli sembrava di mettersi in mostra. In verità era per lui l'unica vera valvola di sfogo dopo il suo lavoro. La domenica mattina si metteva sul terrazzo con un buon libro, aspettava l'ora dell'aperitivo che lui stesso si preparava aprendo una buona bottiglia e qualche stuzzichino comprato in pasticceria e poi come d'abitudine si recava, a piedi, tempo permettendo, nella vicina trattoria dove l'amico Bigio riservava da anni il suo tavolo e gli preparava, certe volte anche a richiesta, degli ottimi piatti caserecci accompagnanti da rossi e bianchi della Franciacorta.

Quando si lasciarono con un arrivederci e un grazie da parte di tutti e due, si diedero la mano in modo un po' distaccato, si fissarono però per un attimo tutti e due imbarazzati dal quel momento che lasciava trasparire una forte emozione.

Si videro subito il martedì successivo, Elmo l'aveva aspettata all'uscita della scuola da ballo, la voleva rivedere, i giorni passati non aveva fatto altro che pensare a lei. Quando Lei lo vide, gli sorrise dicendogli:" Pizza Elmo, ma offro Io questa volta."

Si era ricordato il suo nome, l'aveva fatto felice.

Si abbracciarono con slancio, era scoccato qualcosa di troppo bello in ambedue.

"Veramente Romilda, avrei prenotato un tavolo alla Sosta per questa sera, la pizza me la offrirai la prossima volta, questa sera se ti va sei mia ospite."

Gli piaceva che l'avesse chiamata Romilda, forse era ora l'unico uomo sulla terra al quale glielo avrebbe permesso.

"A che ora". Gli rispose Romilda.

"Per le 20,30 se ti va bene ci vediamo la, tanto tu sei vicina e penso verrai a piedi." Gli rispose subito pentendosi.

"Scusami che cavaliere che sono, passo Io da sotto casa tua a quell'ora, unica cosa mi raccomando fatti trovare in strada perché nella tua via è quasi impossibile sostare anche per un attimo.

Così questo fu il loro secondo incontro.

Terminata la cena in quel superbo ristorante, mentre si recavano al parcheggio camminando incolonnati sullo stretto marciapiede, Romilda gli buttò lì una richiesta.

"Elmo ma tu eventualmente non potresti cambiare le giornate in piscina?"

"Beh sì lo potrei fare, ma perché?"

"Pota certo Elmo, perché così quelle sere vieni con me alla scuola da ballo!"

E chi gli poteva dire di no, lui no di certo anche se nutriva non pochi dubbi sulle sue qualità di ballerino. E così Elmo imparò anche a ballare, cosa per lui impensabile.

E fu l'inizio del loro rapporto fatto di amorevole tenerezza e di rispetto reciproco.

Condividevano tutto anche le S. Messe, infatti il sabato Elmo si recava con lei alla messa in San Francesco mentre la volta dopo Romilda partecipava con lui alla messa in duomo. Si vedevano spessissimo durante il giorno, passavano intere giornate insieme visitando alcune località alla portata di un giorno, facendo passeggiate in collina e trekking in montagna allietate da buon cibo nelle tante trattorie della zona. Qualche volta si permettevano un week-end anche prolungato in altre regioni italiane ma anche all'estero. La sera ognuno però tornava a casa propria, Elmo non si era mai permesso di chiedergli, se una volta cenato, si poteva fermare la notte, gli sembrava una mancanza di rispetto nei confronti di Romilda e d'altro canto Romilda non si era mai permessa altrettanto a casa sua, erano prima di tutto amici, un'amicizia pura ricca di tanto amore. In uno di quei week-end in Toscana alloggiarono a Monteriggioni. Rimasero sorpresi nel vedere persone con lo zaino entrare nella foresteria a fianco della chiesa di Santa Maria Assunta. Chiesero al custode chi fossero. Pellegrini che vengono a piedi da tutto il mondo e vanno a Roma sulla Via Francigena rispose il giovane. Ne vollero conoscere due, forse più anziani di loro, che venivano dal Friuli, rimasero affascinati dello spirito con il quale stavano percorrendo quel percorso faticosissimo, ma questo non fece altro che farli pensare fino al punto di decidere di partire anche loro sulla Via Francigena.

2

Stavano scendendo dal Passo della Cisa, erano circa le due del pomeriggio e mancavano circa due ore per arrivare a Pontremoli, si erano fermati ad un bar posto al bivio di due strade dove avevano ordinato due panini al prosciutto toscano e due birre. Erano alla sesta tappa, forse fino ad ora la più dura, ma anche se quella da Fornovo a

Berceto non era stata meno, erano patiti in mattinata da Berceto all'alba senza far colazione che avevano però fatto poi al Passo. Erano parecchio stanchi, si erano quasi sdraiati sulle due sedie in plastica in attesa del paninozzo. Avevano trascorso la prima notte in provincia di Brescia ospiti di due pellegrini della Via Francigena, la sera Valeria aveva preparato loro i tortelli di zucca fatti in casa conditi al burro e salvia, accompagnati da un ottimo Lancellotta mantovano. La mattina Alberto e Valeria li avevano accompagnati lungo gli argini della roggia fino alla confluenza con il fiume Olio. Da lì meravigliati avevano proseguito sull'itinerario consigliato dagli amici, grazie al quale avevano potuto ammirare piazze, castelli, palazzi e borghi del cremonese procedendo anche su parti dell'antica via romana della Postumia. La sera avevano poi dormito in un ostello nelle vicinanze del fiume Po. La signora li aveva invitati alla celebrazione della Santa Messa in Santuario, a cui avevano aderito volentieri meravigliati dall'omelia di quell'anziano parroco di campagna. Attraversato il fiume sul ponte di San Daniele Po erano infine giunti a Fidenza pernottando così nell'ostello posto in centro.

La mattina rintracciata la Via Francigena erano proseguiti ed arrivati a Fornovo Val di Taro dove avevano pernottato da un affittacamere.

Da lì la mattina seguente con un'impegnativa salita arrivarono a Berceto stanchissimi, per questo motivo si erano permessi una camera d'albergo e una buona cena a base dei famosi funghi porcini di Berceto.

Arrivarono i due panini che scomparirono presto così come le due gelide birre.

"Buono questo prosciutto."

"Elmo stasera allora dormiamo in castello?"

"Si mia cara, ho prenotato due letti nella foresteria del castello del Piagnaro di Pontremoli. Romilda ci pensi dormiremo in un castello! A dirti il vero c'era anche la possibilità di un ostello, ma l'idea del castello mi attirava di più."

"Mi fido di te, basta che non ci siano dei fantasmi questa notte che io voglio dormire in santa pace". Rispose ridendo.

"Sta sicura che dormiremo bene, unico problema che forse non saremo soli come i giorni scorsi perché la Francigena più si va avanti più si fa gente. E se avremo il vicino della scorsa notte che fa legna mentre dorme poveri noi."

"Beh ora abbiamo i tappi, Alberto ci aveva messo in guardia su questo, dovevamo ascoltarlo."

"Ci prendiamo due caffè e dopo ripartiamo, cosa ne dici?"

"Per me va bene Elmo, adirti il vero non vedo l'ora di sdraiarmi sul letto. Visto che è presto potremmo fare dopo la doccia un buon riposino prima di uscire a cena cosa ne dici?"

"Ottima idea. Per la cena ho visto che c'è nel borgo vecchio in trattoria che mi pare buona e dove servono piatti della cucina locale, Testaroli ed altro"

"Pota Elmo, me go sa fam:"

"Ma come fai ad aver già fame dopo il panino che hai appena trangugiato." Risponde Elmo sghignazzando.

Arrivarono a Pontremoli dopo circa due ore e mezza, passato l'ospedale proseguirono lungo la via e si addentrarono nella cittadina, poco dopo grazie a una segnalazione con l'indicazione "Castello" salirono in uno stretto vicolo a gradoni nel borgo antico del Piagnaro, una volta la parte più povera di Pontremoli e ben diverso dalla parte nobile dei settecenteschi palazzi.

In cima, dopo una bella salita che fecero con non poca fatica causa la stanchezza di tante ore di cammino, raggiunsero l'ingresso al castello passando da un cancello aperto in ferro posto in un corridoio voltato di entrata. La ragazza addetta al ricevimento dei pellegrini li stava aspettando nel cortile, era giovanissima e molto gentile.

"Buongiorno e benvenuti in castello." Ci disse.

"Buongiorno a Lei, abbiamo prenotato due letti per questa notte."

"Vi stavo giusto aspettando. Potete venire in ufficio a espletare le formalità di registrazione?"

"Certo molto volentieri." Rispose Romi.

Dopo la registrazione ed aver pagato il dovuto, la ragazza li accompagnò in camerata, passando nella corte con al centro un bellissimo pozzo in arenaria. Qui vi erano una ventina di letti ben disposti, assegnò a loro i due ultimi vicini ad una piccola finestra dalla quale si ammirava parte della cittadina. La stanza era grande e tutta in pietra, bella fresca. Pulitissima come anche i letti. Mostrò loro anche i servizi dove avrebbero potuto fare anche una calda doccia.

"Vi informo che questa notte, salvo arrivi dell'ultimo minuto, che non penso si avranno, sarete gli unici due ospiti questa notte. Avete il castello tutto a vostra disposizione." Disse sorridendo.

"Non pensavamo certo di essere i castellani di questa meraviglioso maniero. "Rispose Elmo sorridendo.

"Ora vi lascio. Però prima vi consegno le chiavi per entrare ed uscire. Questa è quella per entrare dal cancello principale dal quale siete entrati e questa invece è quella della porta in legno della foresteria. Vi raccomando, ovvio di non perderle ma soprattutto di non dimenticarvele in tasca domani quando partite."

"Tranquilla non succederà. Noi domani partiremo in un orario che presumo Lei non ci sarà ancora, ci dica dove lasciarle che non ci sono problemi." Chiese Elmo.

"Ci stavo giusto arrivando, domani una volta chiuso il cancello in ferro, gettate le chiavi al di là sul selciato magari almeno un paio di metri oltre, poi quando io arrivo il recupero. Se ci sono problemi dietro il portoncino trovate un paio di numeri di telefono."

"Tutto molto pratico e professionale, bravi, bravi." Si complimentò Romilda.

"Altra cosa, se siete interessati e Ve lo consiglio perché ne vale la pena essendo una cosa unica in tutta Italia, potete accedere al Museo delle Statue Stele della Lunigiana, se vi interessa potete fare i biglietti d'ingresso su in ufficio".

"Certamente sì, lo avevamo in programma è un'occasione da sfruttare di certo. Ci incuriosiscono molto queste steli antropomorfe realizzate, se non vado errato, tre o quattro mila anni fa. Ci dia un quarto d'ora per sistemarci e poi saremo da Lei."

"C'è anche una riduzione sul costo del biglietto per Voi pellegrini:"

"Meglio ancora. Ci vediamo fra poco allora. Grazie."

La ragazza se ne andò chiudendo il portoncino, Romilda guardò Elmo ad occhi bassi.

"Spilorcio, meglio ancora!"

"L'ho fatto per complimentarmi con lei, non per altro."

"Scherzo Elmo lo avevo immaginato."

Terminata la visita del museo, Elmo e Romilda fanno rientro in camerata.

"Bella la mostra Elmo, pensare che quelli steli sono state fatte dalle mani di un uomo ben cinquemila anni fa mi impressiona, mi fa pensare quanto corta sia la nostra fase di vita. Ora però sono davvero stanca, una doccia e poi un riposino, che ne dici."

"Dico che hai perfettamente ragione. E poi una buona cenetta ristoratrice naturalmente."

"Sai Elmo passare la notte qui da soli mi mette un po' di angoscia, siamo al sicuro qui vero?"

"Più al sicuro qui dentro un castello! Chiusi dentro le mura, dentro una stanza con una porta che ci vuole una bomba per aprirla, e poi tranquilla cosa vuoi che ci succeda!"

Elmo si svegliò prima di Romilda, per non disturbarla fece un breve giro sulle mura del castello dalle quali si vedeva la vallata e il fiume Magra che lo divide in due parti. Bella cittadina, con una storia di tutto rispetto era infatti nel medioevo la porta delle vie di comunicazione fra Toscana e Lombardia, famosa inoltre, e non è poco, per il Premio Bancarella un prestigioso premio letterario.

Romilda lo raggiunse poco dopo, si godettero per qualche minuto il fresco di quella serata settembrina stando mano nella mano zitti quelli steli.

"Romilda cosa ne dici se facciamo un giro in centro e prima di cena ci concediamo un aperitivo?"

"E melo chiedi! Dieci minuti e sono pronta."

Scesero in centro, dopo aver chiuso il cancello in ferro di ingresso e controllato che si riaprisse, con il timore che al loro rientro di rimanere chiusi fuori. Tutto funzionava.

Sostarono in un bar nella piazza posta di fronte alla Cattedrale di Santa Maria Assunta dove erano poco prima entrati per una visita e una preghiera, si fecero servire due prosecchi che servirono accompagnati da patatine e stuzzichini vari.

Verso i venti si spostarono nella vicina trattoria dove Elmo aveva riservato un tavolo.

Gli assegnarono un posto sulla veranda con vista sul fiume Magra.

3

Il locale era posto al termine di un vicoletto. Era una trattoria di quelle che nonostante il passare degli anni non era cambiava mai. Piccola ma accogliente. C'era gente ma non troppa. Il menù tradizionale del posto.

"Elmo consigliami perché qui c'è di tutto ed io non saprei cosa meglio scegliere."

"Io direi di cenare con piatti della zona, e dire giusto per l'appunto di iniziare con la Torta d'Erbi e qualche salume. Poi naturalmente Testaroli al pesto, direi poi di saltare il secondo e passare al dolce con i famosi Amor. Cosa ne dici?

"Sono tutti piatti che non conosco, e poi sai io sono di bocca buona. Fai tu."

La giovane cameriera fu molto contenta della scelta fatta e consigliò loro un vino rosso della zona.

Ogni tanto spuntava dalla porta della cucina una signora anziana, probabilmente la madre della cameriera, rifletterono i due commensali. Li guardava e sorrideva loro contenta. Quando servirono gli Amor accompagnò la cameriera che presentò a Elmo e Romi come sua figlia.

"Buona sera, sono la cuoca, o meglio ormai quella che dà una mano in cucina, ormai faccio poco lì. Mi chiamo Margherita. Come va tutto bene, piaciuti i testaroli?"

Elmo accennò un rispettoso inchino alzandosi dalla sedia.

"Molto buoni signora, divorati come ha visto e ripulito il piatto con la "scarpetta". Noi siamo due pellegrini un po' su di età come vede. Io sono Elmo la mia signora si chiama Romilda. Ci piace mangiare bene e se possibile sempre la cucina del posto."

"Ora cari miei assaggerete gli Amor che ho preparato proprio Io."

Nel frattempo la figlia ci portò due bicchierini di vino santo.

"Questi ve li offre mia madre".

"Sono più buoni se bagnati con del vinsanto." Aggiunse Margherita.

Mi siete simpatici e se vi va quando avete finito, ovviamente se non vi disturbo, vi voglio raccontare una storia di Pontremoli, la leggenda del Lupomanaio."

"Ben volentieri Margherita, questo fa parte del nostro cammino, scoprire cose nuove dove passiamo ci fa molto piacere."

"Allora ci vediamo dopo, tanto ormai in cucina ho finito".

Li lasciò e ritornò nell'altra saletta attigua.

"Chesta la na fa mia dòrmer stànot! Ci mancava anche il lupo mannaro non basta dormire da soli nel castello!"

"Ma dai Romilda sono tutte leggende e storie come tante altra, a dirti il vero mi aspettavo che ci fosse qualche leggenda di fantasmi nel castello piuttosto che il lupo mannaro".

"Si ci mancava anche il fantasma!" Rispose.

Dopo un buon venti minuti Elmo e Romilda stavano pensando di chiedere il conto e di lasciare la trattoria in quanto la signora Margherita si faceva attendere un po' troppo.

Romi nel frattempo stava tenendo banco forse anche per il buon vino bevuto, la favella gli veniva facile.

"Ma tu Elmo lo sai che Zucchero Fornaciari ha una casa qui a Pontremoli? Pensa che bello se ora entrasse da quella porta. Magari ci canterebbe anche una canzone."

Elmo sorrise consapevole dell'euforia occasionale di Romilda.

"Non lo sapevo, sai mi intendo poco di musica, mi piace molto Zucchero però, fa parte della nostra generazione ma è sempre molto attuale con la sua musica che non scade mai."

Li interruppe Margherita che arrivò al tavolo con tre bicchierini e una bottiglia panciuta con all'interno un liquido scurastro. Si prese una sedia dal tavolo vicino e si sedette al nostro.

"Posso?"

"Volentieri la stavamo aspettando." Confermò Elmo.

"Questo è un liquore di prugne che faccio Io, è leggero, non vi ubriacate di certo."

E riempì i tre bicchierini.

“Ora vi voglio raccontare la storia del lupomanaio di Pontremoli visto che stasera è la sera giusta perché è di luna piena.”

“Ecco si combinano proprio tutte Elmo, ci mancava la luna piena, lupi mannari, vampiri, fantasmi!”

“Stia tranquilla signora Romilda sono solo leggende anche se in fondo in fondo un po’ di verità c’è sempre”.

“Mi consola Margherita.” Rispose Romi.

“Da più di duecento anni si dice che nelle notti di luna piena vaghi per il borgo del Piagnaro un mostro per metà uomo e per metà lupo che qui noi chiamiamo il lupomanaio o lupo mannaro nelle leggende italiane. Qualcuno dice di averlo anche visto seminudo con lunghi capelli neri, vestito di pelli o con vestiti a pezzi anche negli ultimi anni. Lo si sente ululare nel borgo, spesso insieme ai cani randagi che abbiano con lui in continuazione.”

“Ci spaventa Margherita così, noi dobbiamo poi salire al castello e passare dal borgo del Piagnaro”. Disse Romi.

“Queste sono leggende Romilda che trovi quasi in ogni paese.” Rispose Elmo.

“Non sono solo leggende si dice che qualcosa ci sia davvero. Non nascono dal nulla queste storie. Una volta da bambina lo sentii anch’io, ero con mia madre di sera, c’era buio, eravamo di ritorno da una veglia funebre, e stavamo avviandoci verso casa, vicino al fiume dove la gente buttava una volta l’immondizia, lo sentimmo ululare e poi piangere come un bambino. Mia madre spaventatissima allora mi prese in braccio e di corsa mi portò a casa. Una volta a casa lo disse a mio padre che prese il fucile ed usci per cercarlo insieme ad altri paesani che si erano radunati nella piazza.”

“Margherita sono storie nate per spaventare i bambini, una volta non c’era la televisione e la sera, specialmente in inverno ci si radunava nelle case davanti al tepore del camino dove i nonni si divertivano a raccontare storie di fantasmi, streghe e briganti. Me le ricordo anch’io quelle serate. Noi bambini avevamo paura e così ci mandavano a letto presto e gli adulti se la ridevano potendo così poi continuare altri tipi di racconti non adatti a noi bambini.” Rispose Elmo.

È vero signor Elmo erano storie che ci raccontavano da bambini, ma c'è sempre una parte di verità e poi Io quella sera lo sentii e lo sentì anche mia madre e non era un cane randagio, mi creda."

Margherita prese la bottiglia e verso ancora un po' di prugnolo a tutti e tre. La posò e poi alzo gli occhi guardando la luna.

"Vedete com'è luminosa questa notte, quasi non si vedono le stelle."

Elmo e Romilda condivisero contemplando quello splendore.

"State attenti comunque, meglio stare in guardia." Aggiunse Margherita.

"Margherita non ci sono lupi a Pontremoli, forse una volta, probabilmente calavano in città per fame, ma nel duemila sono quasi scomparsi del tutto purtroppo. La naturale paura dell'uomo verso questo animale ha creato questo mito del lupo mannaro e da qui tante leggende, alimentate oggi come mai da film horror, romanzi eccetera. Non è d'accordo?"

Romi era rimasta però molto impressionata da questo racconto di questa signora anziana, che sembrava vero da come veniva narrato.

"Lo sapete che l'unico animale di cui ha paura è il gallo?" Chiese Margherita.

"Il gallo!" Ripeté Romi.

"Sì il gallo perché annuncia l'alba e lui a quel punto torna uomo."

"Che storia!" Esclamo Romi.

"Se lo si trova non bisogna guardarlo mai negli occhi che ha gialli perché la paura ti bloccherebbe e non riusciresti più a scappare, e allora lui poi ti mangia vivo. Per scappargli basta salire più di tre gradini, lui non più raggiungerti e sei salvo."

"Penso che si sia fatto tardi Romilda cosa dici se ci facciamo portare il conto e ce ne andiamo a dormire?"

Margherita capita l'antifona si alza, riporta la sedia all'altro tavolo, li saluta e comanda alla figlia il conto. Pagato salutano tutti, ringraziano Margherita della compagnia e escono dalla trattoria.

"Uffa mi stava stancando questa storia, non sei d'accordo Romilda?"

"A dirti il vero mi ha messo paura."

"Cosa ne pensi se facciamo due passi distensivi prima di andare a dormire?".

"Ok Elmo ma non stiamo troppo in giro però."

Percorsero la via principale e poi dopo un vicolo si ritrovarono su un vecchio ponte a schiena d'asino, qui si fermarono ad ammirare il fiume che scorreva sotto illuminato dal bagliore della luna.

Si abbracciarono e Romilda gli appoggiò il capo sulla spalla, lui la strinse ancora di più e si baciarono.

"Ti ricordi Elmo il nostro primo bacio, fu su un ponte a Venezia?"

"Come posso dimenticarlo Romilda! Ti amo tanto."

"I ponti Elmo dicono che sono luoghi magici, forse c'è della verità in questo."

"Per noi lo possiamo dire che lo sono."

Vennero interrotti da alcuni rumori che provenivano da sotto il ponte. Dei cani poi abbaiarono come incattiviti, uno di essi languiva come se fosse stato ferito.

Elmo si sporse a guardare sotto il ponte prima da un lato e poi dall'altro.

"Ci sono dei cani qui sotto che stanno litigando fra loro."

"Elmo torniamo in castello per favore?" Chiese Romi.

Elmo capì lo stato d'ansia provocato da quel racconto in trattoria e dai randagi che erano nel fiume.

"Sì Rientriamo, siamo stanchi meglio riposarci perché domani abbiamo un'altra bella tappa, domani raggiungeremo Aulla."

Si incamminarono con passo veloce e circospetti forse nell'ascoltare ogni piccolo rumore nel silenzioso borgo del Piagnaro. Arrivati al cancello e Romilda si girò indietro più volte a guardare intimorita se qualcuno li aveva seguiti mentre Elmo lo apriva. Una volta al di là e richiuso, salirono nella camerata.

"Ora mi sento al sicuro Elmo, Lo sai che avevo paura:"

"Lo immaginavo, lo sentivo anche da come mi stringevi le mani nel salire qui."

Si misero in libertà, posero il sacco lenzuolo ognuno sul proprio letto, alche Romi lo guardò senza dire una parola.

"Ho capito Romilda, vuoi che uniamo i letti vero?"

"Sì."

4

La nottata passò rapidamente. Dormirono senza problemi e senza sogni sgradevoli. La mattina si alzarono al sorgere del sole che fece capolino dalla vicina finestra. Erano abbracciati l'uno all'altra.

Chiusero per bene tutto come aveva chiesto la ragazza della reception, scesero nella piazza dove aspettarono l'apertura della rinomata pasticceria e dove fecero una superba colazione. Poi si incamminarono verso la prossima destinazione.

Epilogo

Era tarda notte. Erano arrivati a Sutri, ormai mancavano tre tappe per arrivare a Roma. Erano alloggiati in un hotel tre stelle ed era da un po' che si erano addormentati quando il cellulare di Romilda squillò segnalando un messaggio su WhatsApp, era di suo figlio e diceva" Diventerai NONNA" a cui seguì "ora dormi ci sentiamo domani, baci Andrea e Meg.

"Pota Elmo deènte nòna." Urlo Romilda.

LA CONDANNA

1

Erano quasi le due del pomeriggio, Elisa era in pausa e mentre il suo collega stazionava con la volante della polizia in Piazza delle Erbe. Era consuetudine a turni permettersi un veloce spuntino. Come al solito si recava nella paninoteca all'angolo dove a suo avviso facevano i migliori panini di tutta Verona. Nonostante fosse aprile faceva già caldo e la divisa di ordinanza ancora invernale infastidiva, Elisa invidiava i tanti turisti che già in maglietta affollano il centro storico. La mattinata era stata tranquilla come solitamente avveniva durante le ore diurne in quella zona. Lei preferiva di gran lunga il turno di notte perché più movimentato, il diurno era noioso.

"Buongiorno agente, come va tutto bene?" La salutò quando fu entrata nel locale il cameriere.

"Come al solito Miri." Rispose Elisa al ragazzo di origini albanesi.

"Solito tavolo? È libero se vuole anche se oggi un po' troppo animato per i miei gusti."

"Sì, sì va bene grazie. "Replicò l'agente mentre si recava nel tavolo in fondo a sinistra che di solito veniva riservato a lei e al suo collega perché in disparte. Era perfetto anche perché da lì si controllava tutta la sala e grazie alla vetrina anche parte della piazza.

Attraversò il locale che era come al solito quasi del tutto pieno soprattutto di turisti stranieri data l'ora. Riceveva molte occhiate sia per la divisa che portava sia per i sorrisi che regalava. Più si avvicinava al suo tavolo più sentiva una gazzarra incredibile provenire da un gruppetto di sei ragazzi che stavano seduti ad un tavolo ad angolo proprio a lato del suo. Ecco a cosa si riferiva prima Miri quando mi ha detto che era un po' animato oggi, pensò Elisa.

Si sedette sotto lo sguardo silenzioso dei ragazzi forse un po' intimoriti da lei, ma durò poco in quanto la cagnara riprese. Era fastidiosa non poco, Elisa si chiedeva come era possibile un comportamento così indecente in un luogo pubblico. Risate e urla a non finire, ma soprattutto quel modo di esprimersi ricco di oscenità e parolacce a non finire.

"Ragazzi, ragazzi un po' di educazione siete in un luogo pubblico e non a casa vostra." Li richiamò Elisa.

Alcuni si girarono verso di lei guardandola con circospezione forse un po' intimoriti e ammutolirono, altri non la presero in considerazione e continuarono con sfacciataggine che indispettì non poco Elisa. Nel frattempo arrivò Miri.

"Agente il solito paninozzo del giovedì? Le chiese.

Poi rivolgendosi ai ragazzi: "ragazzi potete per favore abbassare la voce state disturbando i clienti."

"Fatti i cazzi tuoi stronzo!" Fu la risposta di un ragazzo con rossi capelli fosforescenti a spazzola.

Miri si girò verso Elisa alzando gli occhi al cielo in segno di rassegnazione.

Elisa si alzò di scatto alquanto incavolata, ma Miri le pose una mano sulla spalla chiedendogli di lasciar perdere.

"Ci sono abituato ormai, ogni tanto capitano questi ragazzi che, perché in gruppo, si sentono di fare e dire quello che vogliono. Se li prendi uno per uno cambiano da così a così." Chiarì facendo girando la mano prima da un lato e poi dall'altro.

"Ehi, ehi come mai stai servendo prima lei di noi? È perché è una poliziotta o perché ti piacerebbe portartela a letto." Gridò il ragazzo dai capelli rossi che evidentemente era il capo del gruppo.

"Vi ho già chiesto due volte cosa volete da mangiare, mi avete chiesto la carta ve l'ho portata, avete chiesto una birra e ve l'ho portata e ora di che ti lamenti; sono qui, se volete fatemi l'ordinazione che prima è meglio è."

"Sei ridicolo fai il grande perché c'è lei, sei solo un poveraccio di extracomunitario."

"Ora basta, mi hai stufato, se continui con questo tono va a finire male, tu non ti devi permettere per nessun motivo di offendere questo quasi tuo coetaneo, che invece di cazzeggiare come fai tu, sta lavorando per mantenersi gli studi, dovresti alzargli tanto di cappello invece di insultarlo." Intervenne Elisa.

La ragazza seduta accanto al rosso cercò di rabbonirlo, era rosso anche in viso dalla rabbia, non voleva cedere per nessun motivo, lui era il capo branco e doveva sempre dare dimostrazione della sua prepotenza e della sua spavalderia.
Nel frattempo una copia di turisti con un bambino, seduti al tavolo a fianco dei ragazzi, si alzò e usci dal locale.

Miri si diresse al bancone per ordinare il panino del giovedì di Elisa fatto con bresaola, funghi porcini sottolio e Filadelfia spalmato e la solita bottiglietta di acqua naturale. Elisa lo vide colloquiare con il proprietario abbastanza animatamente.

Nel frattempo i ragazzi continuavano con risa e grida come se nulla fosse successo.

Poco dopo Miri portò il tagliere con il panino e l'acqua all'agente, pose il tutto sul suo tavolo, e poi rivolto al gruppo dei ragazzi disse:

"Il proprietario mi ha detto se potete per favore pagare le birre e poi andarvene."

"Non esiste!" Rispose un altro ragazzo.

"Noi stiamo qui fin che vogliamo e non ci rompere i coglioni imbecille." Aggiunse il rosso.

Miri cercando pazientemente di mediare la situazione che si stava facendo, sempre più accesa, cercò di chiarire al meglio la situazione.

"Ragazzi state facendo un bel casino disturbando i clienti che come avrete visto se ne escono dal locale senza consumare. Fatemi un favore questo è lo scontrino, pagate e poi è meglio che ve ne andiate da un'altra parte."

"Ma che dici questo è un locale pubblico e noi ci stiamo fin che vogliamo!" Esclamò la ragazza.

Elisa che stava addentando il suo panino interrompette la conversazione ed intervenne.

"Miri vi ha chiesto per favore di uscire visto il casino che fate disturbando tutti i presenti, quindi o vi date una calmata oppure è meglio che ve ne andiate."

"Senti, senti la poliziotta che difende questo stronzo, ma cosa ti credi di essere, siamo noi che ti paghiamo e tu ci vieni a rompere le palle." Aggiunse il ragazzo con i capelli rossi.

"Ora però basta con darmi delle parolacce ed offendermi, fatemi fare il mio lavoro, il proprietario si è arrabbiato con me perché voi siete dei maleducati, Io sono qui a lavorare e mai e poi mai mi è capitato che dei ragazzi mi offendano gratuitamente solo perché faccio al meglio come posso il mio lavoro di cameriere."

"Vattene a casa tua, torna al tua paese mentecatto." Urlò mentre si alzava dalla panca il rosso.

Era un ragazzotto non molto alto ed in vistoso sovrappeso. Vestiva come tanti ragazzi con pantaloni larghi il cui cavallo gli arrivava quasi alle ginocchia e una allucinante maglietta nera con una vignetta di un teschio che addentava un bambino. Si diresse verso Miri, fermo fra il tavolo loro e quello dell'agente al quale rivolgeva le spalle. Gli altri ragazzi si alzarono anche loro incattiviti imprecando e riversando offese al povero cameriere.

Il rosso mise una mano sul viso di Miri e lo spintonò facendogli perdere l'equilibrio mandandolo a sbattere contro il tavolo di Elisa. La bottiglietta di acqua aperta cadde sul pavimento riversando il contenuto. Elisa si ritraé sulla sedia cercando di evitare Miri che inciampò nei suoi piedi e cadde pesantemente sul pavimento implorando loro di lasciarlo in pace. La supplica non ebbe risultato anzi scatenò ancora di più il rosso che sferrò un calcio all'addome al cameriere urlando:

"E ora cosa fai!" e rivolto ai suoi amici aggiunse: "Bisogna insegnare a questa gente di merda a stare al loro posto. Vengono qua sto morti di fame e vogliono comandarci. Non esiste, vi insegniamo noi cosa vuol dire rispetto."

Nel frattempo alcuni commensali si erano alzati e guardavano disturbati quella folle scena.

Elisa si alzò e aiuto Miri a rialzarsi, poi si rivolse al rosso.

"Ora basta davvero hai superato il limite della decenza. Vuoi che ti arresti!"

Si mise davanti al ragazzo mentre gli altri erano dietro di lui a spalleggiarlo con atteggiamento di sfida nei suoi confronti. Al quel punto quando lei gli si era messa ad un palmo dal viso, il rosso gli diede una testata all'addome facendola risedere sulla sedia dietro di lei.

"Via via usciamo da qui!" Esclamò urlando il rosso facendosi largo fra i tavolini. Il gruppetto uscì dal locale inveendo contro tutti i presenti e contro il proprietario che cercava invano di fermarli.

2

Traditi dalle telecamere del locale furono ben presto identificati tutti i componenti del gruppo, bastarono ventiquattro ore ai carabinieri e bastò chiedere ad alcuni ragazzi di alcune scuole superiori della zona. Alcuni ragazzi del gruppo, tutti minorenni, facevano parte di una terza liceo, così come confermò il preside dell'istituto mentre altri, più giovani, di una classe seconda. Portati in caserma per essere interrogati qualcuno si defilò e indicò come unico responsabile di quanto avvenuto il ragazzo dai capelli rossi, che dopo l'interrogatorio fu fermato per ventiquattrore in cella.

Presente al suo interrogatorio, sconvolti da quando era successo, vi erano la madre e il nonno. Il padre non era presente, in quanto aveva da anni divorziato e risposato e si era volutamente defilato da tempo dal suo compito paterno, ma anche perché intenzionalmente la sua ex moglie aveva ritenuto di non informarlo dell'accaduto. Il nonno, titolare di grossa ditta di lavorazione del marmo nella zona della Valpolicella, voleva molto bene a questo suo unico nipote, ma da tempo nutriva molti dubbi su come sua figlia lo stesse allevando lasciandogli fare tutto o quasi quello che voleva con la scusante del suo disagio per la mancanza di una vera e completa famiglia.

Domenico detto "il rosso" era detestato ed evitato da buona parte dei compagni di classe, in quanto notoriamente violento e prepotente, li metteva a disagio con quel suo comportamento spesso irriverente anche nei confronti dei professori, per questo si era creato un gruppetto di amici che come lui condividevano certi atteggiamenti ostili rivolti contro tutto e tutti. Il processo avvenne per direttissima nonostante il proprietario della paninoteca e il cameriere albanese avessero deciso di non procedere con alcuna denuncia. Ma la telecamera, che aveva ripreso tutta la scena specialmente l'aggressione alla poliziotta, diede la possibilità al giudice di condannare tutti e sei presenti. Cinque dei sei ragazzi se la cavarono con una punizione di lavori utili di due mesi a servizio del comune per ripulire i parchi della zona e il lungadige.

Ma per Domenico detto "il rosso" il giudice emise una condanna molto speciale con due soluzioni a scelta del giovane. Il giudice gli diede la possibilità di scegliere fra quattro mesi di lavori utili in aiuto agli operatori ecologici, sia diurno che notturno di una ditta consociata con il comune di Verona o fare la Via Francigena a piedi dal Colle del San Bernardo fino a Roma a condizioni che venivano esposte successivamente nel caso questa fosse stata la sua scelta. Il nonno che insieme alla figlia partecipò alla lettura della sentenza, stranamente non rimase perplesso da questa seconda opzione, forse perché parecchi anni fa lui e la sua povera moglie durante un'estate avevano percorso quel cammino, o forse anche perché conosceva molto bene il giudice che aveva emesso le condanne con il quale condivideva certe domeniche in lunghe camminate sui monti.

Madre e nonno lasciarono che a decidere fosse Domenico che dirottò il suo consenso ben presto per la vacanza sulla Via Francigena così come da lui definita. Il nonno accolse con una certa soddisfazione la scelta del nipote, al quale chiarì, che quello che gli aspettava non era certo una gita a Roma, ma ben altro. Comunicata la scelta di Domenico detto "il rosso" al giudice, dopo circa una settimana fu messo a conoscenza, come aggiunta alla sentenza, le condizioni del viaggio.

In sostanza quanto contenuto nella pagina incorporata alla sentenza diceva:

- Il Cammino sulla Francigena dovrà avvenire esclusivamente a piedi in un numero massimo di quarantotto tappe ininterrotte, traendo come riferimento le tappe consigliate su un sito specializzato sulla Via Francigena, che ne consiglia quarantacinque quindi abbuonandone tre nel caso di imprevisti o per assoluta necessità.

- La partenza dovrà avvenire entro e non oltre dieci giorni dalla fine dell'anno scolastico ed avverrà dal Colle del Gran San Bernardo, che come prima tappa termina dopo circa 15 km. a

Echevennoz e con fine del percorso a Roma all'interno della Basilica di San Pietro. Ogni tappa dovrà essere confermata da timbri datati del giorno del passaggio di ostelli, parrocchie, comuni od altro avente diritto, sulla Credenziale che verrà rilasciata su richiesta del condannato, ad una Confraternita di pellegrini.

- Il cammino non verrà effettuato da solo, ma assistito da una persona che il giudice segnalerà al momento opportuno e alla quale il condannato dovrà sottostare e acconsentire ad ogni suo perentorio ordine. Qualora questo non avvenga il condannato verrà fatto con immediatezza rientrare a Verona dove sconterà la prima pena di aiuto agli operatori ecologici.

- Egli dovrà disporre, a sue spese, l'attrezzatura strettamente consona e necessaria al cammino sulla Via a scelta e a discrezione dell'accompagnatore.

- Avrà a disposizione una disponibilità giornaliera di 35 Euro che dovrà utilizzare per mangiare e pernottare durante ogni tappa. Se in una tappa avanzerà denaro il giorno seguente egli potrà utilizzarlo per la o per le tappe successive, l'accompagnatore comunque provvederà a rifondere giornalmente la somma sopraccitata. Il condannato non potrà mai avere comunque un anticipo di denaro della tappa successiva. Nessuna altra somma sarà corrisposta dall'accompagnatore. Il condannato non dovrà avere altre somme o carte di credito a disposizione durante il cammino.

- Pranzi, cene, pernottamenti ed altro saranno decisi dall'accompagnatore a sua esclusiva scelta, ma soggettiva alla possibilità di spesa che il condannato avrà a disposizione, che dovrà comunque sapersi sapientemente gestire economicamente tappa dopo tappa.

- Tutte le spese del condannato e dell'accompagnatore, che usufruirà di tutt'altro budget, sia della diaria, sia di trasferimenti, pernottamenti, pranzi, cene, abbigliamento, attrezzature e di quanto altro necessario al compimento della condanna saranno a carico del condannato o di chi ne fa le veci e da esso anticipate sulla base di un preventivo di spese che verrà successivamente inoltrato mediante mail e conferito parte in contanti e parte su carta di debito.

- Nel frattempo il condannato rimarrà ai domiciliari salvo nelle ore nelle quali dovrà recarsi a scuola.
A metà del mese di giugno, dopo aver appreso della prevista bocciatura, a Domenico arrivò una mail, dall'ufficio del magistrato, che lo convocava il lunedì successivo alle ore 11.00 presso la caserma dei carabinieri di via Salvo D'Acquisto per comunicazioni.

Quel giorno si presento con il nonno Antico, che voleva essere presente, per ascoltare quanto doveva essere comunicato al nipote. Venne convocato, dopo circa quindici minuti di attesa nella sala d'aspetto, nell'ufficio del comandante di stazione. Avuti tutti i chiarimenti del caso e firmato alcuni documenti di rito il maresciallo si alzò dalla sua poltrona:

"Ora Le presento il suo accompagnatore, datemi un minuto che vado a vedere se è arrivato."

Uscì e dopo alcuni minuti rientrò.

Essendo Domenico e il nonno di spalle non videro subito di chi si trattava, ma quando giunse il "buongiorno" da parte dell'accompagnatore, che nel frattempo era entrato nell'ufficio accompagnato dal maresciallo, Domenico si atterrì riconoscendo la sua voce e si girò di scatto.

Era dell'agente che lui aveva aggredito nella paninoteca ed era la sua guida sulla Via Francigena.

Elisa saluto i presenti allungando la mano al nonno che la strinse sorridendo manifestando una certa soddisfazione, Domenico detto "il rosso" si ritrasse evitando il contatto e commenti.

"Bene! Penso che già vi conosciate più che bene." Aggiunse il maresciallo.

Chiarito ed espletate tutte le formalità, Elisa si rivolse a Domenico chiamandolo per nome così come concordato:

"Allora Domenico, si parte martedì prossimo fra otto giorni quindi, noi ci vediamo domani mattina alle ore nove, passo Io da casa sua a prenderti, poi ci recheremo in un grande magazzino specializzato di abbigliamento e attrezzature dove compreremo tutto quanto ci serve. In quell'occasione poi le darò gli orari di partenza della prima giornata, che sarà solo di trasferimento al Colle del Gran San Bernardo dove il giorno dopo inizieremo il cammino, tutto le sarà comunque confermato a mezzo mail che per conoscenza verrà inviata all'ufficio del magistrato. Sono stata chiara?"

"Sì" Rispose Domenico senza aggiungere altro.

Il rosso incominciava ad avere dubbi su quel cammino, che lui aveva paragonato ad una vacanza. Di certo non si aspettava di avere come partner l'agente che aveva aggredito in quanto timoroso di una sua rivalsa nei suoi confronti.

Il giorno successivo come concordato Elisa, in abiti civili, si recò presso l'abitazione di Domenico detto "il rosso", suono il campanello e subito usci la madre con il figlio.

"Siamo pronti." Disse la madre.

"Signora sono spiacente ma lei non viene con noi, faccio tutto Io e non ho bisogno di nessun altro." Chiarì l'agente.

"Ma come! Perché non posso venire anch'io?"

"Lei non serve signora, mi dispiace, ma il ragazzo non ha bisogno di lei per gli acquisti che faremo. Mi arrangio Io, so Io cosa comperare, per i pagamenti dei quali poi riceverà tutte le fatture. Non si preoccupi. D'altronde sulla Via Francigena poi saremo solo Io e lui. Si dovrà abituare alla mia presenza e sopportarmi per almeno un mese e mezzo." Aggiunse l'agente sorridendo cercando di sminuire il tono della conversazione.

"Mi raccomando signora agente sia buona con Domenico è un bravo ragazzo, forse un po' viziato …!" Esclamò la madre.

"Le ho detto di non preoccuparsi, so il fatto mio, sono una appassionata di trekking e so bene come comportarmi in ogni caso. Suo figlio, ne sono certa, si farà valere e quelle settimane saranno utili per la sua educazione." Rispose seccata Elisa.

Domenico si presentò con i soliti jeans con il cavallo alle ginocchia e con una corta maglietta con stampata un'antipatica linguaccia che lasciava scoperta la pancia mettendo in risalto il rotolo adiposo che cadeva sulla cintura. Il ragazzo era notevolmente fuori peso, così a naso almeno di una ventina di chili, non era molto alto, ma grasso, probabilmente dovuto ad una cattiva alimentazione fatta di panini, pizze, snack, bibite gassate e dolciumi vari. Non aveva muscolatura o ben poca in quanto totalmente inattivo, abituato com'era al divano sul quale passava abbondantemente le giornate a giocare alla play-station e sull'IPad. Ma era giovane e sano e Elisa era convinta che ce l'avrebbe fatta a percorrere i circa mille chilometri previsti. Si era presa una buona guida dove venivano segnalate tutte le tappe, i chilometri, il percorso, le problematiche, dove pernottare e quanto altro. Si sentiva sicura, aveva l'appoggio di tutto il suo reparto, inoltre veniva pagata come era giusto che fosse, con un extra compenso giornaliero, senza che le venissero intaccate le giornate di ferie dovute sindacalmente.

Quando le fu chiesto di accettare questo incarico, fu dapprima un po' dubbiosa, il tenente aveva approfittato del fatto che lei fosse forse una dei pochi ad avere una certa esperienza di trekking, ed inoltre la riteneva ideale perché femmina per accompagnare il condannato in questa sorta di educativa punizione.

Con l'auto privata di Elisa si diressero fuori città verso la zona commerciale, ma prima Elisa si fermò in un piazzale dove parcheggiò.

"Bene Domenico, ora scendi per favore, dobbiamo fare una cosa prima di recarci al centro commerciale."

Domenico zitto, scese dall'autovettura, fissando Elisa e cercando di capire il perché si fossero fermati lì.

"Bene, vieni con me."

La seguì sotto un porticato dove vi erano alcuni negozi di vario genere, poi si fermarono davanti ad uno in particolare.

"Ma cosa … Non se ne parla, Io lì non c'entro, lei non mi può obbligare, mi riporti subito a casa, lei è pazza, non esiste." Gridò intuendo il perché l'agente l'avesse portata davanti a quel negozio.

"Certo che entri e non solo ma farai anche quello che ti dico, me lo ha ordinato tuo nonno e tua madre ha acconsentito. Se non ti va bene ti riporto indietro e ti fai la notte con i netturbini. Cosa preferisci!"

Domenico agitatissimo si era appoggiato al pilastro che prendeva a pugni.

"Non serve tutta questa messa insegna, ti do tempo dieci secondi per entrate poi torniamo all'auto e ti riporto a casa."

Il rosso aprì la porta del negozio e zitto dapprima vi entrò.

"Ok bene, passo fra quindici minuti, Io intanto vado a prendermi un caffè."

Dopo circa mezz'ora uscirono dal negozio, Domenico aveva qualcosa in meno, il barbiere gli aveva tagliato di netto la rossa fosforescente cresta rossa e sistemato alla bene meglio con un taglio corto i capelli.

Nel centro commerciale comperarono quanto era necessario sia per uno che per l'altro, Elisa limitò i suoi acquisti avendo già qualcosa che poteva andare come zaino, scarpe ed abbigliamento da trekking, ma per Domenico procedette ad acquistare tutto quanto gli necessitava come suggerito nella guida, salvo l'intimo. Acquistò pantaloni e pantaloncini da trekking, magliette tecniche, calze, scarpe, zaino, sacco a pelo leggero, mantella, borraccia etc. e lo riaccompagno a casa. Poi non certa che fosse in grado di prepararsi adeguatamente lo zaino lo informò, che il giorno prima della partenza, sarebbe passata da casa sua per verificare che tutto fosse in ordine.

La mattina di quel martedì partirono per la stazione dei treni accompagnati dal nonno Antico.

La madre era rimasta a casa giusto per evitare saluti commossi in stazione.

3

Nel pomeriggio da Aosta con autobus raggiunsero il Colle di San Bernardo dove l'agente aveva prenotato due letti per il pernottamento presso una struttura religiosa. La sera cenarono, e come d'accordo, senza intaccare la diaria prevista di trentacinque €.

La sera, seduti all'esterno Elisa obbligò il ragazzo a chiamare sua madre e suo nonno, cosa che fece ma con molta sufficienza e alquanto indispettito. Poi gli chiese di consegnargli il cellulare, come da accordi precedenti, cosa che Domenico si era scordato e che sperava fosse così altrettanto per l'agente.

"Ok, grazie, non ti preoccupare, il cellulare rimane nel mio zaino spento, non vado a curiosare di certo nelle tue cose, stai tranquillo. La sera te lo lascio per chiamare mamma e nonno e per un altro quarto d'ora solo però davanti a me. Tutto questo come sai non è iniziativa mia, ma concordata da tuo nonno con il magistrato."

Domenico brontolò qualcosa e glielo consegnò e rientrò in camerata dove qualcuno stava già dormendo. Elisa si recò invece nella cappella dove una suora con alcuni pellegrini stava recitando il Rosario.

La prima tappa non era molto lunga, era infatti di soli 14 km, ma Elisa non voleva procedere allungandola, per fermarsi più avanti, in quanto ancora non sapeva come si sarebbe comportato sul sentiero Domenico. La mattina di buon'ora, svegliò il ragazzo che stava dormendo profondamente. Fecero colazione con latte e biscotti e partirono. La tappa si svolgeva su un bellissimo sentiero immerso nel bosco, lei era davanti e il ragazzo dietro a pochi passi, si comportava bene, camminava con un silenzio arrendevole. Ogni tanto Elisa si girava per osservarlo aggiungendo qualche parola di conforto.

"Ho fame!" Esclamò come prime parole della giornata Domenico.

"Hai fatto colazione neanche da due ore, quindi per ora non se ne parla, mangeremo qualcosa quando arriveremo fra circa due ore a Echevennoz."

Il rosso sbuffò aggiungendo un vaffanculo che la poliziotta non gradì.

"Ascoltami bene ragazzo, forse non hai ancora capito bene come stanno le cose, Io sono un agente di polizia che sta scortando un condannato, non sono né tua amica né tua sorella, quindi evita di offendermi con parolacce e scurrilità in genere durante questo tragitto. Se mi fai comunque arrabbiare è peggio per te ricordatelo. Ricordati anche che possiamo tornare a Verona in qualche ora, dopodiché, come dovuto, potrei fare uno spiacevole rapporto al magistrato del tuo comportamento, cosa che potrebbe aggravare notevolmente la tua situazione già molto compromessa, del quale, il giudice potrebbe, prendendone atto, potrebbe anche farti fare qualche mese in un carcere minorile. Se è questo che vuoi! È già stato molto buono con te, ma una seconda volta non ci sarà credimi! Quindi regolati! Io ho accettato di farti da balia perché mi sento un po' responsabile di quanto successo e voglio aiutarti così come l'ho promesso a tuo nonno Antico che ti vuole molto bene e che vorrebbe tutt'altro nipote. Tu sei parte della sua vita, e forse non l'hai ancora bene capito, un domani ti vorrebbe alla guida della sua azienda. Non pensare neanche lontanamente

di continuare con atteggiamenti insensati o serbare stupidi rancori verso di me per quello che sto facendo, perché anche la mia sopportazione ha un limite, quindi guardatene bene! Ci siamo capiti!" Si sfogò Elisa.
Nessuna risposta venne da Domenico che si girò su un lato per orinare.

"Ok ho visto che hai capito tutto, sai Io so adeguarmi, vedrai!" Aggiunse arrabbiatissima Elisa.

Arrivarono ad Echevennoz e quando si trovarono davanti ad un piccolo supermarket, come dovuto, l'agente consegnò a Domenico la somma diaria di 35 Euro.

"Ti ricordo che questi ti devono servire per tutta la giornata, specialmente per mangiare e dormire, te li devi far bastare, se non ti bastano ti arrangi salti il pranzo o la cena e dormi fuori sotto le stelle. Regolati perché da me non avrai nulla di più, inoltre se ne sei capace, puoi risparmiare qualcosa tutti i giorni, anche solo pochi Euro che ti potrebbero essere utili successivamente per imprevisti od altro. Mi hai capito bene?"

Nessuna risposta.

"Mi hai capito bene!" urlò Elisa attirando l'attenzione di alcuni passanti.

Un breve cenno affermativo con il capo fu la risposta del rosso.

"Ok, allora entra nel supermarket da solo, Io faccio dopo."

Dopo circa venti minuti, Elisa si era spazientita non vedendolo uscire e guardò attraverso la vetrina e scorse Domenico alla cassa. Uscì con una borsa di plastica piena, dalla quale si intravedevano una bottiglia grande di Coca Cola e un sacchetto grande di patatine. Lei non gli chiese cosa avesse comperato e cosa avesse speso, era stata più che chiara con lui, doveva arrangiarsi, qui non c'era la madre alla quale bastava chiedere per avere e né tanto meno i soldi e la carta di credito che lui prelevava di nascosto dal gonfio portafogli della madre.

La sua spesa riguardò un etto di prosciutto cotto, un filoncino di pane e una scatola di biscotti, l'acqua se la prese con la borraccia dalla fontana comunale.

Si sedettero ambedue nel parchetto, uno su una panchina uno sull'altra, dove Domenico con una certa soddisfazione mostrò all'agente cosa aveva comperato e cosa stava mangiando a differenza del suo striminzito panino.

Riempito alcune fette di pancarré con prosciutto crudo e insalata russa, passo poi ad aprire il mega sacchetto di patatine e si gustò con piacere quel lauto spuntino accompagnato dalla famosa bevanda gassata e da alcuni snack dolci. Terminato il veloce pranzo Domenico lasciò gli avanzi e la sporta sulla panchina e se ne andò.

"Ehi ragazzo così non va, torna indietro e prendi tutto e posalo in quel cestino lì."

Non si girò nemmeno continuò la sua camminata uscendo dal parco.

Un'altra pellegrina che aveva visto la scena, la guardò e scuoté la testa in segno di disappunto, poi si diresse verso i rifiuti lasciati da Domenico con l'intento di raccoglierli e buttarli nel vicino cestino. Elisa l'anticipò scattando prima di lei, ringraziandola e scusandola di quell'incivile gesto. Era una ragazza svizzera che parlava anche un po' l'italiano con la quale scambio alcune piacevoli parole. Dopodiché quando la ragazza se ne andò, prese il borsino di plastica per radunare i rifiuti che il ragazzo aveva lasciato sparpagliati sulla panchina. Con suo grande stupore vide che aveva avanzato alcune cose fra le quali parte del pancarré, dell'insalata russa e mezzo sacchetto di patatine, ma anche buona parte della Coca Cola. Radunò le cartacce che buttò insieme alla bevanda nel cestino, ma trattenne il pancarré, l'insalata russa nel suo contenitore richiudibile in plastica e le patatine che chiuse nel borsino che poi mise nel suo zaino.

Arrivò l'ora di cena, Domenico era rimasto fino ad allora sdraiato sul letto, mentre Elisa si era soffermata a scambiare alcune parole con due pellegrini stranieri e con l'ospitaliere al quale fece timbrare la credenziale.

Quando Domenico usci dall'ostello Elisa gli andò incontro.

"Hai pagato l'ostello?" Chiese.

"No." Fu la risposta secca del rosso.

"Beh allora provvedi subito per favore, qui l'hanno già fatto tutti. I devi 15 Euro, come già sapevi."

"Perché?"

"Perché questo è il costo per il pernottamento. Come perché!"

"Ma scusa se do all'ostello 15 Euro come faccio poi a pagare la cena, mi avanzano solo 6,50 Euro."

"Immaginavo, hai speso quasi tutto in negozio. Io ho pranzato con un panino e mi sono presa una scatola di biscotti che per almeno altri due giorni mi verranno buoni mentre sto camminando ed ho speso 5.50 Euro."

"E allora?"

"E allora cosa vuoi dire!"

"Che non mi bastano per pagare l'ostello."

"No sbagli non ti bastano per la cena, che per noi pellegrini dovrebbe costare dieci o 12 Euro , a meno che tu preferisca dormire questa notte sotto il portico."

"E perché dovrei dormire sotto il portico, scusa Elisa, quelli che mancano non li puoi mettere tu!"

"Prima di tutto non mi chiamare per nome, io per te sono il signor agente capito! Tu già lo sapevi da prima che ti deve bastare ogni giorno la diaria di 35 Euro. Io non ti faccio nessun credito così come mi è stato ordinato, per questo motivo come agente non posso esautorarmi dagli ordini di servizio, in secondo luogo devi capire che tutti questi giorni avrai arrangiarti con questo budget mentre tu già al primo staio trasgredendo quanto hai concordato con il giudice. Non hai ancora capito che queste settimane per te non sono una vacanza ma una severa condanna! Ora ti arrangi!" Esclamò con disappunto l'agente.

"Allora secondo te dovrei saltare la cena e rimanere a pancia vuota oppure dormire fuori al freddo di queste montagne."

"Poverino il rosso, decidi tu cosa vuoi fare, hai sempre una terza possibilità, quella di tornare domani a Verona, in questo caso stasera pago tutto Io."

"Uffa che palle con sto storia di Verona, Io a casa non ci torno."

"Bene allora ora vai a pagare l'ostello che per la tua cena ci penso Io."

Domenico entrò e versò il dovuto all'ospitaliere.

"Ok fatto e ora andiamo a cena quindi?"

“Eccola tua cena di questa sera, sono gli avanzi di quanto hai comperato oggi e non consumato e che avevi lasciato sulla panca al parco. Hai pane, insalata russa e mezzo sacchetto di patatine, l’acqua la prendi dalla fonte. Gli Euro che ti avanzano li metti in parte e te ne dimentichi potranno tornarti utili in qualche tappa dove necessita spendere qualcosa di più o per qualche imprevisto che può sempre accaderti.” Elisa gli allungò la bianca borsino di plastica con tutto il suo contenuto.

Domenico sbuffando la prese e si diresse verso l’interno.

“Puoi cenare a tavola con me e con gli altri pellegrini se vuoi, ma ricordati bene di non fare stupidi tentativi di ordinare qualcosa o chiedere qualcosa agli altri pellegrini, perché a questo punto, mi troverei costretta a dire a loro chi sei e chi sono Io e a metterti a disagio con loro, il che penso tu non voglia.”

Così avvenne, Domenico si mise a tavola con quella allegra compagnia di viandanti. Elisa chiarì che lui avrebbe cenato con quello che già aveva e che stava bene così. Rise e intervenne anche in qualche conversazione come se quella Francigena l’avesse voluta lui, e questo piacque a Elisa.

Dopo cena Elisa si mise in disparte e chiamò come concordato nonno Antico, ma aveva il telefono spento e lasciò solo un messaggio in segreteria.

“Buonasera signor Antico, sono Elisa, volevo comunicarle come concordato, che tutto procede bene direi quasi come previsto. Domenico è molto sulle sue, ma ci sta. Certo vederlo con pantaloncini, maglietta e zaino e soprattutto senza quella orrenda cresta fosforescente sembra un altro. La aggiornerò domani.”

Poco dopo il cellulare di Elisa squillò. Era il nonno di Domenico, ma Elisa non poté rispondere perché era in sua presenza in camerata, quindi invio un sms per comunicarglielo, quasi contemporaneamente rispose Antico scusandosi di non aver potuto prendere la telefonata, aggiungendo che era molto contento di quello che gli aveva lasciato detto in segreteria e che la ringraziava molto.

Alle dieci di sera le luci della camerata si spensero.

La mattina seguente li aspettava una tappa leggera di soli 14 km con arrivo nella bella città di Aosta, partirono quindi verso le 9, con tutta calma, dopo aver fatto colazione in ostello. Il sentiero non presentava particolari difficoltà, solo in una parte scendeva alquanto ripido cosa che infastidì non poco Domenico che ogni tanto scivola spesso sbattendo con il sedere. Elisa lo sbeffeggiava bonariamente dicendo che con il cuscinetto che si ritrova non avrai di certo conseguenze.

Il rosso sbuffava, ma non si fermava, voleva stare al passo di Elisa cosa che lei aveva intuito e che gli faceva piacere. Arrivati nella periferia di Aosta verso l'una e mezza, Domenico chiese se ci si poteva fermare per uno spuntino. Ovviamente Elisa concordò in quanto sentiva anche lei un certo languorino che la tormentava. Entrarono insieme in un negozio che vendeva di tutto un po', dopo di che Elisa diede la diaria di 35 Euro al ragazzo. Domenico disse a Elisa di fare lei prima, così da vedere cosa comperava. La spesa costituiti per tutti e due in una scatoletta piccola di tonno ciascuno, una scatola di fagioli che disse a Domenico avrebbero diviso, tre panini (due per il ragazzo) e una barretta dolce. L'acqua l'avevano nella borraccia che avevano appena riempito in una delle tante fontane presenti sul percorso. Si fermarono poco dopo in un angolo in disparte dove consumarono il frugale pranzo. Dopo circa un'ora erano già sdraiati sul letto dell'ostello, concordarono di riposare un'oretta e poi fare un giro nella città ricca di attrattive specialmente di epoca romana.

Dopo un'ora Elisa chiamò Domenico che stava ancora dormendo, dopo averlo chiamato un paio di volte cercò di svegliarlo scuotendolo un po', cosa che lo fece inviperire tanto da mandarla a fare in culo.

Elisa uscì da sola, ma rientrò poco dopo quando si accorse che forse aveva commesso un errore, che ben presto gli fu confermato. Entrata in camerata vide di spalle il rosso seduto sul bordo del letto, che stava armeggiando con qualcosa. Era il suo cellulare che lei sbadatamente e con una certa fretta aveva lasciato nel suo zaino. Lo recuperò in modo un po' brutale strappandolo dalle mani del ragazzo, tanto che lui si alzò e fece per allungargli un pugno, ma che per sua fortuna trattenne. Elisa lo prese e lo obbligò ad andare con lei strattonandolo più volte alquanto furente per quell'atteggiamento ancora una volta violento del ragazzo, ma arrabbiata con sé stessa per aver dato una fiducia immeritata a quel ragazzo.

Visitarono Aosta in quelle parti che la guida dava più interessanti, con Domenico che manifestava il suo malessere con atteggiamenti antipatici rivolti non solo ad Elisa ma anche a gente di passaggio.

Elisa si vergognava non poco di quella situazione, di quel ragazzo che scoreggiava e ruttava al passaggio di individui ovviamente sconosciuti ai quali le sarebbe piaciuto chiarire che quell'imbecille era sotto la sua custodia e che lei era un agente di pubblica sicurezza e che lo aveva in custodia chiarendo che non era un suo parente o conoscente.

Entrarono in cattedrale, Elisa gli raccomandò di comportarsi bene minacciandolo di fare un rapporto serale al giudice dell'inconcepibile comportamento che aveva tenuto fino ad ora, poi si appartò in un banco per una breve preghiera, mentre il ragazzo continuava su e giù per la navata. Quando fu davanti al banco dove Elisa era in preghiera disse.

"Mi scappa da pisciare."

"Adesso aspetti, quando usciamo cerchiamo un vespasiano oppure entri in caffè:"

"A me scappa adesso."

Elisa non si ripeté.

"Vieni ora scendiamo nella cripta e poi usciamo, cinque minuti e saremo fuori, ok!"

Scesero ambedue nella cripta, Elisa era rivolta verso l'altare pensierosa, sapeva che quel ragazzo cercava in ogni modo di spazientirla forse sperando che fosse lei a mollare, ora ad esempio non era più vicino a lei, dove era finito, erano scesi assieme e sulle scale non era più salito. Lo cercò rapidamente agitatissima, lo intravide dietro un pilastro in una posizione che premetteva un gesto inqualificabile. Gli urlo:

"Ma che cosa fai, sei scemo!"

"Te l'ho detto che mi scappava."

Elisa non si trattenne e gli mollo un calcione sul sedere che lo mandò a sbattere contro un banco.

"Ora mi hai stufato, stasera faccio rapporto al giudice e gli dico che qui solo dopo due giorni le cose non solo non cambiano ma peggiorano, quindi inutile proseguire, quindi meglio ritornare a Verona. Poi ti arrangerai brutto imbecille che non sei altro."

Non si parlarono più fino a dopo cena, Elisa non si sedette neanche allo stesso tavolo del rosso, non aveva più neanche voglia di vederselo davanti.

Dopo cena, Elisa si mise in disparte e telefonò al giudice. Domenico quando la vide con il cellulare in mano intuì cosa volesse fare e la supplicò di non fare nessuna telefonata.

Ormai la telefonata era in corso e l'agente stava già informando il giudice sull'inqualificabile comportamento che Domenico aveva avuto.

"Domenico il giudice ti vuole parlare, prendi il cellulare."

Glielo porse e Domenico molto infastidito prese la telefonata.

"Sono Domenico."

"Sarò breve quindi non mi interrompa e non aggiunga nulla a quanto le sto dicendo. Se lei continua con questi atteggiamenti da bullo sappia bene che Io la faccio rientrate a Verona e poi la sbatto per qualche mese in un centro educativo per minori. Lei è fortunato ad essere in custodia dell'agente assegnatole perché se ce ne fosse stato un altro sono certo che sarebbe già sul treno, cosa che alla prima occasione ho ordinato all'agente di fare. Ah un'altra cosa: si vergogni," E la conversazione terminò.

Elisa sentì le parole del giudice guardando l'espressione di Domenico, cercando di capire quale effetto quella telefonata aveva avuto su di lui. Sembrava indifferente, ma la preoccupazione per quell'ammonimento non poteva non essere recepita.

"Bene, ora a dormire che domani ci sono trenta chilometri da fare, quindi sveglia alle sei."

Al nonno Antico invio un messaggio di tutto bene, evitandogli, volutamente, così stati di ansia per il nipote.

La tappa di quel giorno li avrebbe portati a Chatillon ed era abbastanza impegnativa sia per il chilometraggio sia per il continuo saliscendi. Domenico silenziosissimo ansimava ma non mollava, ogni tanto si fermavano per rifocillarsi con acqua e qualche biscotto in mezzo ai vigneti della zona o sull'argine del fiume Dora. A Chambave si concessero il solito frugale pranzo permettendosi in più un paio di pesche. Arrivarono ambedue stanchi nel pomeriggio a Chatillon dove avevano prenotato in un B&B due letti ad un prezzo scontato, ma fuori budget, che per fortuna era compensato dai risparmi dei due giorni precedenti, ma che presumeva anche l'impossibilità di recarsi in trattoria per consumare un buon pasto. Quindi si recarono in supermarket dove acquistarono una zuppa pronta da far scaldare con il microonde, del formaggio e del pane. La signora aggiunse di suo quattro uova al tegamino.

Spazzolato il tutto, stettero un po' con i proprietari a fare conversazione, evitando ovviamente di far sapere come stavano le cose fra di loro.

Una volta in camera Elisa si rivolse a Domenico.

"Domenico puzzi, fatti una doccia prima di venire a letto, e poi cambiati la maglietta che è il terzo giorno che la porti, anzi cambiati tutto per bene anche sotto. Domani sera poi farai il bucato, così come sarà per tutte le sere a venire. È importante avere sempre tutto pulito, se qualcuno ti deve parlare non deve rimanere a distanza di un paio di metri." Aggiunse sorridendo.

Il ragazzo la guardò, si prese poi la maglietta e l'annusò sgradevolmente aggiungendo un labile sorriso.

"Per alcuni giorni non ci saranno tappe molto lunghe quindi faremo con più calma ed avremo anche tutto il tempo per riposarci, lavarci, fare il bucato e fare asciugare per bene i panni. Ci dirigiamo verso la pianura quindi farà più caldo. Vedremo se sarà il caso di partire prima la mattina, magari ancora con il buio."

"Noooo ancora più presto!" Si lamentò Domenico.

"Siamo a fine giugno ed è meglio evitare di camminare nelle ore più calde, se possibile ovviamente.

Beh insomma vedremo a mano a mano il da farsi, inutile fasciarci la testa ora. Ok!"

"Ok." Le rispose il ragazzo.

Il giorno dopo arrivarono a Verres abbastanza tranquillamente. Elisa insegnò a Domenico come fare il bucato, in quanto aveva visto che per il ragazzo questo passaggio era totalmente sconosciuto.

Quando Elisa prese la sua roba sozza posta nel secchio, Domenico gliela strappò brutalmente da mano. Si vergognava della sua biancheria intima non proprio pulita. Elisa capì perfettamente e lo tranquillizzò dicendo che lo aveva fatto tante volte con i suoi fratelli e che poi una volta insegnatogli avrebbe continuato lui.

"Agente ho poi un problema da farle vedere." La informò Domenico.

"Cosa hai?" Chiese l'agente.

"Ho una vescica grossa come una noce su un piede."

"Fammi vedere."

Domenico si tolse le ciabatte che si mettevano quando arrivavano in ostello e la calza del piede sinistro.

"Siediti su quella sedia." Ordinò Elisa.

"Ora dammi il piede e poi fammi vedere anche l'altro."

In effetti aveva una vescica gonfia in corrispondenza della parte alta del piede.

"Tranquillo, sei fortunato non si è ancora rotta, posso fare qualcosa. Ma prima lavati per bene tutti e due i piedi, ma bene bene e con il sapone. Altra cosa che devi imparare: è quella di tenerli sempre più che puliti ed avere sempre le calze ogni giorno cambiate ed ovviamente pulite. Le vesciche, come questa, molte volte si fanno perché il piede e sporco e sudato."

Fatto il bucato e lavato per bene i piedi, Elisa lo rifece sedere sulla sedia, gli prese il piede e da un contenitore in plastica tolse una bustina di disinfettante e ago e filo.

"Ora stai calmo che non sentirai nulla di nulla. Ti farò passare l'ago con il filo dentro la vescica così che il liquido interno dreni un po' alla volta evitando così il rompersi della pelle che in caso contrario ti causerebbe di certo una bella piaga. Funzionerà vedrai."

Il ragazzo annuì.

Una volta fatto, Elisa si fece porgere l'altro piede per verificare com'era messo.

"No questo non ha problemi, devi solo lavarteli per bene e cambiarti le calze tutti i giorni. Non dovresti avere nessun altro problema ora che hai il filo drenante. Non cercare di levare la pelle dalla vescica che produrresti solo un danno irreparabile, mi raccomando. Domani sera la riguardiamo."

Passarono ancora altre sei tappe e alla decima furono a Robbio un paese della provincia di Pavia. Erano partiti da Vercelli attraversando la campagna ricca di risaie. Avevano percorso già oltre centocinquanta chilometri. Il callo dello zaino sulle spalle si era ormai consolidato. Era proceduto tutto nella norma fino a qui, solito sbuffare e grugnire di Domenico quando qualcosa non gli andava, ma con un atteggiamento più malleabile verso Elisa che lo comandava sempre a bacchetta e ancora non si fidava totalmente del ragazzo. Salvo qualche imprevisto, come stamane, quando obbligati, a camminare sulla trafficatissima strada Statale 11 uscendo da Vercelli, Domenico ebbe una calorosa discussione con un ragazzo suo coetaneo che passando in motorino gli disse "stai in parte ciccione." Il rosso si arrabbio non poco, e gli fece il gesto del dito medio con tanto di vaffanculo stronzo e lo rincorse. Il motociclista, sentite le parolacce a lui rivolte, accortosi e visto nello specchietto il dito medio, si fermò e così i due iniziarono a litigare. Elisa si mise di mezzo, per cercare di sedare i due con poco risultato. Purtroppo le noie non vengono mai da sole, e in quel mentre una Panda con a bordo due carabinieri si fermò per verificare quanto stava succedendo. I ragazzi richiamati smisero per fortuna proprio nel mentre quando stavano iniziando a venire alle mani. Elisa spiegò il fatto cercando di minimizzare la cosa e cercando comprensione da parte dei militari, dapprima senza qualificarsi, poi visto che i carabinieri avevano chiesto i documenti ai tutti i presenti lo dovette fare spiegando loro il suo ruolo e dando loro opportuna conferma con il documento rilasciato dal magistrato. Chiarito il tutto prima di salutarsi militarmente uno dei carabinieri volle dirgli di tenerlo al guinzaglio, Elisa seccata, rispose che al guinzaglio si tengono i cani e non le persone. A Domenico piacque la difesa di Elisa e la ringraziò anche se bisbigliando e evitando di guardarla. Molto meno gli piacque invece la ramanzina che l'agente gli fece una volta in ostello.

Nel pomeriggio fecero due passi per il borgo che aveva attrattive medioevali quali la chiesa di San Pietro presso cui sorgeva nel medioevo un punto di accoglienza dei pellegrini.

La sera Domenico chiese per favore se poteva chiamare il nonno visto che era da tanto tempo che non si sentivano, ovviamente Elisa acconsentì con piacere, consegnandogli il cellulare.
Il nonno fu ovviamente felicissimo di sentire il nipote, ma soprattutto perché era stato lui a chiamarlo. Parlò poi con Elisa alla quale trasferì le sue emozioni della telefonata, dicendole che lo sentiva bene, era contento, gli piaceva e sentiva sì la fatica ma la sopportava ed inoltre gli disse delle parole buone che aveva avuto nel parlare di lei. Il ragazzo forse si stava smollando, pensò Elisa e questo gli fece molto piacere.

Passarono altri giorni e altre tappe e chilometri si sommarono a quelle già fatte. Passarono Pavia, transitarono il fiume Po in barca con Domenico terrorizzato perché non sapeva nuotare, continuarono per la Pianura Padana passando Piacenza, Fiorenzuola e poi Fidenza. Da Fornovo Val di Taro iniziarono la dura salita per il Passo della Cisa. La metà del percorso ormai l'avevano percorsa, quella notte sostarono nell'ostello della Cisa in quanto la discesa a Pontremoli fatta nello stesso giorno non era possibile. Il tempo era stato indulgente con loro, avevano dovuto usare le mantelle solo in due occasioni a causa di violenti ed improvvisi acquazzoni. Durante il cammino Domenico si sbottonava sempre di più di cose personali che intervallava a volte a stupidaggini. Ma comunque era nato un dialogo importante fra i due, si era creata fra loro una certa sintonia che fino a qualche settimane fa era sembrata impossibile.

Lavarono i panni prima di cena si sedettero sul prato a lato dell'ostello, immerso nel fitto bosco, insieme ad altri pellegrini sia italiani che di varie nazionalità. Espletata simpaticamente la presentazione di ciascuno di loro buona parte in italiano ma anche in inglese, una ragazza irlandese intonò con una voce bellissima un vecchio canto tradizionale della sua terra che in quegli ombrosi boschi richiamava antiche leggende di cavalieri, fate e maghi.

Erano circa una dozzina di persone buona parte giovani, ma anche tre con i capelli grigi. Cenarono assieme tutti su un tavolo. Fecero una colletta fra tutti e comprarono tre bottiglie di Gutturnio che però bevvero nel dopo cena sul prato, dove per riscaldarsi nell'apposito braciere, qualcuno aveva acceso un fuoco. Un ragazzo tedesco si era messo più volte in mostra prendendo la parola, lusingando più volte Elisa e suo fratello così come presumeva fosse. Il tedesco si era sistemato vicino a Elisa anche a tavola, dava l'impressione di volerla corteggiare, rivolgendogli più volte la parola, cercando anche un contatto fisico abbracciandola e vuotandole più volte il vino. Elisa era una donna piacente nonostante non fosse più una ragazzina. La sua simpatia trovava gradevolissimo riscontro in tutti i pellegrini presenti, ma senza dare troppa confidenza a nessuno. Aveva avuto un fidanzato tempo fa, ma causa il lavoro ed il trasferimento dalla Toscana avevano preferito di comune accordo lasciarsi. Non aveva nessuna intenzione, almeno per il momento di nuove avventure sentimentali, preferiva rimanere così com'era con tanti amici e nulla più.

Domenico si accorse delle continue avance del ragazzo tedesco e provava una sorta di indulgente gelosia nei suoi confronti. Dopo queste settimane, anche se non voleva ammetterlo, si era affezionato un po' ad Elisa.

"Agente il tedesco le sta facendo il filo." Palesò Domenico a bassa voce in un orecchio a Elisa.

"L'ho capito, lascialo fare, domani tanto non lo vedremo più." Rispose sorridendo Elisa.

"Questo ti vuole ingroppare stasera altro che domani! "Esclamo il ragazzo.

"Uffa Domenico che termini usi!"

"Vabbè allora diciamo che ti vuole portare a letto." Si corresse.

"Lascia perdere, so Io come fare a toglierlo di mezzo al momento opportuno, e poi nel caso a te cosa interessa!"

"A me nulla!" Rispose sollecitato Domenico.

Ma la cosa invece lo infastidiva non poco, tanto che per il resto della sera non lasciò mai neppure per un secondo da sola Elisa.

Nulla avvenne come prospettato, Elisa ad un certo punto, quando il discorso del gruppo glielo permise, chiarì che lei era fidanzata e che certe persone, specialmente qui sulla Via, cercavano abbordaggi la infastidivano non poco. Uno dei pellegrini con i capelli grigi, intuendo il perché di quel chiarimento la guardò e gli schiacciò l'occhio.

A Radicofani arrivarono stanchissimi e Domenico bagnato fradicio in quanto nell'attraversamento di un guado era scivolato e caduto in acqua. Il caldo sole stava comunque rimettendo a posto tutto. L'affaticamento delle trentasei tappe e dei circa 750 chilometri percorsi si faceva sentire nonostante il percorso venisse allietato dall'incantevole bellezza della Val d'Orcia e dei piccoli borghi attraversati. L'ultimo strappo era la salita a Radicofani che aveva messo a dura prova le ultime energie dei due. Arrivati nell'ostello comunale si sdraiarono sui letti. Essendo i letti a castello, Elisa si sistemò sul quello alto e Domenico su quello sotto. Non si dissero nulla, tolte le scarpe si appisolarono. Domenico russava alla grande, per fortuna nessuno degli altri pellegrini presenti non stava dormendo o ci provava e una volta posato lo zaino se ne andava fuori probabilmente a visitare lo stupendo fortificato borgo medioevale. Elisa non si era neanche messa i tappi, come di solito faceva la notte, ma si era persa fra le braccia di Morfeo come un bambino coccolato fra le braccia della madre.

Una volta ambedue svegli, dopo la consueta doccia che li rimise in sesto e il solito bucato, Domenico chiese se era possibile visitare il paesello. Certo, rispose Elisa così cerchiamo anche dove cenare stasera visto che nell'ostello non ce una cucina.

Radicofani straripava di turisti provenienti da tutto il mondo, spesso erano in comitiva di cui almeno un paio di cinesi e coreani. Era affollatissimo. Fortuna che avevano pranzato a San Quirico d'Orcia con un superbo panino con prosciutto toscano, in quanto nel borgo era impossibile entrare in qualsiasi luogo di mescita, ma anche per i prezzi erano non certo alla portata loro. Passarono davanti ad una trattoria che a Elisa piacque istintivamente e vi entrò. Aspettami qui chiese a Domenico, esco subito. Uscita Domenico la interrogò.

È pieno mi pare vero?"

"Sì, ma non mi interessava per ora, ho prenotato per stasera."

"Fanno menù per pellegrini?"

"Non lo so non ho neanche chiesto a dirti il vero." Rispose Elisa.

“Ma qui ci pelano vivi, o quanto meno ci vuole il budget di tutta la giornata a disposizione, non ce lo possiamo di certo permettere!” Esclamo Domenico.

“Tranquillo stasera sei mio ospite, ti offro la cena, e pago con i miei soldi sia ben chiaro non con la diaria che il tribunale mi ha conferito.”

“Davvero! Accidenti agente, come mai?”

“Penso che sia giunto il momento che mi puoi chiamare per nome anche quando siamo solo noi due, quindi lascia perdere l’agente, ok! Penso che un premio te lo meriti, è da un po’ che ti comporti come un ragazzo normale e poi … non lo dovrei dire mi sono un po’ affezionata a te.”

“Ho capito come la carota al cavallo.” Rispose ridendo Domenico.

Al momento non aveva accolto l’emotiva affermazione di Elisa, se ne rese conto quando stavano già proseguendo nella via, Domenico si era fermato, frastornato da quella testimonianza di affetto e la chiamò.

“Elisa.”

Elisa si girò e Domenico le se fece incontro abbracciandola.

“Ti voglio bene.” Le disse con le lacrime che gli oscuravano la vista.

Elisa ricambio il gesto, accarezzandogli i capelli.

Alcuni turisti con gli occhi a mandorla guardavano stupefatti la scena avvertendo le emozioni di quei due. Alcuni scattarono loro anche qualche foto.

Domenico se ne accorse.

“Fatevi i cazzi vostri stronzi.”

“Ecco ci siamo!” Commentò ridendo Elisa e si incamminarono.

La sera alle sette come prenotato si recarono nel ristorante. Carinissimo e molto particolare in quanto in pietra a volta. Il cameriere li accompagnò al tavolo e diede loro il ricco menù.

Elisa sapeva già cosa ordinare ovvero il suo piatto preferito di quella zona della toscana “i pici all’aglione”, Domenico era un po’ in imbarazzo avrebbe voluto assaggiare un po’ di tutto, ma su suggerimento di Elisa ordinò un secondo "arrosto di maiale di cinta senese con patate". Come antipasto si fecero portare dei tradizionali crostini toscani con formaggio e affettati. Elisa ordinò anche mezzo litro di vino della casa. Quando arrivò l'antipasto Domenico chiese al cameriere se poteva gentilmente scattare loro una foto, cosa che ben volentieri, anche per abitudine il cameriere scattò.

"La posso inviare a casa?" Chiese Domenico.

"Mm … chissà cosa diranno i tuoi se ci vedono con tutto questo ben dio davanti."

"Cosa vuoi che dicano, comunque ho già fatto, ho inviato anche al nonno, con scritto 'cena offerta da Elisa'."

Poco dopo arrivarono le risposte alla foto.

Il nonno scrisse "Vedo con piacere che vi trattate bene, bravi ve lo siete meritata una buona cena" con faccine sorridenti.

La mamma "Mi manchi tanto tesoro, non vedo l'ora che il tuo cammino finisca per averti qui con me" con aggiunto un grosso rosso cuore.

"Anche a me manchi tanto, ti voglio tanto bene mamma" con tanto di faccina con lacrimuccia.

Il nonno Antico aggiunse per Elisa "Elisa non so come ringraziarla per quello che sta facendo e come lo sta facendo" con faccina con abbraccio.

La cena terminò con un tiramisù in due.

La notte Domenico avviò il trattore che spense solo all'alba con grande sconforto dei vicini di letto.

La tappa numero quaranta da Montefiascone a Viterbo ci riservò una piacevolissima sorpresa. Dopo aver fatto un bel tratto sul basolato dell'antica via Cassia Elisa e Domenico arrivarono a Bagnaccio, dove inaspettatamente trovarono un incantevole e paradisiaco bagno termale libero. Senza pensarci su due volte si misero subito in ammollo in una delle pozze naturali di acqua termale calda. Non avevano costumi da bagno, non li avevano previsti, ma questo non li fermò e Domenico uso i pantaloncini mentre Elisa mutande e reggiseno. Stettero in ammollo per più di un'ora a godersi quell'acqua ristoratrice.

Nel pomeriggio arrivarono nella graziosa Viterbo, nell'ostello dove non c'erano però disponibili posti letto. Valutarono la cosa vedendo sulla guida che sì vi erano altri posti dove pernottare ma a prezzi per loro inabbordabili. Pertanto decisero di occupare due spazi in terra dove disporre lo stuoino e il sacco a pelo. Di certo era meglio un buon letto con materasso, ma a questo punto dopo quaranta tappe e più di novecento chilometri si erano abituati un po' a tutto e affrontare imprevisti come questo era diventata quasi una normalità.

Misero gli stuoini uno accanto all'altro in un angolo della stanza e sopra di essi il sacco a pelo a mo' di materasso così da patire un poco meno il contatto con pavimento. Erano circa le diciassette, Domenico in attesa di uscire per una visita del bel centro storico viterbese si accucciò sul sacco a pelo dicendo che avrebbe un po' riposato, sfruttando anche l'assoluto silenzio della camerata in quanto vuota. Elisa nel frattempo si era messa al sole distesa sul prato in compagnia di una coppia di ragazzi austriaci e di una ragazza di Bari.

Qualcosa svegliò di soprassalto Domenico, c'era qualcuno nella stanza che aveva fatto cadere qualcosa, forse uno zaino, e stava facendo un fastidioso e inspiegabile baccano. Alzò lo sguardo sollevandosi un poco dal sacco a pelo e vide che una persona era intenta a frugare uno zaino posto su un letto. Pensò ovviamente ad un pellegrino, ma si ricredette quando vide che quel ragazzo passava da un letto ad un altro perquisendo più zaini. È un ladro di certo, ripensò Domenico e chi altro può essere. Si drizzo in piedi cercando di non fare rumore. Quando gli fu di spalle gli gridò "Cosa stai facendo!". Il ragazzo che non se lo aspettava spaventato si girò di scatto e disse che stava cercando il cellulare nel suo zaino. Aveva una borsa a tracolla che gli pesava sulla spalla. Domenico lo marcò stretto, gli urlò "sei un ladro schifoso", in quanto aveva visto il vero proprietario di quello zaino che non era certo lui ma bensì una ragazza austriaca.

Sentitosi scoperto accennò un tentativo di fuga verso la porta principale, ma quando gli fu vicino probabilmente sentì le voci e tornò indietro verso Domenico nel tentativo di uscire dalla finestra dalla quale era entrato. "Fammi passare" gridò correndo verso Domenico che si trovava nel mezzo del corridoio fra i letti "o ti ammazzo". Domenico per nulla impaurito gli rispose "provaci se ne sei capace" e gli corse incontro a testa bassa assestando il suo colpo preferito nello stomaco del ladro. Lo mise ko, il ladruncolo sbatté da prima contro la testata del letto e poi franò come un sacco di patate in terra. La testata gli aveva tolto il fiato e faticava non poco a respirare, Domenico nel frattempo era corso alla porta gridando aiuto. Subito entrò Elisa spaventatissima, in quanto aveva riconosciuto la sua voce e ancora non sapeva cosa fosse successo; chiamava strillando in continuazione il nome di Domenico, dietro di lei vi erano gli altri tre ragazzi che erano con lei sul prato.

Domenico era accanto al ladruncolo che era un ragazzo più o meno della sua età, e gridava "non morire, non morire". Elisa raggiuntolo si fece spiegare quanto era successo e prese il ragazzo sotto le ascelle tirandolo verso l'alto così da aiutarlo a regolarizzare al meglio la respirazione. Il ragazzo austriaco vide che il suo zaino e quello della sua ragazza erano stati svuotati sul letto, accortosi che mancavano cellulari, occhiali da sole e il portafogli della sua ragazza, si avventò contro il malandrino e gli mollo un sonoro ceffone sul viso. Elisa lo redarguì molto seccata, dicendogli di non farlo più altrimenti avrebbe dovuto fare rapporto all'arrivo dei carabinieri. Per questo dovette qualificarsi con i presenti, con il gestore dell'ostello che era corso anche lui in camerata e successivamente con i carabinieri che recuperarono la refurtiva, posta nella sacca a tracolla, che Elisa prontamente aveva recuperato e che conteneva la refurtiva non solo dei ragazzi austriaci ma anche di altri pellegrini non presenti e all'insaputa pertanto di quanto successo. Il ragazzo era recidivo, aveva alle spalle già alcuni vari furti e borseggi.

Domenico era un poco dispiaciuto per quel ragazzo, ma non aveva potuto fare altrimenti. Tutti i pellegrini anche quelli che arrivarono dopo il fatto si complimentarono con lui, il nostro eroe lo chiamarono. I ragazzi austriaci pretesero che Domenico ed Elisa prendessero i loro letti, altri offrirono birra e salumi per un simpatico aperitivo comunitario.

4

Le ultime cinque tappe volarono, le ore di quei cinque giorni sembravano più corte, il tempo scorreva fulmineo. Domenico era triste, avrebbe voluto continuare anche passata Roma dopo aver scoperto che il cammino proseguiva verso sud con vari itinerari. Aveva provato più volte, anche insistendo, a cercare di convincere Elisa, ma ovviamente poi capì che ciò non era possibile.

Tutto finisce a Roma, si diceva. Poi che farò? Non vedrò più Elisa, non avrò più lei che mi conforta, che mi sprona, che mi difende. Ho tanta voglia di riabbracciare mamma e nonno e questo mi consola, rifletteva mentre passo dopo passo si avvicinava alla Capitale, ma non ho per nulla voglia di rivedere i miei amici e di tornare a scuola a settembre; sì lo ammetto, mi vergogno di quello che ho fatto e di come ho trattato le uniche due persone che davvero mi vogliono bene.

Elisa lo vedeva pensieroso e aveva intuito il perché, un po' gli dispiaceva questo suo incupimento ma da una parte lo apprezzava in quanto quei quarantacinque giorni passati assieme avevano lasciato dentro lui dei segni positivi che facevano ben sperare per il suo futuro e questo grazie anche a lei.

Domenico era cambiato, Elisa aveva vissuto questa metamorfosi giorno dopo giorno, e non solo fisicamente in quanto era calato almeno quindici chili, tanto che ultimamente avevano dovuto fare un altro buco alla cintura dopo gli altri tre già fatti in precedenza, e poi i capelli gli erano cresciuti molto, ora li portava pettinati da una parte con riga ben curata e tanto di frangetta che gli cadeva sulla fronte. Quasi irriconoscibile.

Arrivarono a Roma sotto un tremendo acquazzone con vento che spazzava la strada, avevano dovuto indossare le mantelle, passarono dal ponte Elio e presero via della Conciliazione dalla quale spunto maestosa la cupola di San Pietro.

Domenico si fermò e si inginocchio piangendo.

Elisa da dietro gli mise una mano sulla spalla e lo strinse a sé commossa.

Vissero il momento più bello e puro di tutto il cammino.

Arrivarono in piazza dove una miriade di turisti con ombrelli e mantelle cercava di stare in coda per entrare nella Basilica. Sapevano che nella piazza c'era anche la mamma e il nonno Antico come d'accordo, ma era impossibile riconoscerli in quel frangente e soprattutto farsi riconoscere da loro. Provarono più volte al cellulare ma le linee erano intasate forse per il maltempo.

Provarono anche sotto il loggiato di destra pensando che forse si erano riparati lì dalla pioggia, ma non li videro. A Elisa venne un'idea, si avvicinò ad una delle pantere della polizia che stazionavano in piazza, si qualificò e chiese a loro un piacere.

Al microfono disse più volte "Domenico e qui."

Dall'altro lato della piazza due persone si avvicinarono di corsa verso di loro, Erano mamma e nonno Antico.

IL DIAVOLO DI MONTE MAGGIO

1

I giorni trascorsi, da quando era partito da Santiago de Compostela, erano davvero tanti, e da tempo non li contava più. Aveva anche preteso, perché per lui non poteva essere diversamente, transitare da Lourdes e rendere omaggio alla Madonna. Il suo fisico non era certo più quello di un giovanotto e questo cammino lo stava logorando forse più di quanto aveva previsto. Molti acciacchi dovuti all'età lo avevano rallentato, ma la meta prefissata di San Pietro, che giorno dopo giorno si avvicinava sempre più lo incoraggiava. Il conforto gli arrivava dalla preghiera nella quale fermamente credeva, ma anche dall'incoraggiamento continuo degli altri pellegrini che trovava sulla Via Francigena. La sera prima era stato ospite nell'ostello di Monteriggioni, come altre volte aveva condiviso le esperienze del suo cammino con altri occasionali amici pellegrini. A tavola la sera aveva contribuito come tutti i presenti ad aiutare la coppia di volontari, Diamante e Riccardo, che in quel periodo gestivano gratuitamente l'ostello. La preghiera prima del pasto era una consuetudine, ma lui ne aveva voluto una anche alla fine benaugurante per il cammino del giorno dopo. Il giorno dopo sarebbe arrivato a Siena, la città di Santa Caterina, per lui uno dei luoghi più ambiti per le orazioni.

L'itinerario della tappa proposta dalla guida era breve e transitava sulla provinciale e conduceva a nella città Toscana in circa tre ore. La stanchezza fisica era tanta, ma il pensiero di arrivare da Santa Caterina con poco sacrificio e con scarsa possibilità di concentrazione, di certo non agevolata dall'attenzione dedicata al traffico della provinciale, non lo allettava. Così con l'aiuto di una mappa del CAI, che gentilmente l'ospitaliere gli aveva fotocopiato, si era prefissato un'alternativa di certo ben più impegnativa di quella di base: salire su Monte Maggio e ridiscenderlo sull'altro versante e poi ridiscendere verso Siena. La vista di quella verde e maestosa collina, di certo ben diversa dalle montagne che aveva fronteggiato durante i giorni passati, lo intrigava, anzi solo nel guardarlo ne assaporava già i profumi del bosco, il suo silenzio e la solitudine che gli avrebbe concesso questa variante. Di certo la tappa era ben più impegnativa, le ore di cammino si sarebbero sicuramente raddoppiate, ma questo non era per lui un impedimento, solo una possibilità per una scelta diversa che di certo lo avrebbe compensato nello spirito, nonché preparato, così come lui pretendeva, ad un giusto incontro con la Santa.

Quella mattina non gli necessitava partire prestissimo, così come più volte aveva dovuto fare per sopperire la lunghezza delle tappe. Se l'era presa con comodo, facendo una buona colazione e conversando con la coppia di ospitalieri che prestavano servizio gratuito nell'ostello a fianco della chiesa. Gentili e disponibili così come dovevano essere, pronti a sostenerti il fisico ma anche lo spirito. Così dopo averli salutati con un amichevole abbraccio, si era incamminato fuori dalle mura seguendo le indicazioni della Via Francigena verso Roma. La salita a Monte Maggio era continua, dapprima su una capezzagna sterrata sotto il sole e poi nell'ombra del fitto bosco; la parte finale invece era totalmente allo scoperto là dove il terreno si faceva più brullo e gli alberi di diradavano. La prima ora era trascorsa tranquilla, non aveva incontrato nessuno, anche perché nessuno dei pellegrini conosciuti la sera precedente aveva voluto accompagnarlo in quella tappa. Passate alcune case rurali tramutate in agriturismo, ora la salita era in tutta solitudine nel bosco. Ora era il momento della preghiera. Dalla tasca dei sui pantaloni aveva tratto la corona del rosario e aveva iniziato l'abituale recita mattutina. Lo zaino ormai non gli pesava più, era diventato come una parte del suo corpo. Il suo peso a poco a poco aveva preso il posto dei chili persi durante tutti quei giorni di fatica. Ultimamente l'aveva anche alleggerito di cose che ormai non aveva più senso portare con sé come alcune maglie di lana e un maglione che gli erano stati preziosi sui Pirenei e sulle Alpi. L'acqua era il gravame di maggiore importanza ora. Ne aveva sempre un bottiglia da due litri nello zaino e un paio piccole nelle tasche di rete esterne. Gli scarponi lo avevano da tempo abbandonato e così si era dovuto comperare un paio di sandali da trekking. La maglietta di cotone era già zuppa di sudore, aveva dovuto sbottonarsi la camicia così da areare un poco lo stomaco.

2

La salita era tosta anche se il sentiero si inerpicava su curve che ne attenuavano un poco il dislivello. Fortuna che oramai si era adattato ad usare quei bastoncini da trekking che un pellegrino francese aveva tanto voluto regalargli. Questi in verità dapprima lo avevano messo in difficoltà, ma poi una volta che il meccanismo si era consolidato gli erano diventati indispensabili aiutandolo specialmente durante le salite trasferendo in parte la sforzo dalle gambe alle braccia. Il passo era costante nonostante un po' di fiato venisse dedicato alla recita del Santo Rosario. La coroncina tenuta in una mano gli sbatteva in continuazione contro il bastone, scandendo il tempo del suo passo. Lo sguardo era basso rivolto al sentiero così da evitare i tranelli che sassi e radici spesso gli tendevano. Alzando lo sguardo vide uno strano contrasto di colore nel verde del bosco. Era un qualcosa di rosso, forse una borsa di plastica, ed era la posta sotto una giovane ghianda. Mentre si avvicinava la cosa prendeva sempre più forma, l'ipotesi della borsa di plastica di supermercato piano piano veniva sostituita da qualcosa della forma di un fantoccio. Non aveva alcuna intenzione di fermarsi e così egli passò oltre evitando di fissarla. Ma qualcosa di strano in quell'oggetto, nel passarci accanto, l'aveva incuriosito. La camminata era diventata dubbiosa e rallentata in attesa di un nuovo comando se proseguire o fermarsi. Ad un certo punto la curiosità aveva preso il sopravvento, tanto che dopo una ventina di metri aveva deciso di far ritorno sui suoi passi per verificare cosa realmente fosse quell'oggetto di color rosso.

Il pellegrino sostò davanti a quello strano peluche che sembrava messo lì da poco per nulla sciupato.

'Rappresenta un diavolo', strano trovarlo qui, disse tra sé il viandante.

'La curiosità non è solo donna.' Pensò qualcuno che intanto lo osservava di nascosto.

Il piano aveva funzionato. Il pellegrino è incuriosito da me, sogghignò tra sé quel qualcuno.

'Ma chi può averlo lasciato nel bosco, forse qualcuno che mi precede?' Si chiese il pellegrino. Lo guardò meglio, era alto circa una ventina di centimetri quel diavolo armato di forcone e dotato di lunga coda e di sproporzionate corna. Si accorse, guardandolo sul lato che appoggiava a terra, che gli mancava un occhio, sembrava che qualcuno glielo avesse strappato in quanto alcuni filamenti uscivano dall'orbita oculare. Nell'abbassarsi su di esso per osservarlo meglio, la corona del Santo Rosario si agganciò, senza che lui lo volesse, alla forca, nel rialzarsi inconsapevolmente se lo porto con sé e lo fece cadere sul sentiero. Con un certo disgusto il pellegrino lo raccolse con due dita e lo riposò là doveva l'aveva trovato e riprese il suo cammino.

"Avrei voluto ben vedere se mi lasciavi a testa in giù sul sentiero!".

Esclamò una voce proveniente dietro di lui.

Il pellegrino spaventato si girò di scatto senza fermarsi, inciampando così nel bastoncino sinistro che lo catapultò a terra su un fianco come un sacco di patate.

"Ah sé ah sé" Una risata folle squarciò il silenzio del bosco.

"Mai riso tanto, incomincio davvero bene, speriamo che questa volta tutto vada davvero come deve andare". Esclamò la voce.

Il pellegrino si guardò tutt'intorno e non vide anima viva, notando che il peluche era invece scomparso là dove lui l'aveva lasciato.

Rialzatosi. "Chi sei gli chiese?"

"Come chi sono! Lo dovresti aver capito, sono il Diavolo". Sghignazzo la voce che sopraggiungeva nitida localizzata poco sopra di lui nel fitto del bosco. Aveva un accento toscano e sembrava giovanile.

Il pellegrino passato lo spavento iniziale era nel frattempo ripartito mandando al "diavolo" l'autore di quello stupido scherzo.

"Ehi dove vai! Non mi aspetti? Dai aspettami. Ti accompagno per un po' così facciamo due parole. Non ti va?" Chiese l'individuo sempre ben celato nel bosco.

"Ehi ragazzo, ma non hai altro da fare stamane!" Rispose il pellegrino rivolgendosi verso il bosco.

"Ho capito non mi credi, non credi che io sono quello che dico. Ok allora scendo così mi puoi vedere."

Da sopra il sentiero si sentì qualcuno che usciva dal fitto della boscaglia. Fino a quando, con un balzo finale, quello chi diceva di essere il diavolo gli si arrestò davanti sul sentiero.

Era un ragazzone smorto e glabro, sulla ventina alto ma non muscoloso. I folti e lunghi capelli erano neri come la pece e gli cadevano sulle spalle. Gli occhi non si scorgevano perché nascosti da un paio di occhiali scuri. Vestiva sportiva maglietta rossa, pantaloncini gialli, scarpe firmate e calze regolarmente nere.

"Sembri più un giocatore del Milan che ad un diavolo." Esclamò deridendolo il pellegrino che lo aveva già catalogato come uno sciocco bontempone del posto. Magari questo sta riprendendo tutto con una telecamera nascosta per poi farci due risate insieme agli amici, pensò.

"Beh e allora cosa mi dici!" Esclamò il giovanottone.

"Facciamo un pezzo di strada assieme?"

"Se questo può esserti di consolazione dopo lo spavento che mi hai fatto prendere, aggregati pure. Se ritieni anche che lo scherzo debba continuare a mio scapito, accomodati. Sappi però che io stavo pregando e vorrei continuare a farlo senza interruzione. Inoltre, ragazzo, ho il mio passo e non rallento di certo ad aspettarti." Rispose il viandante cercando di dissuaderlo.

"Beh pregare è troppo per me, non ci riuscirei di certo. Anzi già solo a sentirle le preghiere mi infastidiscono, poi per il resto non ti preoccupare non mi lascerai di certo indietro. E poi tu pensa per te! Allora facciamo così tu intanto che finisci di pregare io me ne sto indietro qualche metro e faccio i cavoli miei. Poi quando avrai finito faremo due parole. Ti va?"

"Contento tu! Però solo per un pezzo perché io vorrei stare un po' da solo con i miei pensieri. Non voglio esserti scortese ragazzo, ma la tua presenza non mi aiuta di certo in questo e poi non mi aspettavo di certo la visita di un diavolo oggi." Lo schernì il pellegrino.

"Ragazzo mi chiami, forse perché mi vedi così, ma se vuoi posso cambiare e tramutarmi in quello che vuoi tu, oppure, perché ti ricreda, farti vedere il fuoco eterno di casa mia."

"Smettila ragazzo con queste scemenze, se sei qui per prendermi in giro forse è meglio che tu torni al tuo paesello perché non è ora!" Rispose il pellegrino seccato con voce un tantino adirata, mentre proseguiva nella salita al monte.

Questa presa in giro doveva finire, pensava. Mi sta dando noia questo seccatore e poi lo scherzo è bello quando dura poco.

Il ragazzo camminava sul sentiero davanti a lui, ogni tanto si fermava facendosi sorpassare da poterlo osservare per bene e anche un po' per infastidirlo.

"Ascoltami ragazzo io sono un pellegrino, me ne sto andando a Roma, ho fatto già tanta strada e gradirei davvero che tu mi lasciassi in pace. Io accetto sempre di scambiare due parole sui sentieri. Anzi certe volte la compagnia la cerco. Però tu mi stai prendendo in giro e questo proprio non mi va. Abbi un po' di benevolenza nei confronti miei e lasciami continuare da solo il mio cammino."

"Ok! Mi sembra giusto quello che tu dici, se io fossi davvero un rompiballe, ma ti ripeto: io sono davvero il diavolo e voglio scambiare due parole con te. Ma ci pensi all'occasione che hai, quando mai ti potrà capitarne un'altra. Parlare con un diavolo. Mai più te lo assicuro! Salvo che tu quando morirai venga a trovarmi nel regno degli inferi" Esclamo dandogli le spalle.

"Uffa ragazzo la stai facendo troppo lunga. Scusami ma mi dai noia. Non posso di certo impedirti di fare questo sentiero, ma tu di certo non puoi obbligarmi ad ascoltare tutte le tue scemate."

"Ho capito non mi credi, non credi a quello che ti ho detto e quindi vuoi una dimostrazione! Tu sei come quel tuo Santo che dovette toccare con mano per credere. Ok e io ora te lo provo!"

Il diavolo si girò verso il pellegrino guardandolo dall'alto del sentiero e si fermò di colpo. Sulle mani di quell'entità dalle sembianze umane apparirono due sfere di fuoco che ardevano senza danno alcuno. Istintivamente il pellegrino indietreggio qualche passo mentre quel fuoco senza calore ardeva in bella mostra sui palmi del diavolo.

"Contento! Vuoi toccare il fuoco eterno? O vuoi altro per credermi, vuoi che ti faccia vedere l'inferno?"

"Già visto, è un bel trucchetto da prestigiatore, ti riesce davvero bene, bravo."

"Trucchetto da prestigiatore, allora questo non ti basta! Prova a vedere questo allora!"

La punta del dito indice della mano sinistra gli prese fuoco, tracciò in aria con un gesto dall'alto al basso una fenditura come un taglio su una tela delle opere di Fontana, con le mani lo allargò, una visione al suo interno dapprima nebulosa, prese forma, era l'inferno. Era la visione dantesca degli inferi come più volte apparsa in vari film dei quali sembrava uno stralcio.

"E ora cosa ne dici! Lo sapresti fare tu?"

Il pellegrino non era spaventato, ma sorpreso di quanto stava vedendo. Sapeva, anzi non aveva mai dubitato dell'esistenza del diavolo, ma trovarsi ora davvero a faccia a faccia con lui era di certo cosa di non tutti i giorni.

"Sono o non sono il diavolo!"

"Non ce bisogno d'altro. Ho capito sto parlando con il demonio, il quale vuole accompagnarmi su questo monte. Se ho ben capito?" Rispose il pellegrino turbato deglutendo saliva.

Egli aveva capito di avere a che fare con qualcosa di soprannaturale, non poteva che essere che così, quello che si rivolgeva a lui era davvero un diavolo, e la cosa lo aveva messo in agitazione, ma non sapeva in che modo avrebbe potuto reagire per cacciarlo. Era meglio a questo punto prendere tempo e stare al suo gioco rifletté.

"Ok allora spengo tutto e poi si va assieme."

Con una rapida mossa battendo insieme le mani il diavolo cancellò la visione, si lasciò raggiungere e gli si mise di fianco.

Si squadrarono da vicino cercando di scorgere lo stato d'essere di quel momento di uno e dell'altro. In quel mentre il pellegrino sorrise a quel nuovo compagno di viaggio mentre procedeva con la recita del Santo Rosario.

"Davvero strano questo tipo, non ha paura di me. Le altre volte che mi sono fatto riconoscere hanno dato fuori di testa, tentano di fuggire, di gridare, mentre questo … boh!"

Le preghiere lo disturbavano non poco, tanto che a questo punto decise di farsi sorpassare così da restare nel suo cammino a distanza di qualche passo per non sentire quella noiosa recita che gli procurava un fastidiosissimo prurito su tutto il corpo.

Il pellegrino saliva il pendio e pregava cercando di non perdere la concentrazione. Alla fine, passato un quarto d'ora circa, ringraziò nostro Signore chiedendo il Suo aiuto per questa prova

inaspettata alla quale era stato chiamato.
"Allora dimmi cosa ti ha portato da me diavolo!" Esclamò il pellegrino.

Mentre cercava di recuperare i metri che li separavano il diavolo faticò a rispondere accusando un po' di fiatone.

Di questo se ne accorse il pellegrino che lo prese in giro.

"Perché questo affanno è il fumo dell'inferno che ti ha ostruito i polmoni!"

"Sì, sì ridi che la mamma ha fatto gli gnocchi! A dirti il vero mi incuriosiscono non poco quelli che come te si mettono su queste vie, vorrei capirne di più di voi che vi definite pellegrini. Siete soggetti curiosi. Preghiera, fatica, per giorni e giorni, ma non sarebbe meglio starsene a casa? Lo sai che la vita è ben altro di questo? O forse tu non hai mai provato cosa vuol dire vivere veramente!".

"Tranquillo ragazzo! Ti posso chiamare così, non ti offendi, vero?"

"Chiamami come vuoi, basta che mi chiami." Disse sogghignando il diavolo. "Ho molti nomi, dovresti saperlo."

"Se hai molti nomi ne avrai anche uno tuo, o sbaglio?".

"Il mio nome direste voi di battesimo è Ludone, così mi chiama il mio capo quando deve distinguermi dagli altri. Lo conosci il mio capo si chiama Belial."

"Bene così ti chiami Ludone e il tuo capo Belial detto 'il malvagio', certo che so di chi stai parlando, ma il tuo nome non mi dice proprio nulla. Immagino che ora tu vorrai sapere il mio, o sbaglio?"

"Sbagli, primo perché di te io so già tutto di tutto. O meglio mi è stato detto tutto mentre ti sto parlando. E poi non mi interessa il tuo nome, a me interessa ben altro di te."

"Immagino che tu stia parlando della mia anima."

"Toccato mio caro, è quella che mi interessa ed è quello il compito per il quale sono stato mandato qui."

Un sussulto sopraggiunse spontaneo al pellegrino, che reagì baciando la croce del Rosario. Il sudore sotto forma di gocce gli scorreva sul viso, un po' per la salita, un po' per la tensione di quel momento, ma non per il timore che il demone cercava di incutergli, nessun turbamento lo premeva. Era sicuro di sé stesso, non avrebbe di certo ceduto l'anima sul quel sentiero a quel demone. La vita altre volte gli aveva riservato momenti non facili, aveva più volte sbagliato, e più volte si era corretto, ma mai e poi mai aveva pensato per un solo attimo di cedere al maligno eternamente.

"Non dire scemenze caro ragazzo, stai perdendo il tuo tempo. Stai sbagliando persona. Con me non attacca. Non ti temo, ho dei seri dubbi sul fatto che tu sappia tutto su di me, se così fosse dovresti aver capito che io sono davvero un soggetto per te alquanto indigesto." Chiarì il pellegrino.

Il fondo era umido la mattina e le scarpette da ginnastica firmate non erano certo adeguate a quel sentiero. Lo facevano scivolare in continuazione. Ogni tanto da dietro pervenivano imprecazioni di vario genere, e rumore di rami mossi. La camminata del diavolo non era certa fluida e costante, anzi era scoordinata, pesante e rumorosa. Questo non gli permetteva, a volte, di udire bene le risposte del pellegrino. Lui d'altro canto, per farsi sentire doveva alzare parecchio la voce.

"E' ovvia la tua risposta uomo, non potrebbe essere altrimenti in questo luogo, ma se tu fossi sull'orlo di un precipizio e l'unica mano che ti venisse offerta sarebbe la mia cosa faresti?". Chiese il diavolo.

"Non sarebbe l'unica mano a cui aggrapparsi. Nostro Signore mi offrire ebbe la Sua prima di te."

"Lui ti lascerebbe cadere, io invece ti strapperei dalla morte e ti ridarei nuova vita. Magari potrei anche prolungartela e garantirti la salute e il benessere per il resto dei tuoi anni."

Il pellegrino interruppe la sua camminata e si giro parzialmente indietro tanto da poter vedere in faccia quel suo strano compagno di cammino. Nel girarsi alzo il bastoncino involontariamente sbatte sul fianco del diavolo.

"Ehi bischero stai menando le mani! Mi vuoi menare!".

"Scusa non volevo, ben lungi da me usare violenza, specialmente con te poveraccio che stai cercando di fare al meglio il tuo lavoro, che resta comunque per colpa mia, improduttivo." Gli rispose con velato sarcasmo il pellegrino.

"Ti volevo solo rispondere, però guardandoti negli occhi che nascondi dietro quegli occhiali impenetrabili. Se anche dovessi cadere nel burrone sarebbe sempre la volontà di Dio. E la accetterei. Altre volte, sappilo, mi sono trovato sull'orlo di un burrone, ma la mano che mi è stata tesa mi ha sempre permesso di risalire salvando me e la mia anima." Aggiunse

Il cammino riprese in silenzio. Si sentiva solo il fiatone del diavolo che ansimava specialmente ora che in quel tratto era comparso alto e caldo il sole.

Per un buon dieci minuti nessuno parlò.

Il pellegrino senza interrompere il suo passo, prese dalla reticella esterna dello zaino una bottiglietta d'acqua che bevve con giusta parsimonia.

"Certo che fai bello tu con quei scarponi e quei bastoncini." Esclamo il diavolo.

Nessuna risposta gli fu data.

"E pensare che io sono qui ad offrirti tutto quello che di terreno potresti avere. Non ho neanche una bottiglietta di acqua per disertarmi. Il capo mi ha davvero mandato allo sbaraglio questa volta. Forse era meglio che assumessi un'altra sembianza e non questa di questo ragazzo che ho pescato nel campetto di calcio qui sotto. Non posso neanche parlarti assieme e poi questa assurda sfacchinata per starti insieme. Non riesco proprio a capirti, faticare quando potresti startene in tanti altri posti a riposare."

Erano passate quasi due ore dall'incontro. Ora il sentiero era diventato una carrareccia sterrata di ghiaia bianca che rifletteva la luce aumentandone il calore.

Ad un bivio il pellegrino si fermò. Una lapide con scritto dei nomi e una data lo colpì. La lesse, si fece il segno della croce e recitò una preghiera. Il diavolo che finalmente l'aveva raggiunto e gli si era affiancato lo guardò incuriosito di quel fare.

"La guerra mio caro è cosa nostra, quando ci mettiamo d'impegno anche noi diavoli … Ci dovresti vedere quando imperversiamo nel bel mezzo di una battaglia, colpendo e destra e a manca i malcapitati di turno".

"Lascia in pace i morti, porta loro il dovuto rispetto! Loro, questi ragazzi, hanno dato la vita perché credevano in valori che per loro erano sacri. Non ti permetto di fare speculazioni. Smettila o ti caccio una volta per tutte.” Lo arringò con una certa arrabbiatura il pellegrino tappandogli la bocca.

“Ma è la verità! La guerra è una nostra creazione, siamo noi a pilotarvi a farvi credere che quello in cui credete è giusto tanto da farvi ammazzare l’uno con l’altro.”.

“Questa è la tua verità, non certo quella degli uomini. E poi voglio chiarirti così tanto da non lasciar dubbi, che se tu sei ancora qui questo vuol solo dire che rispetto il tuo ruolo, nulla più e non certo per timore e riverenza nei tuoi confronti. Nulla puoi contro la forza che ho dentro di me, raggiunta con tanto sacrificio durante la vita trascorsa e ora grazie anche a questo mio pellegrinaggio. Però ora mi stai dando noia, ragazzo. Ti sarei grato se tu mi lasciassi in pace!”.

Il pellegrino faticava ora a sopportare quell’assurda compagnia che stava mettendo alla prova la sua pazienza e gli aveva gustato la bellezza di quella tappa. Pensava più volte a Santa Caterina, a quando, finalmente avrebbe potuto inginocchiarsi davanti all’altare dove riposano le Sue sante reliquie.

Il diavolo redarguito pesantemente si sentiva già sconfitto. I suoi propositi di seguirlo su quei sentieri erano già sbiaditi. Gli ordini che aveva ricevuto erano chiari. Raggiungi quel pellegrino e cerca di interrompere il suo pellegrinaggio. Ovvero se anche continua sui sentieri che conducono a Roma, che sia per noi e non certo per il supremo Dio. Ti ho dato un compito non difficile per metterti alla prova, il soggetto non è impossibile, diceva ahimè Belial. Sta cercando di capire cosa sia la sua vita e su come proseguirla. Quindi hai già un buon 50% di probabilità di riuscita. Anche l’altra volta era sembrata cosa facile, ma aveva fallito e l’aveva pagata cara. Molto cara. Se avesse fallito anche questa volta sarebbe stato veramente duro ritornare laggiù da lui. Il capo avrebbe potuto relegarlo in un reparto al buio per sempre o peggio anche cacciarlo definitivamente dall’inferno e farlo vivere sulla terra come un umano.

Si sentiva un buono a nulla. Non riusciva a comprendere gli uomini, ma neppure i suoi colleghi che si vantavano per il male che sapevano creare. C’era qualcosa che non andava in lui forse già nel suo DNA di demone.

Con gli occhi bassi, la maglietta intrisa di sudore, con quel caldo insopportabile anche per un povero diavolo, continuava su quel assolato sentiero deluso e afflitto dal futuro che già sentiva vicino. Guardava in continuazione quelle bottigliette di acqua che erano nello zaino del pellegrino. Ne assaporava la frescura sul palato arso e colloso di quel corpo umano.

Il pellegrino se ne era più volte accorto, lo vedeva rivolgere lo sguardo allo zaino, e se ne doleva. Si chiedeva se lo spirito del Buon Samaritano dovesse valere anche con il diavolo. Aveva timore che tutto questo facesse parte di un preciso piano del diavolo e quindi un suo preciso intento, farsi compatire così da entrare in confidenza con lui ed approfittarne. Non lo temeva, ma la guardia era sempre e comunque alta. E così doveva essere. Quello anche se un po' strano era pur sempre il diavolo e voleva la sua anima.

Vinse in lui la pietà per quel ragazzone tutto sudato e ansimante. In fondo lui lo vedeva così.

"Vuoi un po' d'acqua ragazzo?". Chiese.

Il sorriso che fece il diavolo in quel momento fu ben diverso dallo sghignazzo precedente.

Prese al volo la bottiglietta che gli veniva lanciata e se la scolò tutta in una volta.

"Ben fatto. Che stavi aspettando che morissi dalla sete!"

"Da come hai apprezzato direi che hai spento non solo il fuoco ma anche le braci del tuo stomaco." Rispose ridendo il pellegrino.

"Ridi tu! Ridi, se tu avessi chi ti aspetta come ho io, altro che fuoco nelle budella avresti!"

Il diavolo si senti sollevato un po' per la sete, ma soprattutto perché aveva fatto breccia nella compassione di quell'uomo. Questo è un punto a mio favore, pensò. Ora devo cercare di ingolosirlo, capire dove può sbagliare e agire di conseguenza.

"Come posso ringraziarti uomo?"

"Lo stai già facendo solo a chiedermelo e questo è già più che sufficiente. Non ti ho dissetato perché volevo essere ringraziato. Assolutamente. L'ho fatto solo perché mi rincrescevi."

"Sì, ma io non posso non contraccambiare, devo per forza. Quindi tu chiedimi e avrai. Puoi chiedermi di tutto."

"Non voglio nulla da te diavolo Ludone." Rispose il pellegrino allungando il passo come a volerlo staccare.

"Ehi piano vuoi staccarmi proprio ora che stiamo diventando amici!" Esclamò il diavolo.

Nessuna risposta gli fu data.

"Ascoltami uomo, io se vuoi posso farti trovare questa sera nel tuo letto le più belle ragazze di Siena. Mi basta un cenno." Disse battendo fra loro le due mani e sollevando un enorme polverone su quello sterrato.

Il risultato fu alquanto disastroso per lui, in quanto il pellegrino se ne stava staccato una decina di metri. La polvere lo fece tossire in modo inconsulto e parecchio rumoroso tanto che sentendolo il pellegrino ebbe un po' di paura.

"Dimmi!" Tuono il diavolo. "Dimmi cosa vuoi da me, me lo devi!"

"Nulla. Te l'ho detto non voglio nulla da te." Ripeté il pellegrino.

Il diavolo si era inviperito, non poteva accettare un gesto di carità senza che questo avesse un suo preciso fine. Questo lo sapeva già prima di riceverlo, ma la sete era tanta ed aveva finito con il fingere di dimenticarsene.

"Voglio un tuo desiderio qualsiasi, lo pretendo oppure brucerò l'intero bosco. Dimmi cosa vuoi, vuoi diventare ricchissimo. Posso farti erede di qualche cliente nostro che a breve dipartirà."

Il pellegrino si stava preoccupando di quanto accadeva, far arrabbiare il diavolo non era certo una buona idea. Si volse verso di lui e guardandolo gli disse.

"Ok se così è. Come contropartita alla mia acqua ti chiedo di poter vedere i tuoi occhi che nascondi con quegli occhialacci neri come il petrolio."

Speriamo che questo sia sufficiente, pensò il pellegrino.

Lo stupore di Ludone fu immediato. Si sentì un po' fregato da quell'umano con quella sua banale richiesta, ma almeno così non avrebbe trasgredito al suo codice deontologico e forse se la cosa non fosse stata portata in giro sarebbe finita lì senza conseguenza alcuna. Ma un ultimo tentativo non sarebbe forse andato perso.

"Contento tu uomo, ti potrei dare molto di più, cosa ne diresti ad esempio se ti presentassi una delle più famose attrici del mondo, modestamente nostra cliente, e lei si innamorasse di te. Pensa potresti diventare famoso entrare nel mondo dello spettacolo. La tua vita lercia e disperata cambierebbe in un batter d'occhio.".

"No grazie Ludone! Ti ripeto a me basta che ti tolga gli occhiali, voglio vedere il tuo sguardo. È questo che ti chiedo null'altro specifico."

"Dovremmo però sigillare questo patto con uno scritto fra te e me, ti pare?" chiese Ludone.

"Smettila di dire fesserie, ti pare che per questo io debba firmare un patto. Ragazzo non ci casco è inutile che ci provi. Tu sei furbo ma io non sono scemo. Quindi ora basta perdere tempo o fai quello che ti ho detto oppure te ne vai, o meglio ti caccio io a suon di Rosario.".

"Maremma ti sei incazzato mi pare!".

"Sbagli sto solo perdendo un po' di pazienza. E gradirei davvero che tu te ne andassi.".

"No non fare così amico mio, non volevo farti arrabbiare. Tranquillo ora mi tolgo gli occhiali.".

E così fece, scattando in avanti verso il pellegrino perché lo vedesse meglio.

A Ludone mancava un occhio, precisamente il sinistro. Il suo viso giovanile era deturpato da questa mancanza abilmente nascosta dagli occhiali. L'orbita rimasta non era ben definita, la palpebra frastagliata gli penzolava sull'orbita. Così come a quel peluche appoggiato alla pianta che lo aveva rappresentato circa tre ore prima ne uscivano fili e pelo.

Il pellegrino non poté esimersi dal guardarlo. Lo fece con umana comprensione tenendo conto che quel diavolo era pur sempre rappresentato da un giovanetto.

"Contento uomo! ".

"La mia soddisfazione non era quella di vedere questa tua imperfezione, ma era solo un rispondere alla tua richiesta con una banalità. Per il resto a me la cosa non crea nessun problema."

"E una cosa che mi porto sempre dietro qualsiasi sembianza

assuma. Sai come me lo sono guadagnato?" Chiese Ludone.

"No, ma la cosa non è che mi interessi più di tanto. Nella mia libreria fino ad ora non ho mai inserito storie di diavoli!".

"Beh e io te lo racconto ugualmente così forse capirai meglio il perché di quello che sto facendo."

"Ok ragazzo fai come vuoi, Io però ora riprendo a camminare. C'è un'ultima salita per arrivare in cima e voglio arrivarci prima possibile anche perché vorrei fare una cosa una volta arrivati che mi comporterà tempo. Ho fame e voglio anche mangiare là sul monte per godermi nel frattempo il paesaggio.".

Il sole era alto quasi a piombo sulla terra ed accecante era il riverbero sul bianco sterrato. Il cielo era azzurro velato dall'afa. La calura era davvero insopportabile.

"Lassù Ludone non ci sono alberi, ma probabilmente ci sarà un po' d'aria che ci rinfrescherà. Quindi forza se vuoi arrivarci oppure torna giù o meglio laggiù volevo dire."

"Battuta da prete! Non fai certo ridere uomo!" esclamò Ludone.

"Comunque quell'occhio me lo cavò il mio capo ..."

"Sì si va bene Ludone mi basta." Lo interruppe il pellegrino.

E i due, uno dietro l'altro, proseguirono sul sentiero.

Ludone non era certo allenato, il fisico che aveva assunto era forse più da sfaticato che da calciatore e ne rallentava di molto l'agilità, e stare al passo di uno che erano quasi tre mesi che camminava non era certo facile. Più volte aveva pensato che tutta quella suo vigore fosse trasmesso dai bastoncini d trekking che il pellegrino sapientemente usava. Chissà se li avessi io si chiedeva. Se vado già così chissà con quelli cosa sarei in grado di fare. Pensava tra sé.

Le scarpe e le calze, prima nere, ora erano diventate bianche dalla polvere sollevata dalla pesante camminata. Essa lo ricopriva ben oltre le ginocchia, come se indossasse un lungo paio di bianchi calzettoni. Più che camminare, in salita, scalciava in avanti la punta del piede. Nessuno gli aveva insegnato come camminare in montagna, è vero, ma nulla aveva comunque imparato dal quel pellegrino che per quasi tre ore aveva avuto davanti come buon esempio.

Il diavolo Ludone faticava non poco a connettere. Quest'ultima salita gli stava dando il colpo di grazia. Avrebbe voluto proferir parole, ma non gli uscivano proprio da quella bocca dove a malapena entrava quel filo d'aria che gli permetteva di respirare. Aveva rimandato tutto a dopo a quando sarebbero stati sulla cima di quel monte, del quale, solo qualche ora prima non era neanche a conoscenza dell'esistenza. Là avrebbe potuto di certo dar sfogo a tutte le sue arti per cercare di convincere quell'uomo a soddisfare la sua volontà.

Il pellegrino ogni tanto si girava indietro per vedere se quello strano essere c'era ancora o lo aveva abbandonato. Non voleva rallentare si era detto. Non voglio che lui pensi che lo sto aspettando. Certo che no. Se ne è capace mi segua, altrimenti lasci e se ne vada. Però in fondo in fondo il vederlo in quello stato davvero pietoso, gli dava tristezza. Per assurdo gli rincresceva. Aveva pietà quel diavolo. Nella sua mente sorridendo, l'aveva paragonato a quel diavolo protagonista di quel fumetto che girava quando era in seminario a Roma. Si chiamava "Geppo" ed era un diavolo che non riusciva mai a fare nulla del male che il suo capo e i suoi amici pretendevano da lui. Tutto nelle sue mani finiva sempre bene. Quello era però un fumetto, mentre questa era invece pura realtà che stava vivendo quel giorno salendo su Monte Maggio.

Ad un certo punto il pellegrino lasciò cadere un bastoncino, imprecando e proseguendo qualche passo. Girandosi verso Ludone lo guardò e attese quello che aveva sperato. Il diavolo lo guardò e disse:

"Vai uomo te lo raccolgo io.".

"Se vuoi? Me lo ridarai su in cima.". Rispose il pellegrino.

Quello che voleva. Così intanto quel ragazzone si sarebbe aiutato con un bastone che di certo gli avrebbe permesso di fare meno fatica. E questo soprattutto senza che le sue intenzioni fossero palesi, ma come casuali, tanto così da non sentirsi chiedere di contraccambiare il favore, così come era già successo prima. Aveva usato l'astuzia per questo, ma era a fin di bene. Non era di certo un peccato aver ingannato il diavolo.

Arrivarono dopo un'ultima ora di serrato cammino sulla cima. Il vento la spazzava da Ovest a Est. Era un sollievo quell'aria. Il sudore che impregnava la maglietta presto sarebbe scomparso. La cima era brulla seppur verde. Dal basso quella radura sembrava la chierica dei frati di una grossa testa che scompariva nella valle già verso la fronte. Era bello quel monte ed era bella la vista di tutt'intorno. Si vedevano tutte le verdi colline frastagliate dal giallo dei campi di grano. Si vedeva La val d'Elsa, Siena sull'alto colle, la metà finale di quella tappa, e l'anello di Monteriggioni giù là in basso. La fatica era già stata ripagata.

"Arrivati! Dio sia lodato. Sono stanchissimo!" Esclamo il pellegrino.

"Arrivato!" Esclamo il diavolo sparando un bestemmione.

"Gli stai dando la tua benedizione personale." Rispose seccato il pellegrino mentre posava lo zaino. Poi si inginocchio, chiuse gli occhi pregò e si commosse.

Intorno a lui Ludone saltava, gioiva e urlava soddisfatto che la salita era finita e che da ora in avanti il sentiero sarebbe stato solo in discesa.

3

La sera prima affacciato alla finestra dell'ostello di Monteriggioni il pellegrino guardava quel monte già consapevole che il giorno dopo vi sarebbe salito. Stranamente aveva notato che a suo avviso era mancante di una cosa. Non avrebbe potuto di certo fare i miracoli. Però, si era detto, quando arrivo lassù, anche se sarà poca cosa, qualcosa farò.

Si rinfrancò con l'acqua della bottiglia grande che aveva nello zaino, in quanto quella piccola di scorta se ne era impossessato Ludone e l'aveva finita in un sol fiato. Poi portatosi nel punto più alto, il pellegrino iniziò a scavare un buco da prima con un coltellaccio poi con una pietra appuntita.

"Ehi uomo ti è dato di volta il cervello!" Chiese Ludone osservandolo.

"Stai cercando l'acqua?"

"Voglio fare una cosa null'altro!"

Questo dev'essere rincretinito pensò tra sé e sé il diavolo. Il sole gli ha certamente cotto il cervello.

L'impegno profuso dal pellegrino era davvero tanto, in quanto il terreno era duro e misto a pietre. Ma questo non lo fermava, il buco era già profondo circa trenta centimetri e largo altrettanto quando lui smise di scavare. Poi iniziò a guardarsi in giro come se fosse alla ricerca di qualcosa.

Il diavolo era allibito e allo stesso tempo incuriosito e interessato da quello strano comportamento.

"Tutto tu, io nulla di nulla. Mi stai proprio ignorando. Ehi uomo dico a te mi ascolti! Gridò.

"Ti stai comportamento malissimo con me. Ne sei contento?" Ridacchiò con soddisfazione pensando che qualcosa di male alla fine grazie a lui alla fine era arrivato.

Nessuna risposta gli fu data.

Il diavolo era seccatissimo che quell'uomo lo ignorasse totalmente tanto da non coinvolgerlo in quello che stava facendo. Siamo giunti qua assieme cosa gli costerebbe dirmi 'vieni qua anche tu a scavare' si chiedeva. In fondo gli ho anche fatto compagnia ed ora …!

Interruppe il suo pensiero in quanto vide che il pellegrino alzatosi iniziava a raccogliere nei dintorni delle grosse pietre e a portarle nelle vicinanze del buco.

"Ed io non faccio niente, proprio niente di niente?"

Il pellegrino chino a raccogliere pietre, le risposte:

"Va bene, sia chiaro però che non lo fai perché te l'ho chiesto io, ma per tua espressa volontà. Non vorrei poi dovermi ritrovare nella situazione di prima. Raccogli due pali più o meno di queste dimensioni." Gli rispose il pellegrino unendo le mani per dare indicazioni sulle dimensioni richieste.

La contentezza sul viso di Ludone era diversa da quel sogghignare che gli si era visto nelle occasioni precedenti. Era un misto di riso fanciullesco e ghigno da diavolo che si alternavano al cambiare dei suoi pensieri. La soddisfazione di poter essere nelle grazie di quell'uomo era tanta, anche se non era ben chiaro il fine stesso. Era nelle sue grazie, ne era certo. In un modo o nell'altro era riuscito nel suo intento, ma nel profondo suo era gioioso anche per quello strano rapporto che si era venuto a creare fra loro in quel momento di dura fatica. Una cosa nuova per lui.

Corse in largo e in un lungo tutta la cima del monte, cercando qualcosa che facesse al caso suo, ma non trovò niente. Non c'erano rami di quelle dimensioni. Non voleva cedere, non voleva assolutamente tornare a mani vuote da quell'uomo. Così prese di mira una pianta giù in basso, era una betulla giovane con molti fusti che ne fuoriuscivano dal terreno. Ne ruppe un paio che si piegarono e spezzarono facilmente grazie alla sua forza. Il pellegrino lo vide arrivare saltellando a destra e manca e zufolando come se stesse tornando da una proficua caccia. Aveva con sé giusto due pali ben puliti dalle ramificazioni laterali. Ludone li getto ai suoi piedi come fossero per l'appunto un suo personale trofeo.

"Ben fatto diavolaccio." Disse il pellegrino cercando di evitare ogni sorta ringraziamento.

"E ora cosa ne facciamo?" Chiese Ludone.

"Li leghiamo insieme." Rispose il pellegrino mentre tagliava un pezzo di corda che aveva nello zaino e che gli serviva a volte per stendere la biancheria ad asciugare.

"E come li leghiamo?" Chiese Ludone.

"Ora vedrai! Tieni un attimo questo palo più corto in questa posizione che io procedo con il legarlo all'altro intanto."

Finto questo passaggio il pellegrino si rivolse al diavolo guardandolo e disse:

"Ecco fatto ora abbiamo finito, dobbiamo solo tirarli su assieme e metterli nel buco, che poi riempiremo."

Insieme raddrizzarono e misero nel buco quei due pali che insieme formavano una croce.

Solo a cosa fatta il diavolo si accorse cos'era quella cosa alla quale aveva dato spontaneamente il suo contributo. La guardò mentre il pellegrino riempito il buco ora la consolidava con le tante pietre raccolte, facendone un cumulo tutt'attorno alla base.

"Cosa ho fatto, cosa mi hai fatto fare una croce, a me! A me un diavolo. Io ho fatto una croce!" Gridava stracciandosi la maglietta.

"Ho fatto una croce, ho fatto una croce insieme ad un umano, io che ero qui per portarti all'inferno ti ho aiutato a fare una croce! Mi hai ingannato porco, mi hai ingannato!".

"Nessun inganno Ludone, ricordi, solo di tua spontanea

volontà, nulla più." Gli ricordò il pellegrino soddisfatto di quell'alta croce che coronava il desiderio espresso la sera precedente guardando Monte Maggio. Infatti si era detto: 'là su quel monte manca una croce, domani una anche se piccola gliela metto io. Poi chissà magari nel tempo qualcuno provvederà con un'altra che si veda anche da lontano, ma una croce su quel bel monte domani ci sarà.'

Ora c'era.

Ludone era in preda ad una crisi di panico avrebbe voluto ucciderlo, ma questo non gli era permesso. Non sapeva come incolparlo dell'accaduto così da togliersi il peso di essere stato ingannato. Doveva anche pensare come raccontarlo al capo nel caso ne fosse venuto a conoscenza. Avrebbe voluto distruggere quella croce, ma solo a guardarla lo infastidiva non poco. Ad un certo punto la sua attenzione venne attirata dal pellegrino.

'Cosa cavolo sta facendo ora quello là' Si chiese. Era concentrato su di lui. 'Ora cosa cerca nello zaino? ' Il pellegrino estrasse due cose all'apparenza molto strane per Ludone. 'Cos'è quella cosa? Pensò 'Sembra una sciarpa multicolore. Infatti se l'è messa al collo. Ci sono anche delle croci. Avrà forse freddo al collo.' Poi il pellegrino prese dall'erba dove l'aveva posata una piccola scatola color argento, l'aprì e ne estrasse una specie di contenitore che a sua volta aprì estraendo uno strano aggeggio argenteo a forma di chiodo. Il diavolo era allibito da quella scena, gli sembrava un rituale di qualcosa che conosceva ma che stranamente ora gli sfuggiva. Il pellegrino si alzò in piedi e il paramento sacro con i colori dell'arcobaleno gli penzolo sul davanti fino alla cinta. Aveva tra le mani quello strano oggetto. Lo vide concentrarsi e pregare ed a un certo punto alzare quell'oggetto aspergendo acqua benedetta sulla croce. Il pellegrino aveva benedetto quella croce. Ora Ludone aveva iniziato ad intuire chi potesse essere forse costui. Poteva essere quel pellegrino che gli era stato indicato dal suo capo? Chi era costui?' si chiese. Un dubbio lo spavento tanto che le corna e la coda gli spuntarono senza volerlo.

"Ma tu chi sei?" Gli chiese.

"Io ti ho detto il mio nome ma tu non mi hai mai detto il tuo."

Il pellegrino giratosi verso di lui guardò con commiserazione quel ragazzone che si stava tramutando a poco a poco in diavolo.

"Sono un padre missionario, mi chiamo Josè Luis Ribeiro da Silva e vengo da Brasile. Sono un prete." Rispose il pellegrino. Ludone ammutolì. Ormai ne era certo. Quel prete non aveva nulla a che fare con quel pellegrino che il capo gli aveva indicato. Era un'altra persona. Aveva sbagliato uomo non poteva che essere altrimenti.

Tramutatosi in diavolo guardò avvilito Don Josè, cosciente che ormai non c'era più nulla da fare. Non solo aveva Ludone. sbagliato individuo, ma anche aiutato quel prete a issare una croce su un monte.

Aveva fallito anche questa volta. Ora cosa gli sarebbe toccato! Chissà come avrebbe reagito il suo capo. Forse era meglio morire da umano che vivere per sempre da diavolo pensò.

Si girò verso Don Josè, lo guardò abbassando mesto lo sguardo, lo salutò e scomparì.

"Obrigado" poté rispondere finalmente il prete.

ROMA LA CITTÀ ETERNA

1

Il caldo è davvero insopportabile, ieri passando vicino ad una farmacia ho letto sul dispositivo a led che a questa ora c'erano già trenta gradi, ma anche oggi mi sa che arriverà a quaranta. Sto camminando ormai da quasi tre ore, sono partita all'alba, oggi è l'ultima tappa fra tre o quattro ore sarò a Roma La voglia di arrivare mi dà la forza di continuare anche con questo caldo, oggi però è particolarmente dura, sembra quasi che non abbia voglia di raggiungere la meta finale, mi rincresce che il mio cammino iniziato circa quattro mesi fa da casa mia si volga al termine. È stata un'esperienza unica davvero, non pensavo neanche di farcela a dire il vero. I miei non erano ovviamente d'accordo, normale, quando voglio fare qualcosa di testa mia non lo sono mai. "Se proprio vuoi prenderti una pausa dopo la laurea fatti una bella vacanza, magari ai Caraibi", mi hanno detto, "oppure vai in giro un po' per l'Europa che non conosci, ma però in auto o con i consueti mezzi pubblici". No proprio non mi andava di immobilizzarmi su una spiaggia, pur bella che sia, cercando di passare il tempo dalla mattina alla sera leggendo un libro, curiosando sull'iPad ultimo modello che mi hanno regalato, o cazzeggiando con amici di turno; non era proprio quello il mio intento. Volevo staccare la spina dalla consuetudine giornaliera di famiglia, studi, amici. Volevo stare sola con me stessa, cercare di capirmi di più. Non ho mai avuto grandi problemi, anzi direi di non averne mai avuti. Figlia unica, coccolata da Pa e ma, sempre accontentata in tutto, o quasi. A scuola sono sempre andata bene, mi piace studiare, non tutto a dire il vero, ci sono materie come analisi matematica e fisica che faccio fatica a masticare. Amici, tanti, tanti, ma amici con la A maiuscola pochi. Chi non vorrebbe avermi come amica? Sono simpatica (lo dicono loro), so stare in compagnia, so anche essere seria e di certo non superficiale nelle mie considerazioni, ho un carattere bello, aperto a tutti, dicono che sia una caratteristica dei Sagittari come me; e poi sono una bionda stangona con gli occhi azzurri che attira i ragazzi come lo zucchero per le formiche, il che mi dà un po' fastidio perché vorrei essere considerata per quello che esprimo e non per quello che vedono gli occhi. Non ho, per ora un ragazzo fisso, non mi va, qualche flirt veloce piacevole ed indolore, ma per ora non voglio pensarci, più avanti chissà. D'altronde ho solo ventinove anni ed ho tutta una vita davanti.

Un giorno cazzeggiando su Facebook mi sono imbattuta su una pagina di un gruppo che parlava di cammini. Mi ha incuriosito la cosa, ho scoperto un mondo tutto diverso da quello che è la mia vita. "Vagabondi" che girano per l'Europa e per il mondo a piedi con zaino e sacco a pelo. Ho letto di tutto sul Cammino di Santiago e poi sulla via Francigena che manco sapevo esistesse a differenza del Cammino di Santiago del quale avevo già avuto modo di conoscere. Mi sono detta "e perché no!", finita le tesi e laureata potrebbe essere un'idea. Ne ho parlato con gli amici, subito qualcun si è offerto di accompagnarmi. Dapprima mi è sembrata una buona idea, ma poi ragionandoci su e soprattutto valutando quelle che erano le mie intenzioni ovvero solitudine come ricerca di quel qualcosa che non mi era chiaro, ma che volevo in fondo Dapprima, forse liberarmi da quello che fino ad ora era stata per me la mia vita, vissuta quasi con leggerezza, senza obiettivi veri salvo quelli che la famiglia e la società ti impongono. Ho declinato ogni offerta di accompagnatori vari, ho spiegato che con loro non mi sarebbe stato possibile isolarmi in quel contesto, che cercavo un rinnovamento interiore di me stessa senza impedimenti di alcun genere. Mi ero imposta un obiettivo: rivalutarmi. Valutai attentamente i due Cammini più conosciuti, tutti e due hanno un fascino particolare, e due mete straordinarie: Santiago di Compostela alla tomba di San Giacomo apostolo e Roma in Vaticano nella basilica di San Pietro erano gli obiettivi da raggiungere. Mi reputo agnostica, la religione in genere non mi porta a considerazioni di carattere spirituale, non cerco e non trovo una risposta in essa. Credo nella scienza, credo nell'uomo, seguo la ragione fin dove mi porta e qui mi fermo. I miei genitori sono cristiani battezzati così come me, appartengono alla chiesa Evangelica Luterana, non sono però grandi frequentatori di chiese e poche volte li ho visti pregare. Non mi hanno mai obbligato o stimolato a relazioni di carattere religioso e mai io mi sono preso la briga di approfondire quanto mi è stato insegnato durante gli incontri che da piccola mi trovavo a dover "sopportare"; se non fosse stato perché in quelle occasioni ritrovavo i miei amici e con loro poi alla fine giocavamo di certo non so se avrei continuato fino all'adolescenza.

Optai alla fine perla Francigena, vuoi perché in quel periodo che avrei dovuto intraprendere il mio viaggio il Cammino di Santiago era molto affollato e sarei stata a disagio con le migliaia di pellegrini che lo percorrono in estate; vuoi perché un po' l'Italia già la conosco, mi è piaciuta moltissimo durante una vacanza trascorsa con i miei qualche anno fa. Avevo da poco terminato il liceo e il premio fu appunto una vacanza in Italia. In due settimane visitammo per bene Milano dove rimasi affascinata soprattutto dall'Ultima Cena di Leonardo da Vinci e dal museo del Cenacolo Linciano, ammirare questo capolavoro, alcuni dei suoi scritti e disegni mi appagò della mia avversione iniziale che avevo di questo viaggio fatto con i genitori. Poi ci trasferimmo sul bellissimo Lago di Garda dove fra un bagno ed un altro imparai ad apprezzare la cucina italiana e a mangiare gli spaghetti. Da lì partivamo giornalmente con alcune visite in treno, visitammo così Brescia, Verona, Vicenza e l'impensabile Venezia della quale mai avrei potuto neanche lontanamente di ammirare una città che vive il quotidiano sull'acqua. Mi innamorai così dell'Italia e degli italiani, meravigliosi, spensierati forse, ma grandi lavoratori, corretti ed ospitali. La Francigena così mi avrebbe dato una nuova opportunità di scoprire e conoscere un'altra parte di questa penisola e del suo popolo.

Così il 21 Marzo, scelto perché primo giorno di primavera, salutai i miei genitori e partii di buona mattina dal mio piccolo e verde villaggio di Stjordal in Norvegia vicino a Trodheim con il mio zaino e tanta Trondheim voglia di affrontare questa "prova" questo percorso fisico ma anche e soprattutto mentale. Mi accompagnò per alcuni chilometri il mio amico Ole con il quale avevo avuto ultimamente una breve relazione amorosa. Quando mi lasciò per prendere un bus nella stazione degli autobus di Trodheim si commosse e mi chiese ancora se poteva raggiungermi più avanti, seccata girandogli le spalle gli risposi di no e me ne andai per la mia strada.

Era dall'inverno che preparavo accuratamente il mio viaggio, lessi molto sui vari siti sia in inglese che in italiano che cercai di studiare con non poca difficoltà, ma questa necessità mi aiutò molto, tanto da riuscire a capire cosa leggevo. Mi soffermai soprattutto su cosa mettere nello zaino e sul percorso da seguire una volta sbarcata in continente, aggiunsi di mio solo due carte di credito prepagate. La mia idea era quella di percorrere il più possibile la via Francigena che parte da Canterbury in Inghilterra, lasciando da parte il tragitto più corto che passava dalla Germania e dall'Austria. Sentii che il mio viaggio era iniziato davvero solo quando sbarcai dal traghetto a Hirtshals in Danimarca. Attraversai così in un mesetto abbondante la Danimarca, la Germania, l'Olanda e il Belgio per congiungermi alla via Francigena in Francia a Licques. Ebbi sempre cura di aggiornare i miei genitori dove mi trovavo e come stavo con un nuovo numero telefonico che avevo dato solo a loro e a Ole e a pochi altri, l'altro numero era spento, non volevo essere disturbata durante questo mio cammino da nessuno. Aggiornavo gli amici, quando potevo e ne avevo voglia, con alcune foto su Facebook e questo poteva bastare per non risultare troppo scontrosa con loro. Non rispondevo a nessun commento però, volevo essere sola il più possibile con me stessa. Arrivai a Licques un piccolissimo borgo di poco più di un migliaio di abitanti nel tardo pomeriggio, il percorso è molto bello su è giù per colline in mezzo alla campagna e alla foresta, non avevo valutato però che in quella località non c'era nessun ostello e tanto meno hotel. Ma mi arrangiai, entrai in un bar mi scolai una birra e feci amicizia con alcuni anziani del posto; come una consumata attrice drammatica raccontando loro, grazie alla traduzione da inglese a francese della giovane barista, il mio viaggio e le mie intenzioni, chiesi poi se c'era qualcuno disposto ad ospitarmi anche a pagamento ovviamente, ben tre anzianotti si fecero avanti, feci decidere a loro chi voleva ospitarmi. Così toccò a Jean un signore sulla settantina che mi porto a casa sua, una vecchia casetta in pietra sulla via principale del paese e poco distante dal bar, dopo a aver discusso con la moglie per una buona decina di minuti, mi chiese di dargli venti euro, cosa che feci ben volentieri. Mi sistemarono sul divano dove loro si mettevano la sera per guardare la televisione. Mi chiesero se avevo mangiato e a mia risposta negativa mi misero con loro a tavola per la cena. Il colloquio durante la cena era praticamente a gesti e con immagini che facevo vedere loro sul mio cellulare, ma si dimostrarono simpatici anche nel silenzio. La mattina quando partii la moglie di Jean mi preparò un panino con il formaggio e alcuni biscotti, mi commossi e ci abbracciammo tutti e tre, lì ci fu la mia iniziazione di pellegrina romea.

Fino al raccordo con la via Francigena da dove inizia la segnalazione GR145, non ho avuto grossi problemi, ho sempre dormito bene in ostelli e in affittacamere, una buona colazione la mattina, qualcosa durante il cammino e una buona cena la sera. Fino ad ora ho verificato che ho speso più di 1.500 euro, non pochi ma non tanti se si vuole considerando che i costi di pernottamento e pranzi sono in questa zona non sono certo a buon mercato. Ho fatto nuove amicizie ovviamente, nonostante la mia riservatezza al limite della scontrosità. Ho aggiunto qualche numero di telefono all'agenda e qualche nuovo amico su Facebook. Ho ammirato con interesse il paesaggio, le città che ho attraversato, il nuovo e il vecchio.

Ho evitato con cura vie di transito primario, cercando alternative su vie secondarie a volte più lunghe certo, ma immerse nella natura invece che nel traffico caotico e inquinante. Momenti unici davvero. Questa nostra Europa non finisce mai di stupirmi. Bella gente che mi ha sempre accolto bene e rispettato. Solo una volta in Belgio ho avuto una brutta esperienza, risolta bene e fortunatamente senza strascichi di nessun genere, purtroppo ci sono delle persone che ti qualificano come una poca di buono o una ragazza facile solo perché ti vedono da sola con lo zaino e in pantaloncini corti e pensano che sia giusto approfittarne se non peggio come mi è capitato. Mi ero fermata in un autogrill per una caffè e soprattutto per un bisogno fisiologico. C'erano parcheggiati tanti automezzi soprattutto camion visto che era posto su una strada di collegamento molto importante. Faceva caldo, erano circa le due del pomeriggio e come al solito avevo un abbigliamento consono per una che cammina in questa stagione, ma non certo sconcio, pantaloncini corti e maglietta sudata. Dopo il caffè mi recai nei bagni esterni distinti per sesso, dopo aver fatto pipì mi stavo rinfrescando il viso nel lavandino quando sentii una mano sulla testa che mi pressava all'ingiù e qualcuno che con il corpo mi comprimeva contro il lavandino mentre con un'altra mano mi palpeggiava una coscia e non solo. Mi parlava con calma, ma non capivo nulla di quello che mi diceva, cercavo solo di divincolarmi e sfuggirgli, in quella posizione era difficile non riuscivo a muovere le braccia e tanto meno a raddrizzarmi o a staccarmi dal lavandino. A un certo punto qualcun altro irruppe nel bagno femminile era un altro uomo, lo capii perché gli stava gridando qualcosa, stranamente in una lingua che conoscevo, in italiano. Non seppi cosa fece ma tutt'ad un tratto mi sentii libera, ripresi la postura normale raddrizzandomi. Mi guardai in giro e urlai. Vidi che dietro di me stava uscendo un uomo piccolo di mezza età dalle gambe corte e con dei baffi alla mustache. Lo spingeva fuori dal bagno un giovanotto non molto alto che gli gridava parole non certo gentili anzi molto offensive per lui e sua madre e che capivo molto bene perché erano in italiano. Uscito l'aggressore stando sulla porta d'ingresso dei servizi l'italiano mi fece cenno con il gesto di ok. Recuperai lo zaino che avevo appoggiato su un altro lavandino. Lo spavento mi prese lo stomaco, mi venne da vomitare, ma non successe. L'adrenalina non mi permetteva di piangere, l'italiano mi prese sottobraccio e mi disse "vieni con me" mi guardò e mi chiese se capivo, e me lo ripeté in inglese. Gli risposi che capivo l'italiano e mi chiese se volevo chiamare la polizia. Decisi di non fare nessuna denuncia, non volevo strascichi che magari mi avrebbero portato problemi ed interrotto il mio cammino, glielo spiegai e mi fece cenno di comprendere la mia situazione. Passammo davanti al ristorante dell'autogrill e vedemmo quel soggetto seduto che stava pranzando e scherzando con la cameriera, non sembrava neanche lui quello del fatto. Ci vide e mi salutò con un sorriso, risposi con il dito medio. L'italiano mi disse che era meglio andare via da lì e mi disse di seguirlo sul suo camion, andammo così nel piazzale dove era parcheggiato il suo camion e tanti altri. Mi fidai. Si fermò dietro un camion con targa turca dicendomi che quello era il mezzo di quel bastardo. "Attendimi qui un secondo" mi disse, poco dopo ritornò con una chiave inglese con la quale lascio un ricordino al turco frantumandogli i fanalini dello stop e delle frecce del retro del mezzo. Lo guardai e gli feci cenno di ok, ben fatto gli dissi così impara quello stronzo.

Con il camion lasciammo la statale e raggiungemmo una zona semi centrale della cittadina, parcheggiammo e pranzammo insieme in un piccolo bristot. Si presentò, si chiama Gianni e lavora per una ditta di autotrasporti vicino a Roma. Mi presentai anch'io ringraziandolo, "sono Ellen". Pranzammo e parlammo di lui e di me evitando discorrere il fatto appena successo. Ci scambiammo i numeri di telefono, gli dissi che una volta a Roma l'avrei chiamato così da poterci rivedere. Mi lasciò poi ad un bivio dove da lì potevo raggiungere la via segnata della Francigena e continuare il mio cammino senza aver timore di incontrare ancora il turco. Gli diedi un bacio abbracciandolo stretto, sentivo che ci saremmo rivisti. Proseguii il mio cammino transitando da nord a sud tutta la Francia. Mi fermai due giorni pieni a Reims per la visita della città, e a Besançon prima delle Alpi dove festeggiai, da sola, con una buona bottiglia di Borgogna il 17 Maggio la festa nazionale norvegese la "Syttende Mai" la festa della Costituzione.

2

Sono partita da Campagnano di Roma alla volta della Capitale dopo una notte in compagnia di ragazzi del posto. Questa notte ci abbiamo dato dentro facendo baldoria alla grande. Mi sono lasciata andare anch'io, bevuto tanto soprattutto del buon Frascati il vino della zona, un bianco davvero sublime. Iniziammo dapprima al bar con aperitivi di Spritz con Aperol e con il Campari da me proposto come l'avevo bevuto sul lago di Garda, poi in tarda notte quando l'oste ci ha praticamente buttati fuori ci siamo trasferiti tutti nella taverna di Giorgia, un rustico fuori paese mezzo interrato tutto in pietra a volta, immerso in un vigneto e tanti ulivi. C'era una cantinetta adiacente con vino di famiglia in varie bottiglie e appesi al soffitto salami, capocollo, pancette etc. Abbiamo tirato mattina e all'alba mentre gli altri dormivano me ne sono andata. Lasciai un cuore sul pavimento fatto con alcune bottiglie e gli feci una foto che pubblicai sul social e che ricevette molti like e commenti vari.

La testa mi gira ancora parecchio e lo stomaco reclama, sono una che regge l'alcool, ma forse tutto quel mescolare di varie bevande non è stato proprio il massimo. Mi sono fermata per un caffè in un bar lungo la strada che è molto trafficata. Ora devo proseguire lungo una capezzagna che mi evita, per fortuna, una parte del caos di autoveicoli e dello smog che causano, almeno le indicazioni del giallo pellegrino segna percorso così indicano. Faccio una fatica incredibile, le gambe sono molli, barcollo, mi sembra quasi di perdere i sensi. Ogni tanto inciampo nei bastoncini da trekking, meglio metterli via prima che mi facciano cadere. Sono immersa negli ulivi, alcuni secolari, mi fermo, mi tolgo lo zaino e mi siedo sotto la chioma di un grande ulivo sulla fresca erba. Il caldo sta diventando per me oggi particolarmente insopportabile, sudo molto, ed ho anche vampate di calore con brividi lungo la schiena. Penso di aver fatto una bella indigestione oltre che ubriacata. Decido di fare una pausa, uso lo zaino a mo' di cuscino e mi addormento quasi subito immersa nel silenzio di quell'uliveto.

3

Non so quanto ho dormito, ma mi sento rigenerata. Si vede che mi sono spostata da dove mi ero messa a dormire e senza accorgermene perché dell'uliveto non c'è più traccia, solo un erbaio mal tenuto con piante, cespugli e rovi. La testa non mi gira più e lo stomaco si è normalizzato, meno male perché stavo malissimo. Ho tutto con me, lo zaino con tutto il suo contenuto, bastoncini, borraccia etc. la temperatura sembra più mite e il sole splende alto. Decido di ripartire, devo riprendere il sentiero che non scorgo più. Mi oriento con il sole e decido di andare a sud attraversando il campo. Dopo una buona mezz'ora mi imbatto in una strada in basolato però molto malandata, penso che possa essere un tratto della antica via Cassia che era un'importante via di comunicazione romana. Mi è già capitato di percorrerne qualche tratto in Toscana, ma camminarci è sempre emozionante pensando che qui ci hanno transitato per due millenni migliaia di persone. Intravedo in lontananza una casupola in legno, sembra abitata, c'è una staccionata con qualche pecora e alcune galline; probabilmente l'ovile di qualche pastore con annesso un dormitorio. Sento delle voci gioiose di bambini, sono due e stanno giocando sul retro di quella che mi sembra più una catapecchia che altro. Non ci sono auto parcheggiate, né altri mezzi tanto meno agricoli. Bella vita mi dico qui immersi nel verde e nel silenzio più assoluto, lontani dal caos cittadino. Mi fermo perché decido di scattare una foto con il cellulare. Fatta controllo se ci sono messaggi magari dei miei amici di Campagnano, ma qui non c'è campo e ne linea telefonica, poco importa controllerò più avanti una volta in città. I ragazzini penso due femmine visto che ambedue indossano tipo delle tuniche mi notano, si fermano dal loro gioco e mi guardano in modo alquanto strano, come se non abbiano mai visto un pellegrino su questa via. Li saluto con la mano urlando ciao. Uno di loro entra nella catapecchia e dopo un po' ne esce una donna, penso la madre, vestita da contadina di una volta con un grembiule e fazzoletto che le raccoglie i capelli. Una delle bambine fa per venire verso di me, ma la madre lo blocca prendendola per il bavero. Ripeto il saluto a gesto che i bambini ripetono.

Ormai sono lontani quasi non li vedo più e mi viene da pensare come ci siano delle famiglie che per esigenza o per scelta decidono di vivere una vita con poco, con quel poco che permette a loro di vivere senza i tanti problemi che affliggono questa società consumistica nella quale per volere nostro ci siamo immersi senza pensarci. Provo una certa e bonaria invidia e mi chiedo se mai più l'umanità potrà ritrovare quel modo di vivere ricco di quei valori che stiamo a poco a poco perdendo.

Mi sembra strano, molto strano che dopo una buona ora di cammino dalla sosta non abbia più incontrato una strada asfaltata, né mezzi, né rumori meccanici di auto, e né tanto meno agglomerati di fabbricati civili o industriali in una zona dove di certo ce ne dovrebbero essere. Mi assale il dubbio di aver sbagliato strada, di aver perso il sentiero per Roma e di essermi addentrata invece verso le colline ad est della capitale. Non capisco però perché, anche se il selciato a volte scompare, non ho mai lasciato questa via che per me potrebbe essere davvero la Cassia, la via che mi dovrebbe condurre a Roma. Eccola finalmente, dopo un paio di chilometri intravedo in lontananza un agglomerato grande, esulto con un "Roma arrivo". La fine del mio cammino è ormai vicina, vorrei quasi tornare indietro e ripartire ancora prima di arrivarci. Scatto una foto con il cellulare

vorrei inviarla ai miei, ma non ci riesco, anche qui non ce nessuna connessione. Provo a chiamarli, ma senza risultato. Questa Roma mi è strana, non è la città che immaginavo e che avevo visto più volte in fotografie varie.
Noto che è cinta da mura, che è piccola rispetto alle foto, non ci sono condomini, né strade né fabbriche. All'esterno delle mura ci sono sì dei fabbricati, ma sono bassi, mi sembrano casupole una a fianco dell'altra. Mi tolgo gli occhiali da sole ed ingrandisco la foto per vederla meglio e noto le mura e alcune chiese che spiccano alte rispetto al resto, non riesco ad intravvedere "il cupolone" di San Pietro, scorgo invece il Tevere sul lato destro. Intravedo anche del movimento di persone, ma nessuna grande strada di transito, nessun mezzo, nulla di nulla. Impossibile mi dico, mi pare una città di altri tempi. Decido comunque di proseguire sulla Cassia. Dopo una decina di minuti, finalmente un incontro. È un ragazzo, che mi viene incontro dicendomi qualcosa che non capisco. È vestito strano, sembra una comparsa di un film medievale. Forse il benvenuto folcloristico ai pellegrini da parte di qualche associazione del posto, penso. Indossa una casacca lunga fino alle ginocchia che gli coprono una camicia e la calzamaglia, ai piedi dei sandali in cuoio, ha anche una borsa a tracolla mezza piena fatta di tela. Ormai è a qualche metro da me, ma si ferma, così come faccio anch'io, mi guarda in modo molto strano come se in me ci sia qualcosa che non va. Si avvicina e mi parla in un italiano inusuale per me, non è quello con il quale ho parlato in queste settimane con i tanti italiani incontrati sulla Francigena. È un italiano ma sembra dialettale molto melodioso e mi pare con alcune parole in latino di certo adatto al suo costume e al ruolo preposto di cui è l'artefice. Quando è davanti a me si protende e mi abbraccia, così faccio anch'io per ricambiare il suo saluto. Lo saluto con un semplice ciao. Mi squadra da capo a piedi, vedo che il suo sguardo indugia molto sulle mie gambe. Non proferisce una parola, con un gesto mi fa girare su me stessa e guarda con attenzione lo zaino che ho sulle spalle. Tocca i bastoncini da trekking come se fosse la prima volta che li vede, e così anche per la borraccia. Poi si accorge degli occhiali da sole che nel frattempo mi ero posta sul capo. Li prende, lo lascio fare, voglio vedere fino a quando questa messinscena va avanti, li guarda con

attenzione, guarda attraverso le lenti continuando su è giù osservando la differenza fra le due viste. Poi cala lo sguardo sulle mie pedule, il mio secondo paio che ho comperato qui in Italia in quanto il primo era fuori uso deteriorato dai tanti chilometri fatti, si china, le tocca, mi prende un piede e me lo fa alzare per vedere com'è sotto, tocca con le dite le suole.

È tutto molto strano, mi rivolgo a lui un po' seccata e gli chiedo semi sta prendendo in giro. Mi risponde dicendomi che non ha capito, poi mi chiede di dove sono, e se provengo dal Ducato di Milano. Non capisco del tutto quello che mi sta dicendo, gli rispondo che provengo dal nord Europa, dalla Norvegia, e che ha Milano non ci sono passata. Mi chiede se sono una pellegrina, che confermo con un sì. Mi sto stancando dell'approccio di questo individuo, lo saluto con la mano e proseguo sulla mia strada, mi sembra tutto una stronzata e poi non ho capito cosa voglia da me, ho visto come mi guardava le gambe e visto il precedente e visto che sono in un posto isolato meglio tagliare corto. Non mi giro ma sento che mi segue appresso.

Mi chiama. "pellegrina fermati, ascoltami per favore sono Lucio e sono l'incaricato per la guida ai pellegrini che arrivano a Roma."

Almeno così capisco.

"Non aver timore ti posso aiutare a farti entrare in città, ci sono molti vagabondi che tentano di farsi passare come pellegrini e che alla porta rifiutano, credimi ti posso aiutare, ti posso accompagnare fino alla tomba di San Pietro dove potrai chiedere perdono di tutti i tuoi peccati e redimerti".

Lucio si chiama così questo giovinotto in calza maglia, almeno ora si è presentato.

"No grazie, faccio da me, sono arrivata qua da sola dopo quattro mesi di cammino e non ho bisogno di certo ora di qualcuno che mi faccia da guida". Gli rispondo senza neanche girarmi.

"Devi stare attenta ci sono un mucchio di briganti, egiziani o zingari come forse tu li chiami, e mendicanti ad ogni angolo che ti importunano, e poi io ho il documento per entrare, tu non ce l'hai di certo e rischi di dover startene al di fuori per giorni prima che ti accettino".

"E dai! Non serve nessun passaporto per la città, smettila di prendermi in giro e lasciami in pace, vattene per la tua strada per favore, non mi serve nulla da te non ho bisogno di nessun angelo custode!"

Il ragazzo non cede, borbotta qualcosa che non comprendo sulla visita ai monumenti.

"Tranquillo c'è un sito in internet dove trovo tutto quello che voglio, che mi guida e mi descrive tutti i monumenti più importanti". Taglio corto.

"Non so cosa stai dicendo" mi risponde. "La tua lingua mi è difficile da capire, però Io ti posso assicurare che pochi come me conoscono Roma e pochi hanno l'accesso per esempio a San Pietro dove Bernardo Rossellino la sta ricostruendo, ed a altre chiese, ti condurrò per una Roma nuova quella che Papa Nicolò V ha recuperato dallo scempio dei secoli passati.".

"Non capisco Nicolò V! Non so chi sia, ho letto di Papa Giulio II per la costruzione di San Pietro". Rispondo senza girarmi, ma scorgo che ormai e quasi in fianco a me, nonostante abbia allungato il passo per scrollarmelo da dosso.

"Ma certo Nicolò V, Giulio II Io non l'ho mai sentito, era il Papa che avevamo fino a qualche anno fa, ora abbiamo uno spagnolo, non lo sai?"

Questo è fuori di senno, dice di essere una guida e non conosce Giulio II il Papa più importante nella ricostruzione di San Pietro e dice che il papa invece è spagnolo. Questo è un bidonaro che mi vuole fregare, penso.

"Il Papa parla spagnolo ma forse non ti è chiaro che è argentino, non viene dalla Spagna, mi stai raccontando un mucchio di balle ragazzo."

"Pellegrina non cosa sia l'Argentina, forse è una zona della Spagna da dove il Papa proviene?".

"Ma dai smettila di sfottermi, ma pensi davvero che Io sia così ignorante!".

Cerco nel frattempo di distanziarlo con la mano sinistra lo spingo in parte ed allungo il passo, quasi una corsa leggera.

"Pellegrina mia il Papa di ora viene dal Regno di Valencia e questa città si trova in Spagna e si chiama Callisto III".

"Ma che cavolo dici il Papa si chiama Francesco e di cognome fa Bergoglio e viene dal sud America.".

"Mai sentito di nessun papa che si chiami Francesco e tanto meno del sud America che non so proprio cosa sia, me lo puoi spiegare?"

Nel frattempo ci avviciniamo ad una serie di case che sorgono sempre più regolari sulla via. Sembra un set cinematografico, tutti sono in costume, sembra la ricostruzione di un borgo medievale nell'immaginario della vita quotidiana, non capisco, forse che sia la famosa Cinecittà, che stiano girando un film o una serie televisiva, trovo tutto molto strano, la gente si ferma mentre passo, mi guarda e sembra che imprechi contro di me. Non mi piace questa situazione, una donna viene verso di me e con una bacchetta mi percuote più volte violentemente le cosce e mi urla qualcosa, mi fa male cavoli e non poco, cerco di evitarla e saltello, un'altra mi getta addosso degli scarti di verdure, i bambini ridono, un uomo mi prende per un braccio e tenta di tirarmi dentro una porta. Mi divincolo ma lui ritenta. Il ragazzo, Lucio interviene con autorevolezza urlando contro questa persona. Mi prende sottobraccio, lo lascio fare purché mi porti via da lì. Mi attira all'interno di uno stretto vicolo secondario, bussa alla porta di una casa mezza in legno e mezza in pietra, ci apre un uomo anziano curvo su sé stesso e quando mi vede si fa il segno della croce. Lucio gli dice qualcosa e lui ci fa entrare. La stanza e piccola, il pavimento è in terra battuta, si vede il tetto tutto in legno, c'è un tavolo al centro e due panche sui lati, nel mezzo di una parete un camino in pietra con un paiolo al fuoco e sul lato una credenza. C'è puzza di animali e di escrementi. Storco un po' il naso ma non posso fare altro, almeno per ora, che adattarmi a questa situazione per lo meno nell'attesa di capire fare il punto della situazione e vedere il da farsi. Non capisco cosa mi stia succedendo, se tutto questo ha una logica come fosse una commedia per i nuovi arrivati. Lucio zittisce lo zio che brontola in continuazione. Poi si rivolge a me.

"Ero certo che avresti avuto problemi non puoi andare in giro con le gambe nude, sembri una prostituta non una pellegrina. Hai visto come ti hanno trattato i paesani?"

Incredibile mi dico, la farsa continua, nonostante abbia preso una piega ostile verso di me. Ma questi cosa vogliono da me!

"Non so da dove tu vieni ma qui a Roma certi abbigliamenti non sono consentiti, se ti vedessero le guardie papali ti imprigionerebbero di certo".

"Ma cosa stai dicendo, basta con questa storia, basta con questa assurda farsa, siamo nel duemila, queste cose sono di altri tempi, lo sai o no?".

"Cosa dici nel duemila? A cosa ti riferisci?".

"Che la società di oggi non è quella medievale, oppure qui a Roma è tutto diverso dal resto del mondo! Non condivido questo tuo, vostro modo di fare, voglio andarmene al più presto da qui, e arrivare in San Pietro, ritirare il documento che comprova il mio pellegrinaggio e poi riposarmi. Non voglio altro."

Cerco di uscire, lo zio però me lo impedisce mettendosi davanti alla porta. Lucio è perplesso sta valutando le mie risposte.

"Ma che dici! Questo è l'anno del Signore il 1457 e come ti ho già detto il nostro papa è Callisto III, non c'è un secondo papa tanto meno di nome Francesco".

Cosa dice 1457! Cosa sta dicendo! Sto impazzendo, è un brutto sogno forse, sono in coma in qualche ospedale, che mi sia successo qualcosa! Sono sotto l'effetto di allucinogeni! Non so darmi una spiegazione logica.

Prendo il cellulare ho bisogno di sentire i miei, di parlare con loro, di capire cosa mia stia succedendo, di sentirli e di tranquillizzarmi che sto bene, che quello che sto vivendo è solo un brutto incubo e basta. Prendo il cellulare dallo zaino, lo accendo Lucio e lo zio mi guardano con attenzione e quando il cellulare si accende emette il classico suono di accesso. Mi guardano esterrefatti, impauriti direi, Lucio con uno scatto me lo prende dalle mani, e lo guarda mentre si sta collegando.

"Non dirmi che non sai cosa sia un cellulare ora!"

Lo guarda dalla parte sbagliata sul retro dove la cover che è a mo' di specchio.

"Certo che lo so, è uno specchio". Mi risponde.

Ma quando lo capovolge e vede l'immagine mia sulla schermata iniziale, lancia un urlo e lo getta spaventatissimo in terra.

"E' un dono del demonio, afferma con convinzione, chi ti ha mandato a Roma, chi sei veramente tu? Una strega, sei una strega?"

Lo zio non capisce, sente la parola demonio che gli basta per uscire di tutta fretta dalla sua casa. Raccolgo il cellulare, cerco di chiamare, cerco invano di inviare messaggi, ma nulla di nulla. Non c'è campo.

"Non c'è nessun demonio, stronzo, questa è tecnologia del ventunesimo secolo, se tu hai vissuto in clausura fino ad oggi non puoi conoscerlo di certo! Non ce nessun demonio in questo."

"Scusa una domanda Ellen, ma tu sei cristiana? Credi in nostro Signore Gesù Cristo e nella sua Resurrezione? Nei sacri Vangeli?"

"Non capisco cosa c'entri, sono stata battezzata, sì, sono cristiana a tutti gli effetti, ma Io credo nella scienza, non credo in altro. Non sono una strega che cazzo dici, sono solo una ragazza che si è messa in cammino sulla Francigena o via Romea come la chiami tu."

"Ti ripeto non siamo nel duemila come tu dici. Siamo nel quindicesimo secolo, non l'hai ancora capito! Non so come spiegartelo in altro modo e non so tu da dove venga per dire queste cose."

Sono esterrefatta se questo è un brutto sogno chiedo solo di svegliarmi al più presto. Mi gira la testa forte, le gambe non mi reggono più, mi sento mancare e cado come uno straccio sul pavimento.

Mi sveglio, mi hanno steso su un letto con un materasso di paglia che mi punge tutta, è lercio e puzza da vomito, qualcuno mi sta buttando dell'acqua sul viso, sono stordita, non riesco quasi a parlare, lo stomaco è in rivoluzione, ho in continuazione conati di vomito, fatico a mettere a fuoco e vedo solo figure davanti a me che parlottano, sono sdraiata da qualche parte, ma mi pare sempre nella stessa casupola dello zio. Mi raddrizzano e mi fanno sedere sul bordo del letto, mi danno da bere in un vaso di coccio dell'acqua. Ora vedo chi ho davanti, oltre a Lucio e allo zio c'è una donna anziana, forse la zia di Lucio. Lucio ha in mano il mio cellulare, guarda in continuazione la mia foto scattata a Oslo nella piazza antistante al Teatro dell'Opera che si staglia sullo sfondo del mio primo piano, nella foto ci sono decine di persone. È allibito.

"Ma tu da dove vieni?"

Non so cosa rispondergli, ma mi viene spontaneo una risposta con la quale cerco di darmene una a me stessa.

"Dal futuro".

4

La risposta mi uscì spontanea, forse perché non sapevo cosa altro rispondere, ero disorientata, e continuavo a ripetermi che tutto questo era solo un sogno dal quale avrei voluto uscire quanto prima. Sono nel secolo XV, com'era possibile, sono in altra dimensione o cosa mi chiedo. La mia mente è andata in tilt. Sono sola soprattutto non ho punti di riferimento con nessuno tanto meno di altri pellegrini o come me di altre persone "normali. Ma purtroppo non ho nessun altro contatto con la realtà del mondo in cui vivo neanche a mezzo di internet con il quale capire e confrontarmi.

"Ma dove sono finita?" Urlo a gran voce.

La vecchia si spaventa, non capisce, lei parla un dialetto assimilabile un po' all'italiano, ma per me quasi del tutto incomprensibile.

Mi faccio coraggio, devo vista la situazione. Non posso fare altro che accettare quanto mi sta succedendo, nella speranza di svegliarmi quanto prima da questo sogno. Ci spero quanto meno. Certo sto vivendo una situazione unica, e penso a quando la racconterò agli amici. Chissà se mi crederanno poi. In fondo questa circostanza nella quale mi trovo è sì strana ma mi sembra straordinaria anche se è un sogno. Il tempo scorre anche nei sogni, ma qui ha una dimensione reale quasi come lo stia vivendo minuto per minuto.

Va bene, ora che ho detto a Lucio che vengo dal futuro voglio capire cosa ne pensa per adeguarmi a Lui, non vorrei finire in prigione o peggio sul rogo per colpa di questo ragazzo e dei suoi zii.

"Mi credi o no, hai visto sul cellulare la mia immagine, il mio mondo? Hai visto il palazzo che c'è alle mie spalle, tutto in vetro, le persone come sono vestite? Vuoi che ti mostri altro per farmi credere che Io non sono di questo secolo? Te lo posso dimostrare, se vuoi!"

Mi alzo dal letto nel quale mi avevano fatto coricare, prendo lo zaino che qualcuno ha aperto. Cerco altro per dimostrare a Lucio chi sono.

Lucio intuisce cosa voglia fare, parla con gli zii e li fa uscire da casa, spingendoli fuori. Capisco che gli dice di stare zitti che lui metterà a posto tutto.

Rivolto il contenuto dello zaino sul tavolo.
Prendo il portafogli, lo apro ed estraggo il mio documento d'identità e la patente. Gli chiedo di avvicinarsi a me, cosa che fa ma con circospezione, quasi abbia paura.

"Vedi questi, vedi la mia foto, anzi scusa la mia immagine, guarda queste date 2016 e 2008. E poi guarda queste, sono le monete del 2000, leggi bene. Leggi qui, c'è il mio nome scritto, Ellen, lo vedi. Vedi queste magliette e questi pantaloni, hai mai forse visto una stoffa di questo genere?"

Prendo poi il cellulare, lo voglio sconvolgere, apro la torcia e la indirizzo contro la parete più buia.

"Sei una strega, sei una strega!". Esclama.

"Ma che strega! Imbecille. Te lo ripeto vengo dal futuro, fra il tuo tempo e il mio c'è una differenza di più di mezzo millennio!"

Mi viene in mente che in una tasca esterna ho dei dolciumi ed altro che preso per rifocillarmi quando mi sento che le forze mi stano calando. Apro la tasca ed estraggo due barrette, un pacchetto di biscotti avviato, un pacchetto di gomme da masticare, alcune caramelle sfuse, tre integratori, apro anche la busta dove contengo il mio necessaire di viaggio e alcuni medicinali pronto uso, spazzolino, sapone intimo etc. Apro una barretta di Mars, ne prendo un pezzo e glielo metto in mano.

"Assaggialo.".

È riluttante, lo capisco, allora do un morso alla mia metà, lo tranquillizzo.

"E' un dolce, forza assaggialo."

Un pezzettino, poi un altro, poi un altro ancora e poi quanto ne rimane.

"Buono, dolce come il miele, ma questo miele è scuro, marrone, non l'ho mai visto prima.".

"Ovvio gli rispondo, questo miele scuro che tu dici, si chiama cioccolata e ci vorranno parecchi decenni perché la conosciate."

Non mi dilungo, non voglio, nel dirgli che arriva da un mondo per loro ora sconosciuto e che verrà scoperto solo fra trentacinque anni.

Gli allungo due biscotti, che volentieri prende. Finiti guarda le caramelle, il ragazzo è goloso
non poco mi pare, mi dico sorridendo.

"Perché ridi?"

"Ti ho convinto con i dolci." Rido e gli allungo una caramella, che annusa e non sa come mangiare. Gliela scarto, non vorrei che si strangolasse mangiandola con la carta.

"Non riesco a capire chi tu sia, e se è vero che vieni dal futuro. Mi è incomprensibile solo la parola futuro, che per me riguarda solo un periodo avanti qualche anno e non certo secoli come tu sostieni. Certo tu sei strana, hai tutto con te di strano, ma come tu fatichi a comprendere che ora sei qui con me nel mio anno del Signore, credimi per me lo è ancora forse di più capire che tu vivi nell'anno duemila. E poi non capisco, cosa tu ci fai qui e come ci sei arrivata!"

Lo guardo negli occhi, cerco di fargli capire con il mio sguardo tutta la mia sincerità.

"Lucio, credimi, questa mattina sono partita da un paese qui vicino, Campagnano, mi sono concessa un breve riposo, forse mi sono anche addormentata, poi ho ripreso il sentiero, ma tutto mi sembrava cambiato. Poi ho incontrato te. Dapprima mi sembrava tutta una messa in scena turistica, poi uno scherzo ..."

Mi blocco rifletto a quello che ho detto, uno scherzo, che sia stata coinvolta in uno di quei format televisivi del tipo "Scherzi a parte o Candid Camera!"

"Nooooo, noo, no! Non dirmi che tu sei un attore e siamo su "Scherzi a parte", mi state riprendendo!". Uffa, ma dai, non è possibile e mi metto a ridere di gusto mentre scruto la stanza in tutti gli angoli, salgo sul letto per vedere in alto nel sottotetto se c'è qualche telecamera o dei microfoni, guardo sotto il tavolo, rivolto il puzzolente materasso, sotto il letto ci sono vasi, attrezzi da lavoro, delle pelli conciate un vero casino. Apro la porta senza uscire, non mi fido del tutto, scruto l'esterno, sembra un giorno qualunque, gente che va e viene in costume di quel tempo, un uomo sta pelando un coniglio su una scala, dei bambini giocano con dei bastoni. Se è un set è davvero fatto bene, e chissà cosa deve costare, non penso che l'abbiano fatto tutto per me, probabilmente utilizzano un'ambientazione utilizzata per un film o qualche serie televisiva. Che bello, che bello mi dico, ma dai sarò in TV, che pazza che sono, come mi avranno scelto? Da quando mi stanno riprendendo? Forse già a Campagnano! Giorgia e gli amici … nooo, non ci credo, attori anche loro, bravissimi ma anche bevitori e grandi baraccatori, la parte l'hanno sostenuta alla grande. Super bravi. Spero di non aver fatto figuracce, di non essermi comportata male. Cerco di ricordare qualche passaggio della serata, non trovo sconcezze e tanto meno volgarità e parolacce da parte di nessuno.

Lucio mi guarda strano, sbalordito. Io che rido come una pazza, che vado su è giù per la stanza e ribalto il letto, sembro una molla che scatta di qua e di là. Si siede sulla panca, prende con il mestolo di legno un po' di acqua da un vaso di coccio, la sorseggia, quella avanzata me la getta addosso.

"Ehi, ehi!"

Mi avvicino gli rubo il mescolo dalle mani, lo riempio e dopo tocca a me bagnarlo. Ridacchio mentre lo faccio accompagnandolo con finti calci. Devo sostenere bene la parte. Non voglio passare come una cretina, voglio che dubitino sulla mia parte quasi che io sia consapevole della recita. Che ridano di me a dire il vero mi darebbe fastidio, sono un po' permalosa e non lo permetto a tutti. Tanto meno in questa occasione.

Lucio non capisce il perché di tutto questo.

"Scusa Ellen ma che è successo ora? Tutto ad un tratto sei diversa, ridi, scherzi, mi sembri impazzita."

"Lucio, Lucio non mi prendere in giro, dai facciamo quello che dobbiamo fare, cerchiamo di farlo bene, questo lo vedranno di certo anche nella mia Norvegia, dobbiamo sostenere la nostra parte come se io mi fossi accorta di nulla. Facciamo del nostro meglio, giusto!"

"Ehi Voi, tagliate questa parte però, mi sembra ovvio." Grido rivolgendo le mie parole verso l'alto.

"Lucio vieni qua, che ti voglio mostrare, alcune foto … scusa alcune immagini del mio tempo." Aggiungo sedendomi vicino a lui sulla panca con il cellulare in mano.

Lui si avvicina e inizio a scorrere le varie foto, soffermandomi su alcune dove sono ritratti alcuni momenti impressi degli ultimi anni.

Mi soffermo su alcune.

"Vedi questi sono i miei genitori, questi invece sono alcuni dei miei amici durante una gita sul fiordo, questa sono Io invece nel laboratorio di medicina legale in università alcuni anni fa, mentre con colleghi stiamo sezionando un cadavere.

Lucio mi ruba il cellulare dalle mani, perplesso, impaurito.

"Ma tu uccidi le persone? Sei un'assassina!"

"Ma che dici, io qui sono uno studente di medicina e con gli altri stiamo vivisezionando un cadavere per puro studio, l'uomo che vedi è morto a causa di un tumore, gli stiamo prelevando il fegato per un'analisi al microscopio …. ma già tu non puoi sapere cosa sia un microscopio." Aggiungo sorridendo.

Mi soffermo su una mia foto nel mentre che salgo sull'aereo che mi porterà a Stoccolma.

"Vedi Lucio questo è un aeroplano, con questo l'uomo vola, e può andare dove vuole in poco tempo. Questa invece è un'automobile un altro mezzo di trasporto, senza cavalli o asini che la trainino, va da sola, e va dove vuoi tu. Qui invece siamo in un ristorante a Oslo con gli amici vedi, qui si mangia e si beve tutto quello che vuoi. Non è in regalo, paghi con il denaro che ti ho fatto vedere prima. Questo invece è un video … ma tu ovviamente non sai cosa sia un video, te lo faccio vedere. Qui siamo ad una festa fra amici in una casa privata."

Il video scorre e mi riprende mentre ballo su un tavolo con alcune mie amiche con sottofondo un brano dei Dire Straits. Alzo il volume, si sentono chiaramente le nostre grida festose e il rock di Brothers in Arms. Il video poi dalla casa si sposta sull'esterno dove qualcun altro è già al bagno in piscina. Spruzzi d'acqua lanciati dai bagnanti annebbiano la camera e il video termina.

"Basta Ellen, te ne prego, basta non ce la faccio più, mi sento stordito, come fossi ubriaco. Ti credo, vieni dal futuro, ogni dubbio è fugato, ti credo, ti credo!"

Lucio ha la testa bassa fra le mani, sembra quasi che stia piangendo, poveraccio mi fa un po' pena. Ma devo ricordarmi che questa è solo una parte che lui sta sostenendo alla grande come un attore navigato. Non devo dimenticarlo. Siamo in un reality.

Mi prude la testa che da qualche minuto mi gratto sempre più, spasmodicamente. Lucio se ne accorge, si alza dalla panca mi fa abbassare e me la prende fra le mani e con le dita separa i capelli fino a raggiungere il cuoio capelluto da più parti, ogni tanto si sofferma e sento che fa uno strano movimento con le dita.

"Cosa stai facendo?" Chiedo.

"Hai i pidocchi Ellen!"

5

"Pidocchi, no! E come è possibile!"

Lucio va verso il letto, prende il materasso e lo esamina accuratamente.

"Ecco dove te li sei presi, il materasso è pieno."

Com'è mi possibile, mi chiedo, un set cinematografico con dei pidocchi? Questi sono scemi, già mi sono preso le fustigate di quella donna delle quali ho ancora i segni sulle cosce, ora anche i pidocchi!

"Ehi lassù, che cavolo state facendo, mi avete riempito di pidocchi, siete impazziti, appena rientro vi faccio causa stronzi."

Lucio guarda dove Io ho rivolto il mio sguardo e le mie parole, e mi chiede:

"Con chi stai parlando, sul tetto non c'è nessuno, siamo soli in questa stanza, sei impazzita forse!"

Smettila con questa messinscena, la cosa sta prendendo una brutta piega, ti rendi complice di danni alla mia persona, stai attento Lucio che faccio causa anche a te."

"Causa! Che vuoi dire?"

Sono arrabbiatissima, ho raggiunto il mio limite di sopportazione, ora basta. Alzo la voce, voglio che capiscano che il gioco è finito.

"Lucio ora basta, mi sono stufata di te e di questa Candid Camera, non ne voglio più sapere, anzi a questo punto vi diffido a mandare in onda tutto questo. Mi avete rottole balle, io voglio andare a Roma e null'altro. E poi prendere un aereo e ritornare a casa mia.

Raccolgo tutta la mia roba e la rimetto alla rinfusa nello zaino.

"Ora cosa faccio con i pidocchi? Come faccio a togliermeli, ho urgenza di fare un bagno, di togliermi da dosso questi vestiti, di farli lavare e sterilizzare. Lucio ti prego dammi una mano".

Sono sull'orlo di una crisi isterica, sto quasi piangendo dalla disperazione.

Lucio se ne accorge, e mi si avvicina, mi prende le spalle e mi guarda fisso.

"Ascolta fammi fare a me, tu fermati qui, non uscire per nessun motivo, e soprattutto chiuditi dentro e non aprire a nessuno. Ritorno subito, aspettami, fai come ti dico ti prego."

Acconsento muovendo solo il capo, mi risiedo sulla panca, riprendo il cellulare e scorro mentre lui esce le foto del mio cammino e quelle di casa, mi commuovo fino al punto che mi metto a piangere.

Dopo poco sento qualcuno che bussa alla porta, è Lucio.

"Eccomi Ellen, ora vedrai che risolviamo tutto. Metti a capo in giù, ho preso dell'aceto, con questo uccideremo tutti i pidocchi, poi indosserai questo vestito, è pulito. Poi decidiamo cosa fare".

Lo guardo, non capisco, è mi chiedo dubbiosa se questo è davvero un reality, com'è possibile che si sia arrivati a tanto. Un imprevisto forse? Mi sembra strano, molto strano tutto questo. Faccio come mi chiede, il prurito è insopportabile, voglio risolvere la questione pidocchi quanto prima.

Sento il forte odore penetrante dell'aceto mentre me lo versa sul capo e mentre mi massaggia la cute. Ripete l'operazione alcune volte, l'aceto restante finisce sul pavimento nel quale penetra visto che è in terra battuta. Mi bagna il collo e anche un po' la maglietta tecnica, ma non mi interessa, l'importante e che muoiano questi maledetti insetti.

"L'aceto funziona, lo sapevo, l'abbiamo usato più volte quando ero in seminario, le pulci erano all'ordine del giorno anche la. Puzza lo so, ma poi va via e poi non c'è altro da fare se vuoi toglierteli da dosso."

Nel palmo della mano, mi fa vedere che ce ne sono alcuni, sono minuscoli e neri. Funziona allora, meno male, mi dico. Ho i capelli umidi e puzzolenti, ma non mi interessa. Stasera mi prendo una buona camera in un buon hotel e mi metto nella vasca riempita di profumi per almeno un'ora, prima però chiamo Gianni, spero che ci sia, e lo invito a cena, voglio che mi porti in qualche osteria dove rifarmi con una super carbonara e magari con degli scottadito e bere del buon vino, ho bisogno di stare con persone normali di evadere da quello che per me ora è diventato un vero incubo. Non mi interessa più nulla di questo reality o quello che sia. Prendo il cellulare, voglio essere sicura di aver registrato il numero di Gianni, controllo, si tutto ok, eccolo Gianni Roma, perfetto, provo anche a fargli uno squillo, ma come immaginavo non c'è campo. Va bé, lo chiamo appena mi sarà possibile, mi tranquillizzo.

"Ellen mettiti questo per favore". Mi chiede Lucio allungandomi una veste.

"Perché? Gli chiedo.

"Voglio che usciamo assieme, voglio farti vedere cosa c'è al di fuori di questa casa, devi vedere, credimi. Se esci come sei vestita ora, però avrai ancora dei problemi con le persone e non solo, ti prego fallo, usciamo per un breve giro. Ti voglio portare fino alla porta d'entrata della città, poi sarai tu a decidere cosa vuoi fare."

Prendo l'abito, insieme c'è anche un lungo velo. Non so caso fare, ci penso un attimo, poi decido di fare come mi ha consigliato. Spero che dopo il gioco termini e tutto ritorni così alla normalità, forse questo è il finale, il gran finale e sorrido.

Mi metto l'abito sopra i miei, con il velo mi copro la testa e mi nascondo anche una parte del viso a mo' di velo arabo. L'abito in lino mi copre tutto anche le braccia, ma mi lascia fuori abbondantemente le caviglie e parte dei polpacci. Si vedono anche gli scarponi, Lucio mi scruta e disapprova.

"Immaginavo che ti fosse corto, ma non così però."

Mi viene un'idea, e se sotto invece dei pantaloncini corti ci metto quelli lunghi che uso la sera o quando fa freddo? Penso che sia un'ottima idea, guardo il soffitto del tetto quasi cercando un segno di approvazione da parte di qualcuno.

"Lucio, faccio Io, vedrai che poi non si scorgerà più nulla."

Mi ritolgo il vestito e anche i pantaloncini, rimanendo in mutande.

Lucio s'è girato dall'altra parte, che carino, rispettoso anche se commediante.

"Eccomi cosa ne dici?"

Sotto l'abito spuntano i pantaloni che nascondo tutte le parti prima scoperte. Ho anche sostituito le pedule con i sandali che uso di solito quando arrivo. Sono meno appariscenti. Spero che questo alla direzione vada bene, in fin dei conti nessuno mi ha mai imposto cosa fare, quindi improvviso in modo naturale.

"Ottimo così mi sembri proprio una paesana."

"Ora possiamo uscire, sono molto curiosa di vedere cosa mi aspetta la fuori!" Aggiungo con un schernendolo.

"Possiamo andare, lascia qui lo zaino però, stai tranquilla qui non entra nessuno. Lo riprenderai dopo quando torniamo."

Se fossi in un'altra situazione col cavolo che lo lascerei qui incustodito, ho dentro tutti i miei averi documenti, soldi, carte di credito, ricambi etc. ma visto e considerato che comunque sono sotto il controllo costante di telecamere non penso che avrò problemi e in ogni caso sarebbero loro poi a risponderne.

"Dai Lucio vamos". Gli dico canzonandolo.

6

Usciamo dal vicoletto, dove è posta la casa degli zii di Lucio, e ci immettiamo nella via principale che non è la via Cassia come Lucio mi ha detto, ma pur sempre una via antica. La strada è in ciottolato, sui lati leggermente ribassata per il continuo passare di carri. Ai lati della via sorgono delle case basse in pietra, alcune presumo dei negozi in quanto hanno ampie aperture con dei banchetti dove è posta la merce in vendita, alcune di esse hanno anche una copertura provvisoria costituita da una tenda sorretta da due bastoni. Noto merce di vario tipo, da verdura e frutta, a formaggi, a carne macellata appesa con dei ganci al supporto del portichetto. C'è notevole fermento nella via, gente va e viene in continuazione, molte sono donne che hanno la spesa in cesti o dentro nei grembiuli. Alcuni ragazzini giocano e gridano fra di loro.

Mi confondo bene con tutta questa gente, non sono notata, passo fra di loro quasi come fossi un fantasma. Una donna anziana esce dalla casa con un catino pieno di non so cosa, e lo getta nella via incurante di noi che stiamo passando ed entra senza farsi ragione che ci ha inzuppato i piedi. Spero non sia piscio, mi dico. Un carretto a due ruote portato da un uomo colmo di legna ci passa accanto mentre guardiamo i nostri umidi piedi. Lucio mi sta vicino, mi sento sicura, tranquilla anche perché penso che tutto sia stato predisposto per il programma. Ovvio a questo punto non penso proprio che tutto questo sia fatto solo per me, di certo è stato utilizzato per altro. Realizzare tutto questo così accuratamente e con tante comparse non può di certo essere ammortizzato con un solo evento. Forse un film o meglio ancora una serie televisiva con più puntate. Molto probabile mi dico. Me la sto godendo, vorrei scattare qualche foto, prendo il cellulare che ho in una tasca dei pantaloni al di sotto dell'abito che Lucio mi ha fornito.

"Ellen cosa fai?"

"Voglio immortalare questo set per farlo vedere ai miei quando potrò collegarmi alla rete." Rispondo.

"Non se ne parla proprio, non ci pensare neanche, se qualcuno ti vedesse la tua copertura, svanirebbe e chissà cosa potrebbe succedere. Ricordati che non sei nel tuo tempo e certe cose non sono capite."

Sto al gioco.

"Va bene". Approvo con un sorriso arrendevole.

Avremo percorso circa un chilometro e mezzo. I fabbricati ora sono su due piani, vie e vicoli laterali si alterano. Il movimento è aumentato. Sul lato sinistro c'è una chiesetta con un campanile, tutta in pietra, con un bellissimo portale in marmo tutto lavorato. Sui due gradini di entrata stazionano ben tre mendicanti. Sono vestiti con degli abiti, se così si possono definire ricavati da sacchi. Uno è molto anziano ed ha un bastone a fianco e mentre passiamo, ce lo agita davanti impedendoci il normale proseguimento cercando di fermarci. Lucio gli dice qualcosa con pacatezza, ma il vecchio ci ingiuria, tanto che Lucio mette mano al sacco e gli porge un pezzo di formaggio che il mendicante prende con avidità, mentre è assalito dagli altri due mendicanti che in qualche modo vogliono condividere il cibo offerto da Lucio.

"Non ti spaventare Ellen è cosa normale a Roma."

Davanti a noi ora abbiamo un piccolo gregge di pecore, circa una dozzina, le guidano due ragazzini. La strada è in parte disselciata, ci sono pozzanghere fetide e melmose sozze di escrementi e di rifiuti di ogni genere, bagnata poi da chissà cosa.

A un certo punto, mi ritrovo in terra. Sono scivolata su una merda di pecora. Ho battuto con il sedere sui ciottoli. Ho preso una bella botta. Ero disattenta mi stavo guardando in giro e non ho fatto caso a dove mettevo in piedi. Uffa non mi è capitato di cadere per 4.000 e più chilometri e ora l'ho fatto qui. Chissà le risate che si faranno in TV.

Lucio se la ride mentre mia allunga una mano per aiutarmi a rialzarmi. Guardo il sandalo, la suola ha residui di cacca. Lo pulisco sullo spigolo di un gradino di una casa imprecando come battute di un copione. Mi sento il sedere umido, prendo il vestito e me lo tiro sul davanti nella parte interessata, ha due chiazze scure in corrispondenza delle mie natiche.

La via ora è in leggera salita, abbiamo superato facendoci largo fra le pecore.

In fondo c'è una stretta curva.

"Oltre quella curva siamo quasi arrivati alla porta della città." Mi conforta Lucio.

Prima della curva si sente un gran baccano proveniente da una casa, anzi non è una casa ma un'osteria. All'esterno alcune persone stanno discutendo animatamente, ma il fracasso avviene dall'interno. Poco più avanti scorgo appoggiata al muro una donna seduta su uno sgabello con le spalle scoperte e i capelli sciolti, forse una prostituta di mestiere, penso. Sono incuriosita, vorrei entrare a curiosare forse fa parte della sceneggiatura e lo devo. Mi faccio largo fra quegli individui che sono all'esterno, pare siano ubriachi, stanno forse litigando o forse è il loro normale tono di voce che li fa sembrare così.

"Non entrare, Ellen non puoi è molto pericoloso." Mi grida Lucio.

Ma ormai è troppo tardi, sono quasi all'entrata, dove alcuni gradini permettono l'accesso all'interno.

"Torna indietro Ellen, torna indietro". Grida ancora.

Nel mentre che sto entrando ho già alle spalle il gruppetto di ubriachi, quando sento una mano che mi palpeggia il sedere, mentre un'altra mi prende l'abito e mi strattona. Uno di quei brutti ceffi mi strilla qualcosa che non capisco mentre grasse risate provengono dagli altri. Cerco di divincolarmi ma sono quasi sull'orlo delle scale e se mi lascia di colpo finisco giù. Gli grido di lasciarmi nel mio italiano, ma anche nella mia lingua madre, forse terrorizzata dal momento. Mi giro di scatto, con una mossa mi libero della mano che mi blocca, istintivamente senza quasi accorgermene parto con un sonoro schiaffone che parte dalla mano più lontana al viso dell'individuo. Sono molto più alta di lui, la sventola è potente tanto che il tipaccio indietreggia e inciampa nei piedi di un altro ruzzolando a terra come un sacco di patate. A questo punto Lucio mi prende sotto braccio e a forza mi tira in disparte mentre i tipi se la ridono del malcapitato.

"Vieni via Ellen, via veloci ora! Quelli hanno dei coltellacci e ti aprono la pancia in un secondo, credimi Ellen, affrettiamoci intanto che ci stanno ridendo su."

Mi strattona più volte, capisco che la cosa deve finire così, forse istintivamente sono andata ben oltre la mia parte, non lo avrei dovuto fare, ma quanto già accadutomi in precedenza in Belgio, mi ha fatto agire impulsivamente e non vorrei che tutto questo mi comportasse poi dei problemi magari con la produzione o con quell'individuo che penso che per un po' porterà sul viso il mio ricordino. Forse dovrei tornare indietro e scusarmi, penso. Ma Lucio mi sembra molto impaurito e decido che è meglio assecondarlo.

Due cavalieri transitano fieri al passo armati di tutto punto. Non ci degnano di uno sguardo. Ci dobbiamo fare da parte per evitarli.

Arriviamo al punto dove la strada curva a destra, come d'incanto lo scenario cambia, la via è in salita e il mio sguardo corre verso l'alto.
Rimango stupita da quello che vedo. Non riesco a capacitarmi da questo spettacolo tanto bello tanto allucinante in quanto inaspettato. Mi manca il fiato, ho bisogno di sedermi, mi guardo in giro ma non c'è nulla con cui lo possa fare e mi appoggio solo al muro. Le gambe sono molli dall'emozione.

Avanti qualche centinaio di metri si stagliano prepotenti e mastodontiche le mura della città. Sono imponenti. La strada vi confluisce e nel suo finale c'è la porta d'ingresso a Roma, a quella Roma non certo alla città del duemila da me conosciuta. A fianco della porta si stagliano due torri merlate con la porta incassata fra loro. Uno spiazzo antistante è contenuto in parte da alti muri laterali.

"Questa è Roma!" Esclama Lucio sorridendomi.

Sono meravigliata, ma soprattutto sono molto confusa. Mi pongo domande, ora dovute più che mai.

Questo non è un set cinematografico, non lo può essere, è reale e non è un'illusione. Questo è autentico. È tutto autentico!

Lucio mi si avvicina e mi prende sottobraccio.

"Vieni andiamo."

"Lucio non so se ce la faccio!" Esclamo.

"Dai vieni entriamo in città".

Mi appoggio a lui, le gambe mi tremano. Ho le vertigini. È tutto così irreale.

Proseguiamo.

Arriviamo in una piazza antistante la porta. C'è ressa di persone, banchetti di ogni tipo, di prodotti alimentari, stoffe, calzari, vasellame etc. sui lati coperti da tende provvisorie. Ci sono due guardie con armatura ed elmo all'entrata e sono armate di alabarde, un altro ben vestito controlla e dà il permesso a chi vuole accedere in città. C'è una coda di persone che si spingono una con l'altra, sono di ogni età e genere, tutte che attendono di entrare. Ci sono tanti mendicanti vestiti di stracci, sporchi e puzzolenti. Alcuni carretti carichi di merce varia proveniente dalla campagna sono trainati da uomini e da asini e sostano lateralmente in attesa del permesso.

“Stai in guardia Ellen mi raccomando, stammi vicina e non allontanarti da me per nessun motivo. Vedi quelli?” Aggiunge indicandomi un gruppetto di persone composto di adulti e ragazzini.

“Quelli sono egiziani, sono dei ladri di professione, ti sfilano la sacchetta del denaro senza che tu te ne accorga. Sono svelti borseggiatori, uno ti deruba, passa il maltolto a un altro e poi non ti resta che piangere.”

Ci sono anche tante donne, alcune delle quali prostitute che al passaggio di alcuni probabili clienti mettono in mostra cosce e seni. Altre, mi dice Lucio, sono invece delle serve che sono a servizio nelle famiglie dei benestanti per pulizie della casa e cucinare, vanno e vengono tutti i giorni in quanto abitano fuori le mura.

Ci facciamo largo a spallate fra loro cercando di scavalcare tutti, ci osservano, qualcuno si fa da parte per riverenza forse per timore. Qualcun altro brontola e ci sbarra la strada.

Non ce la faccio più.

“Basta portami via di qui”. Grido più volte.

La gente ci fa largo, attiro anche l’attenzione di una delle guardie, che si dirige verso di noi.

Lucio vista la situazione ed io che continuo a gridare, mi strattona.

“Andiamo via da qui svelta, muoviti, seguimi e stai zitta”. Mi intima.

La guardia grida di fermarci, ma ormai sia usciti dalla folla e siamo diventati invisibili ai suoi occhi.

Ci nascondiamo dietro un venditore di vasellame. Lucio sta riflettendo sulla situazione. Io non mi sono calmata del tutto e non so stare ne ferma né zitta.

“Se ti arrestano Ellen, ti buttano in carcere e non ne esci più, stai zitta per favore, cerca di capire la situazione ora è davvero brutta. Se ti arrestano ora, sei finita.”

Invece di tranquillizzarmi Lucio mi agita ancora di più.

“Voglio andarmene, voglio tornare a casa mia, non so dove sono, non ci capisco più nulla, non riesco a capire se questo è il tuo mondo o il mio volutamente artefatto, Lucio basta te ne prego!”

Gli sto urlando in faccia, lui mi ha preso un braccio, me lo stringe e non mi lascia andare via. Non sto zitta, alcuni passanti ci stanno guardando. A un certo punto Lucio mi assesta uno schiaffone. L'effetto è quello forse da lui voluto e zittisco in un attimo.

"Ora ti prego calmati, risolverò tutto, seguimi per favore e cerca di non attirare l'attenzione".

Ci avviamo verso una strada parallela alle mura. In lontananza si sente il vociare della gente alla porta. La via è quasi deserta, sull'altro lato c'è campagna e solo qua e là qualche catapecchia. S'intravedono anche dei ruderi dell'epoca romana, marmi specialmente. A un certo punto ci fermiamo in corrispondenza di un blocco di marmo dalla forma incerta ma probabilmente una parte di un architrave. Dietro di essa nascosta s'intravede una breccia nel muro, qui ormai quasi crollato su sé stesso. Bisogna inginocchiarsi ed entrare gattoni per attraversarla camminando sui materiali di crollo costituiti da rossi mattoni. Lucio ha paura che io non lo segua, in quanto dalla breccia si passa solo uno alla volta perché molto stretta. Ma cos'altro potrei fare a questo punto se non seguirlo!

"Vieni Ellen, da ragazzo passavo sempre di qui per entrare e uscire dalla città."

"Sì, sì."

Con una certa difficoltà vediamo la luce dell'altro lato. Usciamo però più in alto rispetto all'entrata e ci dobbiamo calare con tutte le cautele. Siamo in un vicolo, fra mura e fabbricati.

"Lucio dimmi, dove mi stai portando per favore, lo voglio, lo devo sapere non ti pare!"

"Hai ragione Ellen, scusami non ti ho detto prima eri troppo agitata e non sapevo se mi avresti seguito. Andiamo in una foresteria per pellegrini, gestita da frati che conosco bene. La mia idea è questa: ti faccio dare un buon letto, senza pulci ovviamente." Cerca di farmi sorridere e sdrammatizzare l'incerta situazione.

"Ti daranno anche una buona cena visto che ormai è sera e fra poco ci sarà buio, lì sarai al sicuro e starai tranquilla, nessuno t'importunerà stanne certa. Domani mattina poi vedremo cosa fare. Voglio che ti riposi, oggi hai avuto una giornata davvero straordinaria e molto tesa. Devi riposarti Ellen domani vedremo."

Già pensare al domani mi fa paura, domani cosa! Cosa mi potrà succedere ancora! Sono stanchissima ho bisogno davvero di riposarmi e di mangiare qualcosa. Può essere una buona soluzione, mi porta in un monastero penso o giù di lì.
"Va bene Lucio, portami dove vuoi, mi fido di te."
Mi viene in mente che ho il mio zaino nella casa degli zii e glielo faccio presente.

"Ellen non preoccuparti vado io a prenderlo e poi te lo porto in foresteria, stai tranquilla."

Dopo qualche vicolo finalmente arriviamo a un portone. Lucio batte il batacchio più volte. Dall'altra parte si sentono dei passi, poi il rumore di un catenaccio.

Ci apre un frate in saio con una lunga barba bianca. Ci scruta, poi riconosce Lucio.

"Fratello Lucio cosa ti porta qui?" Chiede.

"Fammi entrare fra Gaudenzio che ti spiego."

Ci fa largo e ci fa entrare all'interno. Siamo in un cortile delimitato da un portico su tutti i quattro lati e con al centro un pozzo di marmo decorato a sbalzo.

Si apparta e sento che gli parla sottovoce. Il frate anche.

Poi si rivolge a me e mi chiede:

"Hai con te un documento che attesti il tuo pellegrinaggio con le motivazioni per le quali hai intrapreso il tuo cammino?"

Lo guardo perplesso.

"Ho una cosa di questo genere nel mio zaino che mi è stata rilasciata in Francia, non so se può andare però."

"Tranquilla non ci sono problemi comunque, solo che per essere ospitata qui la Confraternita lo richiede."

"Va bene, fai tu." Gli rispondo.

"Ora tu vai con fra Gaudenzio, ti darà un buon letto in una camera da sola, e ti porterà una cena. Nel frattempo Io vado a prenderti lo zaino e te lo riporto."

La stanza è su al primo piano, l'accesso avviene da un lungo corridoio, dove si susseguono tante piccole porticine probabilmente di altre stanze. È piccola, su un lato si trova un letto con un materasso coperto da un bianco lenzuolo, che mi affretto a controllare se è pulito e se ha delle pulci. È tutto in ordine. Una piccola finestrella e posta nel centro della parete di fronte all'ingresso della stanza. In essa ci sono inoltre un piccolo tavolo sopra il quale c'è una candela, sotto di esso uno sgabello, vicino nell'angolo un inginocchiatoio con un crocefisso, in terra vicino al letto un vaso, presumo per i propri bisogni.

Mi sistemo sul letto, ma non riesco a prendere sonno in quanto poco dopo fra Gaudenzio mi bussa e mi allunga una ciotola con una calda minestra di fagioli e un cucchiaio di legno, un pezzo di pane bianco, un piccolo pezzo di puzzolente formaggio, un bicchiere in cotto con acqua fresca.

Pongo il tutto sul tavolino. Ringrazio congiungendo le mani a mo' di preghiera.

"Dio ti benedica." Mi dice senza aggiungere altro.

È tutto molto buono, mangio avidamente. La stanchezza mi ha stremato. È ormai quasi buio. È ora di riposare mi dico e mi corico sul letto coprendomi il capo con il bianco lenzuolo e subito sprofondo in un sonno profondo.

7

Sono ancora tutta sotto il lenzuolo in dormi-veglia mi voglio isolare il più possibile dall'esterno. Devo aver dormito parecchio, dal lenzuolo penetra un chiarore intenso, è già giorno avanzato penso. Non voglio pensare a cosa mi aspetterà oggi, non ho voglia di alzarmi da qui. Lo farò quando mi chiamano, quando verrà Lucio o fra Gaudenzio. Sento delle voci in lontananza e strani rumori.

Sento che la porta si apre.

"Ciao Lucio sei arrivato? "Da sotto il lenzuolo.

Sento i passi verso di me.

"Ciao Ellen, non sono Lucio sono Gianni".

Scosto il lenzuolo, lo sguardo corre verso di lui. Mi sorride mentre mi si avvicina.

"Come stai oggi dormigliona?" Mi chiede allegramente.

Mi guardo in giro stupefatta e mi rendo conto di essere in una stanza di ospedale, sì un ospedale ma del duemila.

Lo guardo con attenzione fatico a ricordarmi di lui, e lui lo intuisce.

"Non ti ricordi di me Ellen, in Belgio, l'autogrill, il turco?"

Certo che sì, Gianni, l'italiano che mi ha tolto da quella situazione a dir poco sgradevole con quel turco.

Lo guardo e annuisco sorridendogli.

"Dove sono?"

"Sei in un ospedale a Roma, non ricordi?"

"No, ricordo altro ma non di essere stata ricoverata in un ospedale. Cosa mi è successo?"

"Ieri hai avuto un collasso sul sentiero della Francigena, un ragazzo, quel Lucio con il quale mi hai confuso ti ha portato prima a casa sua, poi sei svenuta, si è spaventato ed ha chiamato un'autoambulanza. Al pronto soccorso poi hai sostenuto degli esami, poi una flebo, ti sei ripresa e la pressione si è normalizzata ma eri agitatissima, urlavi frasi sconnesse, dicevi di voler tornare nel duemila e altre sciocchezze, almeno così mi ha detto il medico del pronto soccorso, così ti hanno dato dei calmanti e messa a letto per una notte, forse sai essendo straniera un poco di attenzione in più te l'hanno dedicata. Oggi ti dimettono comunque tranquilla."

Mi metto a sedere sul letto. Mi hanno fatto indossare un lungo camice bianco. Appoggio i piedi sul pavimento.

"Vuoi alzarti? Ti aiuto?"

"No grazie sto bene così. Ma scusami tu?"

" Io! Se vuoi sapere come ho fatto ad arrivare qua ti spiego subito, spero di non darti fastidio comunque."

"Non essere sciocco Gianni, se ti raccontassi io, mi faresti ricoverare in neuro. Raccontami per favore."

"Mi hanno contattato in quanto hanno visto sul tuo cellulare che l'ultima chiamata l'hai fatta a me a 'Gianni Roma' pensando che fossi il tuo ragazzo. Quando mi hanno contattato, ero qui in tangenziale con il camion, al momento quando mi hanno comunicato il tuo cognome, gli ho detto che non ti conoscevo, dopo di che quando mi hanno precisato che ti chiami Ellen e che hai avuto un collasso sulla via Francigena, forse dovuto a un'indigestione, ho capito subito che stavano parlando di te, ho lasciato il camion in un parcheggio e mi sono fatto portare subito qui al pronto soccorso da un mio amico, dove ti ho parlato, ma eri già sedata e non mi hai risposto e probabilmente ne riconosciuto. Tutto qui in pratica."

"Ah! Che casino che ho fatto. Sai se hanno fatto sapere qualcosa, hai miei per caso?"

"No i tuoi non sanno nulla, hanno interpellato il tuo consolato qui a Roma e con loro hanno deciso, visto che le tue condizioni si stavano normalizzando, di non spaventarli. Avresti deciso tu oggi nel caso."

"Meno male, chissà che spavento per nulla avrebbero preso, ma di quel ragazzo, Lucio non hai più saputo nulla, mi piacerebbe poterlo ringraziare."

"Si è fatto vedere ieri in tarda serata, ti ha portato il tuo zaino, ho controllato hai dentro tutto, penso che non manchi nulla, documenti, denari, carte di credito ci sono. Non ha lasciato nessun numero di telefono e ne indirizzo, ma al pronto soccorso sanno, dove sono venuti a prenderti, quindi nel caso penso che lo possiamo rintracciare, se vuoi, lo facciamo assieme."

"Ora stai bene, fra poco verrà il dottor Gaudenzi che ti preparerà il foglio di dimissioni, poi mi dirai tu dove vuoi che ti porti"
Gaudenzi! Fra Gaudenzio! Boh!

"Semplicissimo voglio da qui andare a piedi fino a San Pietro e terminare il mio cammino con una dovuta preghiera di ringraziamento. Poi se mi consigli un buon hotel! Sai vorrei fermarmi qui alcuni giorni a riposare. E poi … questa sera sei mio ospite a cena, ho un debito con te anzi di più. Mi devi portare però tu a Trastevere in qualche osteria di borgata, dove mangiare la vera cucina romana, cosa ne dici?"

"Sono a tua disposizione, non aggiungo altro solo ben volentieri."

Ho il cellulare sul tavolino, lo prendo e scorro gli ultimi messaggi che non ho letto. I miei, Giorgia, e mio cugino Olaf. Non sanno nulla, meglio così. Vado alle foto, le ultime sono di una casa immersa nel verde dove alcuni bambini stanno giocando e di Roma vista in lontananza. Non sono però le foto che ho scattato, la casa era ben diversa e Roma non è quella della foto. Va bé lasciamo perdere, meglio non pensarci più.

“Ok Ellen vestiti dai che ce ne andiamo da qui. Sai una curiosità Ellen! Ti sei presa i pidocchi, ne eri piena, ma erano morti ed i capelli puzzavano di aceto.” Se la ride di gusto Gianni, io molto meno invece. Pidocchi uffa com’è possibile!

“Ti aspetto qui fuori, fai con calma.”

“Ok mi faccio una doccia veloce, mi vesto e poi andiamo a ritirare le dimissioni. Aspettami in sala d’attesa che arrivo lì.”

Vado in bagno, mi guardo allo specchio. Mi rendo conto vedendomi di non aver passato una gran giornata ieri. Mi spoglio e mi metto sotto la doccia, calda e rilassante.

Mentre mi lavavo, mi soffermai sulle mie cosce, mi bruciavano nei punti, dove sono segnate da alcune rosse escoriazioni lineari.

Maddie

1

Andrea era a Roma da tre giorni, domani sarebbe ripartito verso una destinazione che conosceva bene: casa.

Aveva impiegato una quarantina di giorni per arrivare a Roma dal Colle del Monginevro, località della Val d'Aosta, da dove era partito. Camminare gli era sempre piaciuto, ancora da studente aveva percorso il Cammino di Santiago tre volte su tre tragitti diversi. Ha sempre amato camminare da solo, gli piace quel silenzio che impregna lo spazio intorno a lui, che gli permette di vedere le cose in modo diverso, soprattutto di pensare non assillato dal vociare di altri pellegrini. Si era laureato da pochi mesi e si era permesso di prendersi alcune settimane per percorrere la Via Francigena, una vacanza prolungata che sarebbe stata, a suo parere, forse l'ultima, visto che era stato assunto in uno studio di architettura, dove a breve avrebbe perfezionato il suo apprendimento per diventare, in un futuro, un libero professionista. Aveva ancora alcune settimane libere davanti, però di ritornare subito a casa, non gli andava proprio. Odiava quell'appartamento che gli rievocava troppi brutti ricordi e dove viveva da solo, da quando la sorella maggiore si era sposata e trasferita nel capoluogo di provincia. Voleva un mondo di bene a sua sorella Alma, che l'aveva cresciuto da quando i loro genitori erano scomparsi in un tragico incidente stradale. Vista la differenza di età, gli aveva fatto come da mamma e da papà, con il risarcimento dell'assicurazione gli aveva permesso di studiare e di prendersi una laurea in architettura. Poco prima della sua laurea, Alma si era sposata, e gli aveva lasciato l'appartamento libero, tutto per lui, libero di stare ancora più solo, di chiudersi nei propri pensieri, nei ricordi che lo tormentavano e delle colpe che lui si addossava per la morte dei genitori. Quel tragico giorno era il 13 di Dicembre, Santa Lucia, Andrea si era svegliato presto quella mattina, i giochi e i dolci lo aspettavano in un angolo nel salotto di casa, vicino all'albero di Natale. Giocò, fino a poco prima che i genitori lo prendessero in auto per portarlo alla scuola elementare, quella mattina lo accompagnavano ambedue, il destino aveva voluto così; erano tanto felici di contemplare la gioia del loro bambino con il gioco prescelto da tutti quelli ricevuti, che usanza voleva che gli scolari in quel giorno lo portassero a scuola. Il padre aveva chiamato al lavoro che avrebbe ritardato di un'ora, così da poter accompagnare sua moglie e suo figlio a scuola e godersi quel momento nel quale Andrea sprizzava allegria come non mai. Il destino, nel ritorno, gli aveva riservato ai suoi Cari una brutta sorpresa: la morte. Andrea sentiva dentro di un senso di colpa, di quella dimostrazione di gioia che aveva quella mattina, secondo lui stupidamente e in modo esagerato, manifestato quel giorno fatale tanto da coinvolgere i suoi genitori ad accompagnarlo insieme a scuola con l'auto del papà anziché con il filobus che prendeva tutte le mattine con la mamma. Un orribile senso di colpa: quello di ritenersi responsabile della tragica scomparsa dei suoi genitori, una ferita difficilmente rimarginabile.

Era tardo pomeriggio, Andrea aveva girovagato a piedi per Roma per tre giorni, visitando non solo i luoghi più turistici, ma anche alcune "chicche" prescelte, che come studioso dell'architettura voleva ammirare ripercorrendo quanto studiato sui libri. Era lontano dall'ostello dove dormiva in camerata con altri quattro pellegrini, il sole era scomparso dietro alcune scure nubi, il temporale a breve avrebbe dato il meglio, alcune gocciolone già cadevano sull'asfalto rumoreggiando, 'meglio cercarsi un riparo molto velocemente prima che diluvi' pensò il pellegrino.

'Entrare in un bar vuol dire consumare e questo non mi va' rifletté Andrea, sull'altro lato della via vide una chiesa, attraversò e si diresse verso il portone d'entrata, vi entrò e vide che erano aperte tutte e due le porte laterali. In quel mentre una volata di vento spazzò la strada muovendo polvere e cartacce, dopo alcuni secondi iniziò un nubifragio che lo indusse a rifugiarsi al suo interno.

La chiesa dedusse dall'impianto e dall'architettura e dai decori era probabilmente settecentesca, una navata unica con altare centrale e altri laterali. Dopo un primo momento di presa visione dell'interno, accompagnato dal frastuono del temporale, si accomodò sull'ultima panca la più vicina all'uscita. Non c'era luce al suo interno, la poca naturale che entrava da quattro alti finestrini posti appena sotto il volto del tetto, era ottenebrata dal temporale, in quell'oscurità Andrea si sentì assorbito dai ricordi dei giorni trascorsi durante il cammino sulla Via Francigena, soprattutto da alcuni momenti che l'avevano riportato indietro nel tempo a quando era un bambino a quando ancora mamma e papà erano con lui in vacanza in montagna. Una giovane copia stava giungendo a Roma con due gemelli probabilmente di tre o quattro anni portati in passeggino biposto, erano del Galles, stette con loro conversando alcune ore, poi li rivide poi la sera a tavola, dove fu invitato ad accomodarsi. Questo fu una di quelle circostanze che lo riportarono indietro nel tempo in parte con turbamento e in parte con contentezza.

Il silenzio era assoluto salvo il boato che ogni tanto lo fece sobbalzare, tanto che, causa anche della stanchezza di queste ultime giornate romane, decise di sdraiarsi sulla panca guardandosi bene da tenere i sozzi scarponi giù da essa. In quella posizione, complice l'oscurità che lo stavano facendo assopire, era tenuto vigile da un fruscio accompagnato da un suono di parvenza animale non ben identificato che attirò più volte la sua attenzione. Era così comodo su quella panca che il solo fatto di alzarsi da essa gli dava noia, ma la curiosità lo spinse ad alzarsi e mettersi seduto per prestare maggiore attenzione a quel suono che sempre più si faceva sentire. Intuì che proveniva dall'altro lato della navata, sempre più incuriosito si alzò e si diresse transitando nella parte centrale verso quello che ora appariva sempre più un laconico mugolare di provenienza animale. Identificata la provenienza da un altare laterale, intitolato da una grande pala dedicata a Santa Maria Maddalena raffigurata dal dipinto con lo sguardo verso una croce, attraversò il banco tendendo l'orecchio per identificare meglio la provenienza, in quanto in quell'oscurità era impossibile ravvisare chi lo produceva. Si accucciò e con la torcia del cellulare intravvide che qualcosa si muoveva nascosto dietro l'angolo dell'altare posto su un gradino. Due grandi occhi spuntarono all'improvviso, che al momento un po' lo intimorirono, erano tristi, ed appartenevano ad uno spaventato cagnolino. Seduto sul gradino gli si avvicinò tendendogli una mano. Il cagnolino percepì positivamente quel gesto e uscì dal suo nascondiglio strisciando sulla pancia verso Andrea.

“Ehi cosa fai tu qui?” gli sussurrò.

Quando gli fu vicino lo accarezzò sul capo e il piccolo guaì intimorito ritraendosi. Lo accarezzo più volte cercando di fargli capire che le sue intenzioni non erano certo malevoli. A quel punto il cagnolino si alzo sulle quattro zampe e scodinzolò sereno.

Era un cane di piccola taglia, probabilmente di neanche un anno di età, valutò Andrea, con gambe corte e con pelo lungo e folto color champagne, due lunghe e pelose orecchie a penzoloni gli contornavano il musetto, una coda a spazzola si muoveva in continuazione, ma quello che colpì di più Andrea furono i grandi occhi espressivi e brillanti che strappavano tanta tenerezza.

“Bello cosa ci fai qui, ti sei perso!” esclamò, spegnendo la torcia che lo infastidiva.

“Sa vieni qui che ti coccolo un po’, mi sa che sei un coccolone con quei due occhioni che ti ritrovi.”

Il cagnolino appoggiò il musetto appuntito sulla coscia di Andrea, alzò lo sguardo verso il viso con tenerezza cercando le sue carezze, che Andrea non gli fece mancare. Gemeva mentre Andrea gli si rivolgeva con tante belle parole, modulando la voce per quel cagnolino a cui voleva dare un momento di serenità. Ricambiando il cagnolino iniziò a leccargli la mano con la quale lo accarezzava, strofinando ogni tanto la testa su di essa.

“Che tenero che sei.” gli bisbigliò prendendolo in braccio e stringendoselo al corpo.

In quel frangente sentì che sotto tutto quel pelo c’erano solo ossa, era magrissimo e si capiva anche un po’ debilitato. Incuriosito gli alzò la coda.

“Ehi ma sei una femminuccia!” Esclamò.

Quasi non si accorse quando il temporale terminò con quella cagnolina sulle ginocchia, che ora aveva preso confidenza e giocava con lui girandosi anche a pancia in su per farsi grattare. Forse aveva fame e sete si chiese. Ma non aveva alcun cibo con lui. Gli venne spontaneo prendere con le mani un po’ di acqua dalla acquasantiera in marmo posta all’ingresso. Avidamente la cagnolina assetata bevve. Aveva sete, chissà da quanto tempo non beveva immaginò Andrea e chissà anche quanto appetito avrà.

Decise di uscire chiedendosi se la cagnolina lo avrebbe poi seguito, magari verso il bar dove avrebbe potuto acquistare qualcosa per rifocillarla.

Si diresse verso la porta dalla quale era entrato seguito da quel piccolo batuffolo di pelo che gli stava a fianco.

Una volta all'esterno capì che la cucciolina aveva timore della strada, in quanto era piuttosto ritrosa a seguirlo.

"Vieni dai, stammi vicina, non temere." gli sussurrava.

Attraversarono la via certo che nessuna automobile transitasse e si diresse verso il bar posto sull'altro lato, in una piccola e tranquilla piazzetta, dove si accomodò ad un tavolo all'esterno. Il cameriere dall'interno notò il nuovo cliente e si recò al tavolo per l'ordinazione.

"Ehi piccola sei qui anche tu!" Disse rivolto alla cagnolina.

"La conosce allora?" Rispose Andrea.

"Eh sì, la vedo ogni tanto, quando viene qui da qualche benevolo cliente a raccattare qualche pezzo di pane o altro. Poi entra in chiesa e non la vedi più. Penso che sia terrorizzata dalle auto, qualche settimana fa è stata investita da un'auto, ma fortuna vuole che sia passata sotto, piccola com'è, senza essere schiacciata dalle ruote. Aveva preso solo una botta, di certo leggera, alla testa e sanguinava un po'.

"Si vede che è messa male, ma non ha un padrone? Sarà pure nata da qualche parte!"

"Molti la conoscono specialmente chi frequenta la chiesa, qualcuno di nascosto del parroco gli porta qualcosa da mangiare, ma non è di nessuno. Le posso portare qualcosa?"

"Sì, mi porti un panino con prosciutto cotto, e un'acqua naturale per favore. È tanto dolce, mi si è affezionata subito, guarda è qui accucciata sotto il tavolo con il capo sul mio piede."

Come se sapesse che stavano parlando di lei, la piccola alzo il capo ed emise un breve guaito.

"Ha fame poveraccia, portami quel panino che ce lo dividiamo."

"Faccio in un attimo". Aggiunse il cameriere allontanandosi dal tavolo.

Poco dopo arrivo con un sacchetto, che Andrea aprì, con grande manifestazione di felicità della cucciola che da sotto il tavolo si spostò verso Andrea scodinzolando e guardandolo felice con quei due occhioni che lasciavano trasparire anche tanta malinconia.

"Sei svelta hai già capito tutto!" Ammise il cameriere.

"Ha una bella fame, mi sa che è un po' che non mangia." Rispose Andrea.

"Le ho messo nel panino doppia porzione di prosciutto, ovvio gratis, lo apra un po' di nascosto, non vorrei che la signora alla cassa lo veda; mi farebbe una bella ramanzina."

"Grazie, sei una brava persona, lo apro da sotto il tavolo, così non si vedrà nulla."

Non fece in tempo ad aprirlo che la cucciola si era alzata sulle due zampe posteriori appoggiandosi a fatica con le altre sulla coscia di Andrea. Si passava la lingua e guardava Andrea, come se già sapesse che qualcosa gli sarebbe arrivato.

Andrea prese un po' di prosciutto e lo avvolse in un po' di mollica e glielo porse, lo ingoiò quasi senza masticare, così fece con altri bocconi che mangiò con voracità."

Poco dopo arrivò il cameriere con una ciotola di metallo al cui interno c'era dell'acqua, che appoggiò vicino al piede del tavolo.

" "Un po' di acqua altrimenti questa si strozza." Chiarì sorridendo e spostandosi verso un altro tavolo dove due turisti erano appena arrivati.

La piccola mangiò avidamente quasi tutto il prosciutto ma anche parte del pane, tanto che Andrea si preoccupò che poi non stesse male, ma bevve anche parecchio e si tranquillizzò. Pagato, nel mentre si alzava e ringraziava l'altruista cameriere, la cagnolina si scostò da lui e si diresse verso il piede di uno degli ombrelloni, dove defecò un piccolo stronzo. A quel punto la signora alla cassa gridò "Sempre sto cane a sporca de merda, se lo porti via, e tu, (rivolta al cameriere) ricordati che domani dobbiamo chiama el comune che mandino qualcuno a prende sto randagio."

Il cameriere accenno un dovuto sì, guardando Andrea alzando gli occhi al cielo per manifestare tutto il suo disappunto.

"Non si preoccupi ora pulisco io." Rispose Andrea rivolto alla cassiera. Con alcuni fazzolettini di carta del tavolo raccolse l'escremento e buttò il tutto in un cestino.
"Ora però devo andare, sa vieni con me che attraversiamo la strada assieme e ti accompagno in chiesa." Gli sembrava cosa normale parlare ad un cane, sapeva che la cagnolina lo ascoltava, apprezzava quel suo amichevole tono di voce, saltandogli in continuazione sui polpacci. Forse pensava di aver trovato un padrone, finalmente qualcuno che l'avrebbe portata con sé.

Una volta attraversata la via, Andrea fece più volte il tentativo di farla entrare in chiesa, ma lei lo seguiva sempre verso l'uscita. Andrea non sapeva più cosa fare, e in continuazione gli diceva "Ora tu devi stare qui, non posso portarti con me." Ad un certo punto visto che si stava facendo già tardi per rientrare in ostello, Andrea stanco, la lasciò e con passo veloce si affrettò lungo la via sperando che la cucciola non lo seguisse.

Dopo una decina di minuti prima di entrare in ostello si girò, come aveva già fatto più volte, per vedere se la piccola lo aveva inseguito. Era dietro di lui alcune decine di metri, non sapeva più cosa fare, gli dispiaceva, ma non poteva fare altrimenti si diceva cercando di consolarsi con una forse banale scusante. Entrò nell'ostello dove dopo una doccia veloce, si coricò nella sua branda nella camerata dove alcuni turisti stavano già dormendo.

Fu una notte tormentata, dormì pochissimo, pensando in continuazione alla povera cucciola che forse aveva sperato in lui un buon padroncino. Si sentiva scosso da questo suo malcelato disinteresse verso quella piccola dai tristi occhi. Si chiedeva se fosse ritornata nella chiesa dove l'aveva trovata, sperando che non fosse finita travolta da qualche auto. Si sentiva in colpa, se gli fosse accaduto qualcosa, tanto che si era proposto l'indomani prima di partire di recarsi in quella chiesa per vedere se c'era e stava bene.

La notte non passava mai, e così decise di alzarsi prima dell'alba verso le cinque e mezza di mattina per riprendere il suo cammino di ritorno sulla Via Francigena. Voleva percorrere a ritroso il percorso fatto la sera prima per rientrare in ostello, sperando di non vederla senza vita ai bordi della via. Raccolse lo zaino cercando di non far rumore in quanto gli altri sei ospiti erano ancora nel mondo dei sogni, scese le scale, aprì il portone chiuso dall'interno ed uscì in strada ancora illuminata dalla luce giallognola dei lampioni. Si guardò da una parte e sé dall'altra, ma lei non c'era. Mentre stava iniziando a camminare verso la chiesa, sentì che un cane abbaiava debolmente, cercò di capire da dove proveniva quel languido suono fino a quando la vide sull'altro lato della via seminascosta all'interno di un buio androne di un portone. La felicità fu tale che non si accorse dell'auto che frenò bruscamente mentre attraversava la strada, raggiunta si accucciò, la accarezzo, la prese fra le braccia e se la strinse al petto, mentre una lacrima di gioia gli rigava il volto.

"Tu ora vieni con me, ti porto a casa, non ti lascio più piccola mia e scusami se non l'ho fatto già ieri."

Quasi intuendo le intenzioni di Andrea, la cucciola era come impazzita, era un continuo saltargli addosso abbaiando fra una leccata in faccia e l'altra mentre il neo padroncino si era seduto sul marciapiede per sentirla ancora più vicina.

"Non so come faremo cucciola, sia per rientrare perché ci sono tanti chilometri che dobbiamo fare a piedi, sia dopo nel una volta a casa, ma ce la faremo, se il destino ti ha messo sulla mia strada ci sarà un motivo, forse abbiamo proprio bisogno uno dell'altro."

Passò una buona mezz'ora, il sole aveva già illuminato Roma e le luci pubbliche si erano già spente. Andrea nel frattempo stava pensando come organizzare il tutto, perlomeno per questa giornata, che si era detto dovrò fare gioco forza ancora a Roma, 'quindi prima di tutto devo trovare una sistemazione per questa notte, chiederò qui in ostello se accettano i cani oppure dovrò cercare da qualche altra parte, poi la porto da un veterinario per farla visitare e da un negozio di toelettatura per cani per lavarla bene, dovrò prenderle qualcosa da mangiare ciotola, collare, guinzaglio ed altro che mi può servire, mi farò consigliare dal veterinario su cosa possa farle bene' questi ed altri erano i pensieri che Andrea rimuginava in continuazione nel dubbio che tutto procedesse così come si era proposto.

La prese in braccio, non si fidava a lasciarla camminare da sola, il traffico stava aumentando ed in fin dei conti era leggera. Si soffermò davanti ad una catasta di immondizia che spesso purtroppo da qualche tempo insozzava la Città, perché vide un borsone ricolma di oggetti metallici che poteva fare al caso suo. Aveva delle cinghie in stoffa agganciante alla borsa con dei ganci metallici, prese il coltello dallo zaino, stacco le due cinghie, le unì, tagliò poi un pezzo di stoffa stretto e lungo circa venti centimetri con il quale formò un collare che legò al collo della cucciola con un fiocco giallo, vi collegò le due cinghie unite ed ecco risolto il problema più impellente un guinzaglio per portarla in giro.

Fece colazione al bar della sera prima, quando il cameriere vide che era ancora con lui e con tanto di guinzaglio dimostrò tutto la sua gioia con una fetta di prosciutto alta quasi un dito.

"La signora non c'è ancora, arriva più tardi e questo è per la piccola. Sa, mi sarebbe piaciuto tenerla, ma nell'appartamento in cui vivo siamo più persone e gli altri non gradirebbero di certo."

Andrea gli disse che era un pellegrino e che era venuto a Roma a piedi ed ora era sua intenzione ripercorrere a ritroso quasi tutto il percorso per tornare a casa. Poi approfittando della gentilezza del cameriere ebbe alcune informazioni riguardo ad un veterinario della zona, nonché di in negozio di toelettatura con annesso negozio per articoli per cani.

Quando si alzò dal tavolo, il cameriere lo salutò con un abbraccio mettendogli nelle mani un bigliettino.

"Andrea, sia così gentile, quando sarà a casa mi mandi una foto della cagnolina?"

"Sarà un vero piacere, anzi ti manderò anche un video. Grazie di tutto soprattutto a nome suo, ti manderò qualche messaggio durante il rientro, ma stai tranquillo fa già parte della mia vita."

"L'ho capito così come l'ha capito lei. Buon cammino Andrea."

Già prima delle nove Andrea si era piazzato davanti al negozio per cani consigliato dal cameriere, come aprì, vi entrò con la cucciolina al guinzaglio. Una ragazza chiese, facendo già amicizia con la piccola, in cosa poteva essere utile.

"Vedi in che condizioni è la piccola, l'ho raccolta per strada ed ora voglio portala a vivere con me. È sporca e puzza, probabilmente ha anche le pulci, inoltre il pelo sulle orecchie si è ispessito come i capelli di un rasta, sai io non me ne intendo, vedi tu cosa fare, poi la porto da un veterinario per una visita generica."

"Tranquillo ci pensiamo noi, venga fra un'ora e un quarto a prenderla, poi passeremo in negozio dove vedremo cosa le può essere utile."

"Bene, ci vediamo dopo, grazie."

Nel frattempo, Andrea si recò dapprima da un bancomat a ritirare dei contanti in previsione di dover fare dei pagamenti, poi all'ostello dove dovette prenotare una singola in quanto altrimenti non era possibile pernottare con la cagnolina in camerata, come già aveva pensato. Certo il costo era tre volte tanto, ma non c'erano altre soluzioni. Già pensava che questa decisione si sarebbe ripresentata tante altre volte durante il rientro e questo "imprevisto gli sarebbe costato di certo parecchio, molto di più di quanto gli era costato il tragitto di andata. Aveva anche valutato di tornare in treno, ma non voleva rinunciare alla Via Francigena che tanto lo aveva appassionato durante quelle settimane. 'Al limite, se proprio, un treno lo posso sempre prendere se sarà necessario, valutò'. Il dubbio era se la cucciola ce l'avrebbe fatta a fare tutto il percorso a piedi, ma nel caso poi nel negozio avrebbe acquistato uno di quei zaini appositi con il quale si sarebbe caricato sul davanti la cucciola quando ne sentiva la stanchezza. Sì ce l'avrebbe fatta. Ci sarebbero stati imprevisti di certo, ma li avrebbe risolti a mano a mano che si presentavano.

All'ora pattuita si recò nel negozio, e vide la piccola, quasi irriconoscibile, aveva il pelo lustro pulito e tagliato, le orecchie non avevano più quel pelo ammassato che era stato tolto e acconciato con un taglio che sorridendo disse alla commessa 'mi ricorda Raffaella Carrà'. Il viso era bel pulito e gli occhi ora si vedevano molto bene ed anche per lei questo era una cosa buona.

"Le abbiamo dato anche un trattamento contro pulci e zecche che dura un mese, nella confezione ce ne sono altri tre tubetti, si ricordi fra un mese di applicarne un altro in mezzo alle scapole. Non aveva pulci comunque, forse perché è troppo piccola. Le abbiamo messo questo collare che gli sta molto bene, ma se vuole la targhetta dove apporre il nome e il suo numero di telefono servirebbe anche dirmi come si chiama così gliela faccio incidere."

"Sa che non gli ho ancora dato un nome, lei cosa mi consiglia, io sarei banale."

"Ci sono tanti nomi se vuole lì ce un libro dove può trovarne uno che le piace, io non voglio darle nessun suggerimento il nome deve darglielo lei, così la sentirà più sua."

"Vero hai ragione, mi faccia pensare. L'ho trovata ieri in una chiesa, dietro ad un altare dedicato a santa Maria Maddalena, cosa ne dice?"

"Maria quindi o Maddalena, nomi troppo umani, non trova!"

"Hai ragione, se la chiamassi Maria chissà quanta persone farei girare convinte che io stia chiamando loro. Cosa ne dici di un diminutivo anglicizzato di Maddalena, magari come Maddie!"

"Direi che Maddie è bellissimo!"

La cucciola sentendo quel nome abbaiò quasi per intervenire nella conversazione e confermare.

"Ok l'ha confermato anche lei e allora Maddie sia." Aggiunse sorridendo.

Uscì dal negozio carico di tutto e di più con la Maddie nello zaino che dormiva, aveva speso una piccola fortuna, ma non la rimpiangeva, era contento specialmente nel vederla così affettuosa con lui. Non aveva ancora il suo zaino che aveva lasciato in ostello, ma già pensava che il peso che doveva portare era aumentato bene e che sarebbe stato forse a lungo andare un bel problema. Oltre a Maddie, che avrebbe potuto anche fare qualche tratto camminando, aveva la pappa secco e umido come consigliato bastante per una decina di giorni, due ciotole per pappa ed acqua della quale avrebbe avuto una scorta a parte ad uso esclusivo della cucciola. Ora restava la visita del veterinario con il quale aveva preso appuntamento per il tardo pomeriggio.

Il veterinario attestò che la piccola Maddie era in salute e poteva avere dieci o dodici mesi al massimo. Suggerì ad Andrea, una volta arrivato a casa, di recarsi da un veterinario per fare gli opportuni vaccini, registrala e apporgli il microchip identificativo, nel frattempo gli avrebbe fatto un documento attestante che la piccola era stata visitata ed era di sua proprietà. Ringraziato per l'appuntamento ricevuto così rapidamente pagò e si recò con la cucciola al guinzaglio all'ostello dove l'avrebbe lasciata sola in camera intanto che si recava in trattoria a consumare un pasto, visto che era a digiuno dalla mattina.

Entrato in camera, la liberò, la prima cosa che fece fu saltare sul letto ed accucciarsi. Andrea gli si sdraiò accanto e la accarezzo parlandole con tenerezza. "Aspettami qui che torno subito, stai tranquilla e non abbaiare mi raccomando." Le disse.

Consumata la frugale cena, recatosi in camera trovò la piccola immersa in un profondo sonno. Gli si sdraiò accanto pensieroso e un po' preoccupato su come avrebbe affrontato le giornate sulla Via Francigena e su come avrebbe potuto risolvere tutte le problematiche che gli si erano per ora solo manifestate una volta a casa. Poi stanco della giornata prese sonno e si addormento con Maddie che gli si era messa con il sedere rivolto verso il suo viso mentre gli leccava una mano.

2

La notte passò come se tutti e due fossero abituati da sempre a dormire assieme. All'alba la luce del giorno che entrava da una finestra senza scuri, li svegliò entrambi.

"Ciao bionda, hai dormito bene?"

Maddie posta sul fondo del letto, sentendo la voce amica si stiracchiò, si alzò sulle quattro zampe e scodinzolò rivolta verso il suo padroncino.

"Sei pronta a partire, oggi si inizia, andiamo a casa, casa tua piccola, vedrai che ti piacerà, ne sono certo."

Alzatosi si recò in bagno e sorpresa: sul tappetino del bagno c'erano i resti di una pisciata e del solido defecato dalla piccolina. E sì devo incominciare a valutare come far fronte anche a questo imprevisto, dovrò portarla forse fuori e farle fare in suoi bisogni prima di andare a riposare, pensò. Prese della carta igienica raccolse l'escremento e lo buttò nel water, poi prese il tappetino, che fortuna vuole fosse di plastica e lo lavò nel bidet. La piccola si era messa sulla porta del bagno intenta a guardare cosa Andrea stava facendo, poi si diresse verso il bidet, vi si appoggiò con le zampe e bevve ripetutamente mentre il suo padroncino la guardava esterrefatto e sorridente.

"È brava piccola sai arrangiarti bene vedo." Disse accarezzandola.

Messo lo zaino in spalla e il trasportino della Maddie sul davanti come fosse uno zainetto per neonati, legò la cucciola al guinzaglio, scese le scale e uscì dall'ostello iniziando questa nuova avventura, ma questa volta non più in solitaria ma con una nuova ed intrigante amica. Attraversarono Roma puntando verso nord, su strade che aveva già percorso, ma che viste al contrario spesso lo rendevano incerto su come proseguire, allora Andrea si girava in senso contrario, come se stesse percorrendo la Via in entrata, cercando di ricordare il tragitto che doveva comunque ripercorrere al contrario. La via Trionfale come poi la successiva Cassia lo terrorizzava, erano due strade molto trafficate e temeva per Maddie, tanto che a volte, timoroso, per attraversamenti o per punti piuttosto pericolosi se la prendeva in braccio. Una volta uscito dalla metropoli fu tutto più semplice, la Via Francigena era segnata in bianco per chi usciva, ma l'aiuto per il quale non poteva sbagliare il percorso, erano i pellegrini che ogni tanto incontrava. Alcuni di questi proseguivano diretti con passo svelto e manco salutavano presi nella foga dell'arrivo, altri invece, specialmente pellegrine, si fermavano per una carezza alla piccola Maddie che felice di questi incontri balzava in continuazione sulle gambe del viandante abbaiando cercando di attirarne l'attenzione e ricevere più coccole possibili. Andrea era felicissimo con una punta di vanto della felicità che la sua cucciola manifestava verso gli altri. Durante la tappa che era di una ventina di chilometri con arrivo a La Storta, si dovette fermare più volte sia per dar darle da bere, ma più spesso, perché il guinzaglio con cordoncino retrattile di cinque metri permetteva alla Maddie varie soste che si prendeva per annusare nuovi odori a lei sconosciuti, spesso orinate di cani e carogne di animali nelle quali tendeva a strusciarsi sopra, con grande disappunto di Andrea.

'Chissà se ha mai visto un prato' si chiese Andrea vedendola camminare sulla riva della capezzagna sommersa dal verde dell'erba, dalla quale a mala pena spuntava la coda a spazzola.

A La Storta si scontrò con un problema che avrebbe ritrovato anche in altre tappe. Negli ostelli dove il costo era accessibile per un pellegrino non erano ammessi i cani, provò a contattare altre strutture, ma il costo era eccessivo. Nel tardo pomeriggio trovò una sistemazione non proprio ottimale per tutti e due. L'ospitaliere, forse commosso dalla storia raccontatagli da Andrea, gli procurò un materasso che dispose sul pavimento della zona comune dove i pellegrini facevano colazione la mattina.

"Qui potrai stare fino a domani mattina, fino a quando i pellegrini scenderanno per fare colazione comunque. La piccola starà qui con te, bada che non sporchi però, mi raccomando. Quando si sveglia prima che vengano gli altri, mi faccia un favore, prenda il materasso e lo porti nello sgabuzzino dove l'ha visto prendere. Ok?"

"Certo, non si preoccupi, non le creeremo nessun fastidio, stia tranquillo. Grazie per la comprensione." Rispose Andrea.

Così fu, la serata passò con la Maddie che intrattenne buona parte dei pellegrini saltando da uno all'altro accoccolata e viziata. Due di essi si offrirono di cedergli la branda in camerata, che Andrea per ovvi motivi gentilmente rifiutò.

La mattina fatto colazione con altri pellegrini, rifocillata la cucciola ripartirono alla volta della seconda tappa. La notte era trascorsa in sostanza bene, il materasso non era poi così male, Maddie l'aveva fatto svegliare mugolando perché aveva bisogno di defecare, si erano recati fuori nel prato del cortile dove lei aveva fatto i suoi bisogni poi raccolti da Andrea e buttati nella pattumiera. "Sei stata bravissima." Si complimentò Andrea.

Mentre Andrea camminava, il visino spuntava dal trasportino, era tranquilla e sicura come se per lei fosse cosa normale. Era un continuo guardarsi in giro ed ogni tanto abbaiare a qualche cane che si incontrava o a stranezze quali ad esempio un sacco dell'immondizia posto sulla strada che scambiava timorosa per chissà che cosa. Andrea cercava di farla camminare il meno possibile sia perché non voleva che si stancasse sia perché altrimenti il tempo della tappa si prolungava notevolmente viste tutte le soste che la cucciola si prendeva. Già nella prima tappa se ne era accorto, invece di quattro ore ce ne aveva impiegate oltre cinque. Non poteva permettersi notevoli ritardi in quanto preferiva sempre arrivare sul posto con largo anticipo per trovare una buona sistemazione, sempre non facile, e sistemarsi al meglio. I pranzi erano frugali, in quanto come all'andata si trattava di solito di un panino o scatolette, dando preferenza alla cena per una buona pasta o zuppa e della carne. Nelle trattorie dove di solito si recava la cena era a un prezzo modico con menù cosiddetto del pellegrino ma i cani non erano ammessi all'interno del locale, salvo qualche eccezione, nelle quali la Maddie zitta e tranquilla si sistemava sotto il tavolo ai suoi piedi. Quando invece era impossibile portarle con sé allora optava per cibo da asporto consumato su una panchina o in un prato.

Tutto procedette bene, solo una volta in Toscana visse una brutta esperienza che gli fu utile per il futuro. Stavano transitando su una strada comunale asfaltata e assolata, la Maddie era al guinzaglio quasi come sempre con un tutto i cinque metri del filo liberi, dall'altro lato proveniva una coppia di locali di mezz'età con libero un cane meticcio di grossa taglia a pelo lungo nero con chiazze bianche, pareva un incrocio fra una Pastore Maremmano e un Border Collie. Vedendolo, Andrea prontamente richiamo la Maddie riavvolgendo il filo. Vedendolo timoroso la signora lo tranquillizzò dicendogli che era un giocherellone ed era buono come il pane. Il meticcio si avvicinò alla Maddie che dubbiosa camminava ritrosa dietro Andrea con le orecchie basse, impaurita. La annusò, la stazza del cane sovrastava la Maddie, Andrea si era fermato ed in continuazione cercava di allontanarlo con ripetuti 'va via' e 'a cuccia'. I proprietari ripetevano ' stia tranquillo vuole solo giocare' ma Andrea era preoccupato solo a vedere la notevole differenza di taglia fra i due, a un certo punto il meticcio senza motivo apparente azzannò la piccolina, che divincolandosi riuscì a sfuggire dalla sua morsa, gemendo. Andrea di riflesso la tirò a sé grazie al collare a pettorina e la prese in braccio, il meticcio non contento incattivito, gli si gettò addosso buttandoli a terra su un lato, Andrea cerco in tutti i modi di proteggerla con il corpo grazie anche all'aiuto dello zaino per tenerla al riparo dall'attacco del meticcio che agitatissimo continuava a portarsi da un lato altro di Andrea per morderla abbaiando in continuazione. Nel frattempo i due locali continuavano a chiamare Jack che era il nome del loro cane, ma senza risultato perché il meticcio era come indemoniato e non dava ascolto ai suoi padroni. Alla fine il maschio lo cinse con un braccio al collo e lo strappo di forza non senza problemi da Andrea permettendogli di sgattaiolare via e di rialzarsi. La Maddie guaiva, come se piangesse, era spaventatissima così come Andrea che di tutta fretta si allontanò, mentre i due con il meticcio, ora al guinzaglio, si allontanavano con passo veloce, vigliaccamente senza neanche accertarsi delle condizioni della piccola aggredita dal loro cane 'buono come il pane' e tantomeno scusarsi. Scampato il pericolo imprevisto con la Maddie che tremava in continuazione, nonostante la tranquillizzasse e la coccolasse con continue carezze, Andrea si fermò sul ciglio della strada e si inginocchiò con la piccola ancora in braccio per constatare se avesse riportato danni durante l'aggressione. Era tutta sporca di saliva sbavata dall'aggressore, ma fortunatamente tastandola ebbe la certezza che la Maddie tranne lo spavento non aveva riportato altro. Questo insegnò ad Andrea che mai si sarebbe dovuto fidare di qualsiasi altro 'cane buono che non fa nulla' così come conclamato dai proprietari di Jack, specialmente, se non con garanzia di un guinzaglio e magari, vista la mole di un dovuta museruola.

I giorni trascorsero sulla Via Francigena, senza particolari altri problemi, salvo qualche acquazzone ed un po' di stanchezza. Rimaneva sempre la solita incognita di dove trascorrere la notte, cosa che procurava ad Andrea non poca preoccupazione sia per lui ma specialmente per la Maddie. Una notte l'avevano passata sotto le stelle, sul prato antistante un B&B in quanto al suo interno non erano disponibili camere private libere, ma solo in tripla con altri che però non avevano accettato che la Maddie fosse portata in stanza. Il gestore gli aveva proposto di lasciare la cucciola in un locale adibito a ripostiglio così Andrea avrebbe potuto così dormire in un comodo letto con gli altri ospiti. La cosa fu da subito rifiutata in quanto Andrea non voleva separarsi dalla piccola perché sapeva in quello stanzino avrebbe sofferto. Allora chiese se poteva sistemarsi sul prato antistante lo stabile, sotto un ombrellone. La risposta del gestore fu 'se va bene a Lei' concedendogli comunque la disponibilità di un bagno comune e della colazione ad un prezzo dimezzato. Ovviamente Andrea accettò, non avendo altre possibili soluzioni ed essendo fra l'altro ben distante da altre località. Così passarono la notte su un materassino da mare messo a disposizione del gestore all'interno del suo sacco a pelo. Per essere tranquillo, per la notte, Andrea mise il guinzaglio alla piccola, aveva timore che lei se ne andasse a zonzo mentre lui dormiva, magari allettata da qualche piccolo animale o spaventata da rumori strani. La cucciola invece si accucciò su una parte scoperta dal corpo del padroncino che fuoriusciva dal sacco a pelo e vi rimase fino all'alba di certo stanca della giornata.

La questione si ripresentò a Ponte d'Arbia la tappa prima di Siena. Quel giorno erano partiti da San Quirico una bella tappa lunga ma di una bellezza veramente unica. Durante la camminata Andrea aveva contattato più strutture, ma senza alcun risultato positivo in quanto tutte le stanze erano occupate in buona parte da turisti e da pellegrini. 'Bel problema abbiamo Maddie mi sa che ci tocca un'altra notte sotto le stelle e meno male che il tempo è bellò confidava alla Maddie. Passato il ponte del fiume Arbia entrarono nel piccolo borgo già con la decisione di proseguire oltre e cercare una qualsiasi sistemazione al paese successivo di Lucignano d'Arbia o addirittura a Monteroni d'Arbia. Ciò presumeva però ancora non pochi chilometri da farsi su quelle strade assolate. La Maddie era nel trasportino, ogni tanto si fermava a darle da bere ed a inumidirle il capo. Arrivò a Lucignano d'Arbia sfinito tanto che il passo era lentissimo chino sotto il peso di zaino e della sua cagnolina. All'ombra di una casa Andrea si fermò, non ne poteva più, aveva carenza di liquidi in quanto disidrato e un calo di energie che poche volte aveva sperimentato. Si sedette e si tolse lo zaino che appoggiò al muro in pietra di un rustico casale, poi il trasportino da dove fece uscire la Maddie che legò al guinzaglio e lasciò libera di stiracchiarsi e di leccarsi. La piccola lo fissava come sempre negli occhi, come se capisse il brutto momento che il suo padroncino stava passando, poi gli si accucciò posando il capo, come faceva spesso, su una coscia leccandogli la mano con la quale Andrea la accarezzava. Poi Andrea tolse dallo zaino un sacchetto dove aveva delle buste di barrette per cani che la fecero scattare in piedi, la piccola incominciò ad abbaiare scodinzolando felice. Avevano fame entrambi, e di certo la Maddie era quella che stava meglio con il cibo in quanto Andrea ne aveva comprato di ogni a mano a mano che transitando in un paese ne aveva l'opportunità. Lui invece aveva di scorta un pezzo di pane toscano, alcune fette di prosciutto crudo che con il caldo si erano quasi cotte ed una crosta di pecorino, ma a questo forzato menù ormai Andrea si era abituato. Tutto venne consumato molto rapidamente e con una certa famelica voracità aiutati dall'acqua che per fortuna non mancava. Rimaneva sempre il problema di dove andare a dormire, anche se a questo punto pur di non fare altra strada Andrea avrebbe preferito dormire lì dove si trovava.

Una signora proveniva dal paese, cosicché Andrea si propose di chiedergli informazioni su dove fosse possibile pernottare.

"Buona sera signora, posso disturbarla?" Chiese Andrea alzandosi a fatica.

"La vedo male, da dove viene?" Rispose la signora che doveva aver superato da un po' la sessantina.

"E sì, oggi ho superato penso il mio limite fisico, vengo da San Quirico e sto tornando a casa al nord, ho già fatto la Francigena in andata e ora me la godo, si fa per dire, nel ritorno."

La Maddie a quel punto grazie al cordoncino un lungo un paio di metri, posta solo sulle due zampe posteriori gli danzò davanti come mai aveva fatto prima, sembrava una cane da circo da come lo faceva con tanta abilità abbaiandole per richiamare l'attenzione della signora.

"Ma che carina, ti piaccio bella?"

"Quando qualcuno gli è simpatico fa la pazza."

"Come si chiama?" Chiese la donna.

"Maddie, è una piccola randagia, una cucciolina, l'ho presa con me a Roma e me la porto a casa, sa mi si è affezionata ed io a lei, ormai siamo una coppia indivisibile." Rispose Andrea sorridendo.

"Che carina e che simpatica. Ma mi dica cosa fa qui, a quest'ora?"

"A dirle il vero sono, anzi siamo così stanchi che penso che passeremo gli la notte. A Ponte d'Arbia e neanche qui abbiamo trovato rifugio, e siamo troppo stanchi per proseguire oltre."

"Ma qui non ci sono ostelli e né B&B devi proseguire per Monteroni la forse trovi un alloggio anche se in questo periodo c'è grande affluenza di turisti e non sarà facile."

"No! Non ce la faccio a proseguire oltre, vedo di trovarmi un prato e dormiremo sotto le stelle come già abbiamo fatto una notte alcuni giorni fa."

La signora si era accucciata così da coccolare meglio Maddie rinvigorita da questo incontro, e pensierosa interruppe per un po' il piacevole colloquio.

Poi. "Vuole venire da me, ho una casetta piccola, ho solo un letto, il mio, ma ho un bel divano bel comodo in cucina, Maddie può dormire con lei, se vuole ..."

Andrea imbarazzato, non sapeva che rispondere, il no avrebbe comportato un'altra notte all'addiaccio, il sì una notte in una casa su un comodo divano con la possibilità di avere accanto Maddie.

"Va bene mi dica quanto le devo, non voglio fare lo scroccone signora."

"Mi chiamo Lucia, e se ti ospito, anzi vi ospito, è scontato che non voglio nulla, siete mie graditi ospiti, ci mancherebbe. A dirti il vero avere qualcuno con cui parlare mi rende felice. Forza ragazzo venga con me, mi dia il guinzaglio che Maddie la porto io."

Così fu, cenarono con una zuppa di verdure, formaggio e salame accompagnato da un buon bicchiere di Chianti della zona, durante la cena e poi quando si sistemarono fuori sulla panca posta contro il muro della casa, Lucia gli raccontò la sua vita nel bene e nel male, facendolo intristire ma anche ridere crepapelle. La Maddie, libera, nel frattempo correva su e giù per il prato abbaiando alle foglie mosse da quella piacevole brezza notturna, fino a quando, spossata, si rintanò sotto la panca e iniziò a russare. La mattina seguente Lucia gli preparò la colazione a base di latte caffè e uovo sbattuto, perché a dir suo quel ragazzo gli sembrava un poco deboluccio. Quando si salutarono, ambedue commossi si abbracciarono come madre e figlio, quel figlio che Lucia non aveva mai avuto. Andrea la invitò a casa sua, anche se Lucia declinò l'invito, comunque promise che sarebbe venuto ancora a salutarla, avrebbe trovato il tempo per rivedere quella signora che per poche ore gli aveva ricordato cosa volesse dire il bene di un genitore.

La tappa successiva li avrebbe portati a Siena. Andrea si era proposto di darsi un po' di tempo per visitarla con calma in quanto nell'andata l'aveva bypassata fermandosi nell'immediata periferia sud, ben lontana dal centro storico, ma dove aveva trovato da pernottare. Invece questa volta si era portato avanti prenotando già alcuni giorni prima una stanza singola in un B&B posto in centro dove accettavano animali. Questo lo tranquillizzò molto specialmente con il presupposto di una comoda notte in un buon letto con la compagnia della sua inseparabile Maddie.

Arrivarono a Siena verso l'una di una calda giornata che a detta del termometro di una farmacia era di 35 gradi. Maddie si era fatta buona parte della ventina di chilometri tutta sulle sue zampe, tranne l'ultimo pezzo dalla periferia della Città al B&B dove Andrea aveva prenotato una buona camera ad un prezzo comunque non esoso, non voleva rischiare che in un momento di sua disattenzione la piccola venisse investita da qualche mezzo visto il traffico cittadino. Come prima cosa, fatto il check-in e occupata la stanza diede un po' di croccantini e acqua alla Maddie, dopo di che, seduto sul bordo del letto consumò il panino e finocchiona che aveva in precedenza acquistato in una salumeria. Lavò i panni sporchi e poi optò per una rilassante doccia. La Maddie aveva il pelo non proprio pulito e così decise di portarsela nella cabina e di lavarla. Di questo la cucciola non fu molto contenta, cercava in continuazione di uscire dalla quella gabbia che sputava acqua in continuazione. Una volta ambedue ben puliti si sdraiarono sul letto per riposare un paio di ore, con l'intenzione poi di uscire per vistare Siena.

La prima visita con la Maddie al guinzaglio fu Piazza del Campo, piena di turisti, specialmente stranieri. Si sedette poi nella parte inferiore di quella splendida ed unica piazza a forma di conchiglia, dalla parte della Torre del Mangia, liberò la Maddie avendo la cautela di tenerla accucciata fra le gambe. Sentiva la stanchezza, ma quel momento di relax in quel luogo d'incanto lo ripagava ampiamente dei tanti chilometri fino a d ora sopportati. Ad un certo punto sentì qualcosa su un fianco, era un gattone rosso che gli si strusciava contro facendole fusa. Lo accarezzo ma quando il micione si accorse della presenza della Maddie inarcò la schiena, facendosi notare dalla cagnolina che divincolandosi dalle gambe di Andrea tentò con un balzo di saltargli addosso per fortuna inutilmente in quanto il gatto spaventato iniziò una corsa nella parte bassa della piazza, innescando nella Maddie quell'istinto naturale che vuole il cane contro il gatto a rincorrerlo. Il gatto correva a più non posso fra le gambe dei turisti inseguito dalla Maddie a testa bassa, alcuni si ritraevano spaventati altri ridevano di questa scena, ma chi si era spaventato di più era Andrea che prontamente alzatosi cercava inutilmente di bloccare la Maddie richiamandola più volte. Ad un certo punto ambedue gli animali scomparvero dalla sua vista nascosti dalle tante persone, probabilmente facenti parte di un viaggio organizzato.

Era un continuo chiamarla immerso in quella folla. Non la vedeva più, era disperato, l'adrenalina del momento non gli permetteva una certa lucidità nei ragionamenti, tanto che era un continuo gridare e girare a vuoto facendosi largo in mezzo al numeroso gruppo. Il cuore gli batteva all'impazzata quasi stordendolo in una sorta di vertigini, non si era neanche accorto di aver lasciato sul gradino dove si era seduto il marsupio dove teneva denaro, carte di credito, e documenti.

"Ehi, stai tranquillo la Maddie e qui con me." Sentì quella voce, cercò di individuarne la provenienza senza però capire da dove venisse visto lo schiamazzo prodotto da quella ressa di persone.

Ad un tratto la vide, era la bionda, così come a volte la chiamava simpaticamente lui, in braccio ad una ragazza, la coccolona se la stava godendo alla grande, come se nulla fosse, tanto che ogni tanto approvando divertita lo dimostrava con una leccata al mento della giovane.

"Com'è che te la sei fatta scappare? In mezzo a questo casino rischi di non trovarla più!" Esclamò la giovane.

Andrea tirò un profondo sospiro di sollievo, e non stette a badare a quella tirata di orecchie che quella ragazza gli aveva profuso. L'importante era che la Maddie fosse qui ancora con lui.

"Hai ragione, è stato un attimo, ha inseguito un gatto e in mezzo a quella selva di gambe non l'ho più vista. Ti ringrazio davvero, ero disperato!"

"Beh si vede, sei pallido come un cadavere!" Annuì sorridendo la giovane donna.

"Oh cacchio, ora che mi ricordo ho lasciato sul gradino il mio marsupio dove ho dentro tutto!" Esclamò Andrea, girandosi verso un paio il luogo dove era stato seduto e tranquillizzandosi quando vide anche se in lontananza che era dove l'aveva lasciato.

"Scusa, tienila per favore ancora un attimo intanto che vado a prendere il marsupio e il guinzaglio."

"Vai tranquillo lei sta qui con me, non la mollo come hai fatto tu." Lo redarguì ancora la ragazza.

Messogli il guinzaglio e lasciata a terra con il filo corto, Andrea ritrovò quella serenità che gli permise di presentarsi a quella ragazza.

"Scusami, mi chiamo Andrea e credimi non so davvero come ringraziarti, ero sotto shock, non capivo più niente, è una cucciola tanto affettuosa che se la perdessi non saprei darmi pace te lo giuro."

"Beh ti capisco è tanto carina e simpatica; comunque molto piacere sono Anna. Ma toglimi una curiosità, tu sei un pellegrino?"

Andrea gli raccontò il suo cammino da casa fino a Roma e di come aveva trovato la Maddie. Scoprì che anche Anna era una pellegrina ed era partita da Pavia, fra l'altro abitava a poco più di un'ora da casa sua, era del lago Maggiore di Stresa precisamente. Un bel tipo sui venticinque anni, di corporatura minuta, ma tutta nervi e dai capelli corti rossi.

"Ascolta ti posso offrire qualcosa di fresco, almeno per ringraziarti?"

"Ma sì dai volentieri così mi erudisci sulle tappe che mi aspettano da qui a Roma, e magari mi dai anche qualche consiglio al riguardo. Sono qui da sola, avevo l'opportunità di fare questo cammino con un ragazzo, ma all'ultimo momento si è tirato indietro quel 'senza palle'. Ormai avevo deciso e già preparato tutto, ho dovuto dire ai miei però che sono con un'amica d'università altrimenti non so se mi avessero lasciato quella tranquillità che ora ho sapendoli invece in continuo pensiero."

"Sei bella tosta, complimenti, per un ragazzo fare queste centinaia di chilometri da solo è certo meno problematico. Ma su questa Via trovi solo 'brava gente' che se serve ti aiuta."

Continuarono, seduti ad un bar davanti a due birre, a discorrere di tutto e di più specialmente dell'esperienza di questo cammino, ma anche di luoghi visitati da entrambi, fra tutti il lago Maggiore del quale, si capiva, Anna era innamorata. La Maddie era tranquilla, posta sotto il tavolino, scattava ogni tanto quando qualcuno che la vedeva gli s'avvicinava per accarezzarla oppure quando qualche cane passava nelle vicinanze, ma ora era al guinzaglio legato alla sedia per evitare che un imprevisto suo slancio si liberasse.

Erano quasi le sei e mezza quando Anna chiese:

“Cosa fai di bello stasera, andrai a cena da qualche parte, oppure solito panino!”

“A dire il vero avevo intenzione di fare un cena decente una volta tanto, tu cosa fai?”

“Uffa che gigione che sei! Ti stavo chiedendo se possiamo cenare assieme!” Puntualizzò ridendo Anna.

Andrea immerso nella sua timidezza che quasi lo rendeva a volte indisponente se non compreso, rispose:

“Sì scusa, sono il solito che si nasconde dietro un filo d’erba. Avrei voluto essere io a chiedertelo, ma evidentemente sono un bel gigione come dici tu.”

“Visto che ci avevi già pensato, hai prenotato da qualche parte?”

“No, me ne sono dimenticato, ma è colpa tua comunque mi hai fatto perdere anche la visita di Siena.”

“Beh se ti dispiace ci salutiamo e …”

“Ma dai Anna stavo scherzando, permalosetta la stresiana.” Ironizzò. “Avevo adocchiato un’osteria in un vicolo non molto lontano dal mio B&B, ho letto il menù ed i prezzi e mi sembra buona, se ti va possiamo cenare lì?”

“Mi fido di te, a che ora ci si vede?”

“Direi di trovarci in Piazza di Postierla è vicino all’ufficio postale, non è difficile da trovare, direi per le sette e mezza lì, poi dieci minuti siamo sul posto.”

“Va bene così faccio in tempo a rientrare in ostello e mettermi l’abito da sera:” Scherzò Anna.

“Io vengo così.”

“Ma uffa stavo scherzando, mica ho in zaino abito da sera e scarpe con i tacchi, pantaloncino e maglietta un poco più pulite di questa.”

"Però guarda che la Maddie la lascio in camera, è già molto stanca e domani ci aspettano altri bei chilometri e poi in trattoria non ammettono cani."

"Va beh, mi sembra giusto, così domani prima di partire me la porti a salutare."

Ci siamo appena conosciuti, mi ha quasi invitato a cena, e già ha programmato che domani ci dobbiamo rivedere. Carina, simpatica ma anche volitiva elaborò mentalmente Andrea imbambolato.

"Ok, dai ci vediamo fra poco, così passo in trattoria e prenoto il tavolo, do la pappa alla Maddie e la metto a nanna."

La Maddie sentendo la parola pappa si alzò, si stiracchiò e guardò Andrea come per dire 'andiamo che ho fame'.

"A dopo." Salutò Anna mentre già gli aveva dato le spalle incamminandosi verso la sua meta.

Trascorsero una serata serena come due amici che non si rivedono da tempo confidando uno all'altro il proprio trascorso. Andrea raccontò dei suoi genitori, della disgrazia che ancora lo faceva sentire in colpa, riconoscendo in lei un atteggiamento accondiscendente all'ascolto di questa dolorosa situazione. Cambiò presto discorso in quanto non voleva che la serata fosse rattristata da un racconto tanto doloroso. Parlarono della loro infanzia di quando erano bambini ricordando quei momenti lieti e gioviali, degli studi, scoprendo che Anna studiava, guarda caso veterinaria ed aveva solo tre esami e la tesi e poi si sarebbe laureata. Fra un piatto di salumi e formaggi toscani, pici all'aglione, ricciarelli con vin santo e una buona bottiglia di chianti senese arrivarono le undici e trenta.

"E' ora che io vada Andrea, mi dispiace sarei stata con te a parlare ancora anche fino a tardi, ma sai io sono in ostello e già sarà un problema recarmi in camera dove ci sono oltre al mio altri cinque letti, a quest'ora dormono tutti alla grande e non puoi accendere la luce e devi far meno rumore possibile, lo sai com'è."

"Sì, darebbe fastidio anche a me se a quest'ora uno facesse senza ritegno i suoi comodi svegliandomi."

"Ricordati che domani mi devi portare la Maddie a salutare, ok?"

"Sì, me lo ricordavo. Dove ci si vede?"

"Ci vediamo alla pasticceria Nannini alle sette in punto mi raccomando, così mi offri la colazione, poi ognuno per la sua strada."

"Ah però la Nannini, un'istituzione in Siena, ok ci vengo volentieri e sarai mia ospite. Buona notte."

"Notte Andrea, a domani."

La notte di Andrea fu alquanto tormentata, vuoi per l'alcol assunto, vuoi perché nei suoi pensieri c'era sempre Anna, era un continuo ricordare le sue parole, i suoi sorrisi, le sue battute ed il suo espressivo atteggiamento di una giovane coscienziosa ma con tanta voglia di vivere. La Maddie si accorse che Andrea era sveglio dal suo continuo girarsi e rigirarsi nel letto, abbandonò il tappetino che come al solito si era fatto sotto e saltò sul letto cercando un contatto con il suo padroncino.

"Colpa tua piccola, se non scappavi non l'avrei neanche conosciuta, più che colpa dovrei dirti grazie Maddie visto che la conosco da poche ore e già me ne sono invaghito."

Alle sette in punto Andrea con Maddie al guinzaglio con zaino e corredo vario era in attesa davanti all'entrata della famosa pasticceria, ma lei ancora non era arrivata. Passarono ancora dieci minuti ma niente. 'Certo' pensò ' siamo stati assieme quasi cinque ore e non ci siamo neanche scambiati i numeri del cellulare.' Passarono altri minuti, ma di Anna neanche l'ombra, la Maddie intanto aveva defecato quasi davanti all'entrata e Andrea che non se ne era accorto fu richiamato brutalmente da una coppia che vi stava entrando. Si scusò, dicendo che non se n'era accorto e che ora avrebbe pulito come al solito. Fatto tutto, guardò l'orologio, erano ormai quasi le sette e mezzo, Andrea si capacitò che Anna non sarebbe più venuta e che non l'avrebbe forse più rivista in quanto sarebbe stato anche inutile come aveva già pensato fare un giro a Stresa per rintracciarla se ora lei non si sarebbe presentata a quell'appuntamento.

"Ora Maddie andiamo, sono sempre il solito scemo. Dai forza è inutile lei non viene più."

Lei lo guardò e da seduti si mise sulle quattro zampe pronta per camminare.

Presero la via, Andrea con passo lento, triste come mai. Si rammaricava di non aversi fatto dare il suo numero di cellulare e tanto meno di non aver memorizzato l'ostello dove alloggiava. 'Che stupido sono stato, il solito imbecille.' Fatte due vie già con l'intento di uscire da Siena, si sentì chiamare.

"Andrea, Andrea."

Si girò di scatto, era lei. Era Anna che di corsa stava per raggiungerlo.

"Scusami Andrea, ho avuto un problema in ostello, qualcuno questa notte mi ha derubato, mi ha preso tutto il contante che avevo nel portafoglio. È stato un bel casino, per fortuna mi hanno preso solo quello e non la carta d'identità e le carte di credito. Così per pagare l'ostello ho dovuto cercare un bancomat, ritirare e poi ritornare in ostello per pagare."

Andrea era dispiaciuto di questa disavventura, ma allo stesso tempo felice di sapere che quell'imprevisto era stata la sola causa di quel ritardo.

"Io ti ho aspettato, poi ho pensato che non saresti più venuta e mi sono incamminato."

La Maddie nel frattempo si era accucciata sui piedi di Anna, quasi volesse essere certa che da lì non si fosse più mossa.

"Vabbè, diciamo che tutto e bene quel che finisce bene, anche se mi mancano trecento euro."

"Se ti va sempre di fare colazione, senza ritornare alla Nannini possiamo entrare in quel bar. Cosa ne dici?"

"Penso che ho bisogno di una buona colazione e anche di distrarmi un poco, dai volentieri."

Stettero al bar quasi fino alle nove, poi per ovvie ragioni dovettero pensare che era venuto il momento di salutarsi. Prima si scambiarono i numeri di cellulare però, con l'intento di sentirsi la sera stessa e di scambiarsi qualche foto, specialmente quelle della Maddie che Anna gli aveva richiesto espressamente.

È venuto quel momento Anna ora ci dobbiamo salutare altrimenti diventa tardi per tutti e due. Abbiamo parecchia strada ancora da fare, più o meno la stessa. È stato un piacere conoscerti e ancora ti ringrazio tantissimo di avermi riportato Maddie. Spero di rivederti." Aggiunse arrossendo Andrea.

"Certo che sì, ci si rivede stanne certo. Anzi questa notte, ho faticato un po' a prendere sonno e mi sono detta che ti avrei rivisto con piacere. I Miei hanno una casa, un vecchio rustico ristrutturato alla meglio con prato e bosco in Val Grande in un piccolo borgo che si chiama Cicogna, la valle è bellissima una vera wilderness, se ti va puoi venire su qualche giorno a fine settembre ottobre a funghi e castagne. Cosa ne dici?"

"Cosa ne dico! Vorrei che fosse già settembre. Certo che ci vengo, contaci, ma tu ricordati di rifarmi l'invito perché io non te lo chiederò, ok. E se non ti sento non ci vengo."

"Non ti preoccupare, te lo ricorderò più volte e poi ci metteremo d'accordo su quando anche."

"Ok allora a presto. Non ti voglio trattenere oltre." Aggiunse Andrea.

Entrambi imbarazzati su come salutarsi, optarono per un abbraccio e una dose di carezze alla Maddie da parte di Anna. Poi dandosi le spalle iniziarono a dirigersi sui propri passi.

"Andrea." Lo chiamò Anna mentre con passo veloce si dirigeva verso di lui. Quando gli fu di fronte lo baciò su una guancia, precisando: "Non ci si può lasciare così solo con un abbraccio, almeno un innocente bacio ci deve stare. Ti pare!"

Andrea accennò rimbecillito da quell'atteggiamento inaspettato di Anna che non seppe fare altro che annuire e mormorare: "Si scusa."

Poi si incamminarono verso le proprie mete, con Andrea che camminava raggiante come se galleggiasse su una nuvola.

La Maddie ogni tanto gli si affiancava balzandogli sulle gambe allegra come il suo amico.

Dopo circa una dozzina di giorni stremato e senza soldi, finalmente Andrea e Maddie arrivarono a casa.

Fu dura, il sole, i disagi del tempo e le problematiche di dove trascorrere la notte lo avevano svigorito e Andrea non vedeva di l'ora di riposarsi nel suo appartamento. La Maddie aveva trascorso quelle tappe quasi sempre prigioniera nel trasportino, salvo in alcune occasioni quando Andrea proprio non ce la faceva più e quando sentiva che lei aveva bisogno di sgranchirsi un po' o di fare i suoi bisogni. Le dure tappe di salita e discesa del passo della Cisa quantunque, immerse in buona parte nel bosco, erano state le più difficoltose. Una sera aveva chiamato sua sorella Alma, che lo aveva infastidito non poco quando gli aveva detto che la Maddie avrebbe vissuto con lui. L'aveva tenuta in stand-by facendo finta di accettare il suo consiglio di portarla al canile comunale una volta a casa, ma poi chiarendo la sua posizione, lei lo aveva sgarbatamente rimproverato dicendogli che gli avrebbe distrutto l'appartamento e che lei non approvava. Seccato da quanto, ci aveva litigato mandandola a quel paese e chiudendo la telefonata senza più rispondere alle sue insistenti chiamate e messaggi. La sera però veniva allietata dalla telefonata quasi sempre in video chiamata con Anna che nel frattempo era arrivata a Roma e rientrata da poco a Stresa. La Maddie si capiva che era stanca era anche un poco deperita fisicamente, un po' dimagrita nonostante facesse pasti abbondanti. Per questo motivo Andrea rinunciò a quella che era la sua intenzione, ovvero arrivare a casa di direttamente a piedi. Quando fu a Piacenza decise di prendere il treno e poi successivamente un pullman per giungere rapidamente ed in giornata a casa.

3

Aveva le chiavi dell'appartamento in mano da più di un'ora, appoggiò lo zaino sulla porta, liberò la Maddie ed aprì la porta d'ingresso.

Era arrivato, finalmente dopo quasi due mesi via da casa ed era in compagnia della sua piccola amica Maddie.

Fece entrare prima lei, poi vi entrò recuperando prima zaino e trasportino. Dopo un rapido giro nella zona giorno la Maddie saltò sul divano e si distese arruffando un cuscino.

"Ehi vedo che la senti già tua bionda." Si complimentò Andrea.

Dopo una doccia ristoratrice e inviato un messaggio ad Anna, come da lei richiesto, inviò una foto anche al cameriere romano così come aveva fatto anche altre volte, facendo loro sapere che era arrivato, gli si sdraiò accanto addormentandosi fino a tarda notte.

4

Come tutti gli anni passati era divenuta tradizione festeggiare il 5 di Agosto il giorno in cui Andrea aveva trovato la piccola Maddie in quella chiesa romana.

Questo era il suo ottavo compleanno e per tutti in casa era una giornata particolare. Se lo ricordava bene Anna, ma anche le loro due figlie Antonia e Giuliana delle quali Maddie andava pazza, così come loro con lei. Andrea e Anna erano passati in secondo luogo, totalmente ignorati se c'erano le ragazze. La prima cosa che facevano quando entravano da scuola e dall'asilo era chiamarla, anche se spesso non abbisognava perché lei li aspettava sull'entrata di casa.

Otto anni prima Andrea e Anna si erano conosciuti grazie a lei e grazie a lei aveva costruito quella famiglia e questo era un motivo in più per volerle tanto bene.

Andrea con la immancabile sua ombra, Maddie, su invito di Anna si era recato ai primi di ottobre, di quell'anno, in Val Grande a Cicogna, suo ospite e dei genitori, che si erano fermati due giorni per conoscere quel ragazzo di cui tanto aveva parlato Anna. Quella settimana consolidò il loro amore, in mezzo a quelle montagne, nel silenzio di quella natura selvaggia scoprirono emozioni e sentimenti nuovi. L'anno successivo si sposarono. Si trasferirono entrambi in un vecchio casale, immerso nel verde sulle montagne vicino al lago Maggiore, che recuperarono un poco alla volta anno dopo anno mettendoci denaro ma anche tanti fine settimana lavorandoci di persona. Andrea aveva la piena disponibilità dell'appartamento, ma ambedue decisero per quel vecchio casale che se anche messo male aveva un ampio giardino dove la loro Maddie avrebbe potuto scorrazzare libera e felice.

Trovai Maddie il 5 Agosto del 2013 in Bosnia Erzegovina alle 5,30 del mattino nel bel mezzo di una strada, quando solo, stavo rientrando da Medjugorje, aveva forse un mese ed era messa molto male con una zampetta rotta. Tentai di accasarla a clienti di un bar del posto ma capii che avrebbe fatto una brutta fine. Così le dissi "Tu ora vieni a casa mia" dove vive tutt'ora adorata da tutta la mia famiglia divertendoci e allietando le nostre giornate.

INDICE

Alberto Riccardo Azzini bresciano, pellegrino per due volte a Santiago di Compostela (2005 – 2008), e a Roma sulla Via Francigena partendo da casa propria (2006) con esperienza di altri Cammini, fra i quali il Cammino di San Francesco e il Cammino e il Cammino Celeste, trasmette le sue esperienze da prima con il suo primo romanzo "I Due Cammini" e il "Diario del mio Cammino" ambientati sul Cammino di Santiago" e ora con questa raccolta di racconti di fantasia collocati sulla Via Francigena.
Appassionato di trekking e di viaggi ha scoperto, grazie, al Cammino di Santiago, la realtà del pellegrinaggio, riproposto successivamente nel corso di questi anni con varie altre esperienze sia in solitudine, sia con la propria consorte che in amicizia con altri pellegrini.
Ha svolto, come volontario, il ruolo di ospitaliere a Monteriggioni e ad Abbadia Isola due ostelli per pellegrini posti sulla VF.

Bologna 05 settembre 2021

edito Una vita di stelle library

Group A.V. ITALIA S.R.L.

Copyright ALBERTO RICCARDO AZZINI

unavitadistelle@gmail.com

www.unavitadistelle.com

Bologna

www.ingramcontent.com/pod-product-compliance
Lightning Source LLC
LaVergne TN
LVHW010547160826
845677LV00013B/3029

* 9 7 9 1 2 8 0 6 1 9 3 2 7 *